두 사람의
인터내셔널

두 사람의 인터내셔널

김기태 소설

문학동네

차
례

세상
모든
바다

당신은 '세상 모든 바다'의 팬입니까.

아무에게나 물어보고 싶다. 하지만 내가 대답할 수 없는 질문을 다른 사람에게 해도 될까. 질문하기 전에 내가 누구인지부터 밝히는 게 옳을지도 모른다. 나는 '하쿠'라고 합니다. 그런 소개부터 한다면 어떨까. 내가 일본인인 것을 알면 사람들은 더 너그러워질 수도 있다. 물론 반대의 경우도 많았다.

나는 그날 잠실에 모인 십삼만 명 중 한 명이었다.

이것은 틀림없는 사실이다. 내가 하쿠라는 것이 부분적으로는 거짓일 수 있다. 그러나 내가 다섯 달 전 여름에 잠실에 갔던 일은, 그곳에서 백영록과 만난 일은 어떻게 보아도 사실이다. 그러니 거기서부터 출발하는 게 좋겠다.

나는 그날 잠실에 모인 십삼만 명 중 한 명이었다.

서울에서 유학중이었으므로 잠실 주경기장에 가는 것은 어렵지 않았다. 전철로 삼십 분. 콘서트 티켓은 없었다. 구하려고 하지도 않았다. 경쟁이 치열하기도 했지만, 나는 공연을 꼭 눈앞에서 볼 필요는 없다고 생각하는 편이었다. 한국에서 흔히 '안방 덕후'라고 부르는 타입. 마침 서울이니 산책삼아 경기장 바깥의 공식 팝업 스토어나 플리마켓에서 굿즈라도 하나 사두려는 가벼운 마음이었다.

그날 티켓 없이 잠실로 향한 이가 나뿐만은 아닐 것이다. 세상 모든 바다였으니까. 世界すべての海. ALL THE SEAS OF THE WORLD. 한국 팬들은 주로 '세모바'로 칭했고, 글로벌 팬들도 그 이니셜을 따 'SMB'로 부르곤 했다. 세모바는 BTS 이후 가장 성공적인 케이팝 그룹이었다. 『빌보드 매거진』은 '그녀들은 걸그룹의 한계를 넘어 케이팝을 다시 발명했다. 역설적이지만 K라는 접두어는 더이상 필요하지 않다'라고 평가했다. 뉴욕에서 출발해 리우데자네이루와 파리, 두바이와 싱가포르를 거친 첫번째 월드 투어의 마지막 공연 도시가 서울이었다.

그리고 공연 며칠 전부터 트위터에서 돌던 소문이 있었다. 첫 투어 종료를 기념하여, 티켓을 구하지 못한 팬들을 위해 경기장 바깥에서 게릴라 라이브를 할지도 모른다는 소문. 세모바다운 아이디어긴 했다. 그녀들은 늘 모든 팬에게, 아니 모든 사람에게 닿기 위해 노력했으니까. 하지만 분명히 해두자면, 나는 그 소문을 믿진 않았다.

8월의 한국은 일본 못지않게 무덥고 습했다. 하늘은 곧 비가 쏟아질 듯 흐렸지만 경기장 주변은 활기찼다. 입장을 기다리며 경기장을 에워싸고 있는 팬들. 기타를 치며 노래를 부르거나 핸드메이드 굿즈를 늘어놓고 파는 팬들. 이런저런 주장을 담은 선전물을 나눠주는 팬들…… 이 모두를 취재하는 기자들, 핫도그나 우비를 파는 상인들조차 들떠 보였다. 외국인도 대단히 많았다. 물론 나도 외국인이었지만, 나보다 '더 외국인'이 잔뜩이랄까. 우습지만 그런 긴장이 있었다. 월드 투어 공연장마다 설치되는 거대한 풍선 지구본을 실물로 마주하니 기대 이상으로 설렜다. 십삼만 명이었다. 무엇을 위해 모였든, 사람이 그 정도로 많으니 현장에 존재한다는 사실만으로 벅차오르는 게 있었다.

세모바를 아이돌이라고 부르는 건 역시 부당하다고 생각했다. 그때의 잠실은 록 페스티벌 혹은 평화롭고 즐거운 집회 현장처럼 보였다. 『타임』의 평대로, 세모바는 블랙핑크만큼 매혹적일 뿐 아니라 U2만큼 사회적인 그룹이기도 했으니까. 'Roses are red, Violets are blue, and I am who I am'이라는 문구가 적힌 티셔츠를 입은 팬들도 많이 볼 수 있었다. 오래된 시를 차용해, 인종과 무관하게 당당해지라는 메시지를 담은 세모바의 데뷔곡 가사. '장미는 붉고, 제비꽃은 푸르고, 나는 나다'. 인파 속을 걸으며 나는 차별금지법 제정을 지지하는 배지와 폐식용유로 만든 재생비누 샘플을 기꺼이 받아들였다. 아프리카 기아 문제에 개입을 촉구하기 위해 스티커를 붙였고 얼마간의 기부금을 통에 넣었다.

잠실에 모인 이들은 인권과 환경에 대하여 세모바가 보여준 꿈을 나누고 있었다. 누군가 '88올림픽 이후 잠실이 가장 세계적인 순간'이라고 트윗했던 것이 기억난다. 88올림픽은 군사 정권이 꾸며낸 꿈이었지만, 지금의 잠실은 자발적으로 이뤄낸 것이기에 아름답다는 의견이 수만 번 리트윗되기도 했다. 나는 1990년대에 일본에서 태어났으므로 한국의 88올림픽에 대해서는 아무것도 몰랐다. 하지만 세계와 연결되어 있다는 그 감각에는 분명 공감했다. 그룹의 세계관대로, 세상의 모든 바다는 이어져 있다는 사실을 실감했달까.

굿즈 숍에서 세계지도가 그려진 플래그를 고른 것은 그래서였다. 그룹을 가장 잘 상징하는 기념품 같았다. 가로 백이십 센티미터, 세로 구십 센티미터의 미색 세계지도에는, 호주의 대산호초나 멕시코의 바키타돌고래처럼 위기에 처한 자연 유산과 동물들이 곳곳에 귀엽게 그려져 있었다. 게다가 천연 염료를 사용한 친환경 면직물. 깃대는 포함되지 않았는데 왜 상품명이 '플래그'인지는 의아했지만 상관없었다. 밖에서 흔들 계획은 없었으니까. 이미 대부분의 굿즈가 품절된 후였고, 그건 플래그 중에서는 마지막으로 남은 것이었다. 가격표를 만지작거리고 있을 때 누군가 말을 걸었다. 그러니까 이것이 백영록이 내게 처음 건넨 말이다.

"그거 사실 거예요?"

내가 그렇게 열렬한 '덕후'는 아니라고 스스로 여겨왔기 때문인지도 모르겠다. 나는 반사적으로 플래그를 내려놓으며 말했다. "아뇨, 아뇨. 괜찮습니다"라고. 약간은 당황했고, 글쓰기에 비해 발음은 아무래도 서투르니까, 영록의 귀에는 '겐찬 수무니다'쯤으로 들렸을까. 작은 키에 까무잡잡한 얼굴의 소년이었던 영록은 말했다.

"오 외국인? 일본인이에요?"

그런 질문은 내겐 괜히 까다로웠다. 나의 부모님은 모두 재일 교포 3세다. 나는 스물두 살 때 자이니치 4세가 되는 것을 포기하고 일본 국적을 취득했다. 나로서는 그러지 않을 이유가 없었고, 부모님도 반대하지 않았다. 재일 한국인에서 한국계 일본인으로 변신한 셈인데, 이러나저러나 '그런데'라는 단어가 자주 필요했다. '일본인이야. 그런데……' 혹은 '한국인이야. 그런데……'. 언젠가부터 설명하기 귀찮았다. 알지도 못하는 사람에게 배신자 취급을 당하기도 했다. 한국에서도 아주 일본인인 편이 차라리 나은 대접을 받았겠다 싶은 적이 몇 번 있었다. 어쨌든 법적으로 일본인이었고 태어나고 자란 곳도 일본이므로 그냥 이렇게 대답하기로 했다.

"Yes. I'm from Japan."

솔직히 말해서 한국어로 대답하면 대화가 길어질 듯했다. 영록의 첫인상은 썩 좋지 않았다. 투박한 운동화와 어정쩡한 핏의 청바지. 스포츠 브랜드의 로고가 커다랗게 박혀 있는 땀에 젖은 티셔츠. 바싹 올려 멘 백팩에 도수가 높아 보이는 안경. 어째서 세계 오타쿠들의 패션은 같은 방향으로 수렴하는 거야, 라며 나는 속으로 조금 웃었다.

"마이 네임 이즈 백영록. 나이스 투 미츄!"

통성명을 해서 무엇을 하자는 것인지 의아했다. 어쨌든 일본인으로 행동하기로 마음먹었으므로 나는 나를 '하쿠'로 소개했다. 이름도 아니고 성이었다. 아버지가 물려준 '백白'을 일본식으로 음독한 나의 성. 나중에 든 생각이지만 영록의 성도 같은 한자일지 모를 일이다.

영록은 플래그를 집어서 내게 들이밀었다.

"아이 캔 기브 디스 포 유. 비코즈 유 아 포리너. 유 프롬……파 파 플레이스."

애초에 일본은 '파 파 플레이스'도 아니고, 나는 동대문구에서 자취를 하고 있었기에 그를 속이는 기분이 들었다. 하지만 그가 금세 옆에 진열된 수건 세트를 집어들었기 때문에 그냥 플래그를 받아들기로 했다. 내가 그의 수건 세트를 가리키며 "Are you okay?"라고 묻자, 그는 대답했다.

"오케이. 투 미 굿. 투 마이 마더 굿. 디스 이즈 굿!"

영록은 너무 들떠서 그 들뜸을 누군가와 공유하지 않고는 참을 수 없어 보였다. 계산을 기다리는 줄에서 그는 서툰 영어로 이것저것을 떠들었다. 나의 나이를 물었고, 내가 스물여섯이라고 하자 자기는 열여섯이라며 "유 아 마이 형" 하고 큭큭 웃었다. 일본 어디에서 왔느냐는 질문에 나는 나가사키라고 대답했다. 사실은 그 옆 동네지만, 정확히 말해도 그가 알 것 같지 않았다. 영록은 "아이 원트 투 잇 나가사키 짬뽕" 같은 소리를 하다가, 묻지도 않았는데 자신이 어디서 왔는지 말했다.

"아임 프롬 해진. 유 노 해진군? 경상북도?"

평범한 외국인이라면 해진군을 모를 것이다. 한국인에게조차 낯선 곳이니까. 하지만 세모바의 팬이라면 제법 익숙한 지명이었다. 해진은 세모바의 노래에 영감을 받은 팬들이 소셜미디어상에서 탈원전 캠페인을 벌였던 네 곳 중 하나였다. 브래드웰, 홍옌허, 바라카 그리고 해진. 당장의 탄소 배출량이 적다 한들, 멀리 봤을 때 원전은 대안이 될 수 없다는 공감대가 팬들 사이에서 굳게 형성되어 있었다. 나 역시 수차례 '마음에 들어요'를 누르고 리트윗을 했다. 팬덤으로부터 촉발된 운동은 폭넓은 지지를 얻었고, 특히 영국과 한국 정부는 큰 선거를 앞두고 시민들의 요구를 민감하게 받아들이고 있었다. 후쿠시마 사고의 여파도 재조명되면서, 적어도 브래드웰과 해진의 원전 건설 계획은 취소될 확률이 높아 보였다. 전면 재검토중이라는 기사도 났다. 세모바가 실제로 세상을 더 나은 방향으로 이끌 수 있다는 증거 중 하나였다.

나는 영록이 그 이슈로 인해 팬이 되었을지도 모른다고 짐작하며, "Town of a nuclear plant?"라고 물었다. 하지만 영록은 그 사실을 잘 모르는 듯, "왓?"이라고 되물었다.

"해진 해브 씨. 딜리셔스 씨푸드. 유 머스트 컴 앤 트라이!"

나는 휴대전화를 꺼내 '#Save_My_Bada' 태그가 달린 여러 트윗을 영록에게 보여주려다 그만두었다. 트위터를 하지 않느냐고 묻자 그는 대답했다.

"노 트위터. 트위터 이즈 디피컬트…… 아이 뱅뱅. 헤드 뱅뱅."

신기했다. 그룹에 관한 가장 빠른 소식, 다양한 의견 교환, 수많은 캠페인과 챌린지 들은 모두 트위터가 중심이었으니까. 세모바는 기획 단계에서부터 소셜미디어를 적극적으로 이용한 그룹이었다. 이 아이는 어떻게 팬을 하고 있는 걸까. 유튜브에서 직캠이나 반복 재생하는 '얼빠' 중 하나라는 의심. 아니면 음습한 움짤이나 모으는 녀석이려나. 그건 그룹을 지지하는 온전한 방식은 아니라고 생각했다. 내가 플래그를 차지한 게 덜 미안해졌다.

계산을 마치고 나와서, 영록에게도 티켓이 없다는 사실을 알게 됐다.

나 자신도 티켓이 없었으면서 참 이상하지만, 당연히 영록이 콘서트를 보러 온 줄 알았다. 가본 적이 없어 정확히는 몰랐으나 해진은 경상북도의 어디였고, 분명 먼 곳이었다. 수 시간 버스나 열차를 타야 하는, 아마도 번거롭게 환승도 해야 하는 곳.

우습지만 더 놀란 쪽은 영록이었다. 내가 보지도 못할 콘서트를 위해 일본에서 잠실까지 온 줄 알았으니까. 나는 서울 여행을 하다가 들렀다고 대충 둘러댔다. 왜 여기까지 왔느냐는 나의 물음에 영록은 말했다.

"세임 플레이스, 아이 캔 리슨. 잇츠 굿. 비코즈 아이 라이크 세모바. 이즌트 유? 두유 라이크?"

영록은 자신이 대답할 수 있는 질문을 나에게 했다.

Like. 好きだ. 좋아하다. 그 말들의 의미를 요즘 새삼스레 고민한다.

아이돌에 처음 관심을 가진 건 중학생 때였다. 일본 학교를 다니고 있었지만 그때는 '하쿠'가 아니라 '백'이었고, 그다지 인기는 없었다. 어두운 녀석이라고 몇몇은 수군거렸을지도 모르겠다. 음악 방송에서는 귀여운 내 또래 애들이 명랑하고도 상냥한 노래를 불렀는데, 나는 어쩐지 그것을 자주 보고 듣게 되었다.

나만큼이나 인기가 없던 친구를 따라 후쿠오카에서 열린 라이브에 간 적이 있다. 지하 소극장에는 한국인들이 상상하는 그대로의 일본 오타쿠들이 잔뜩 있었다. 그들은 좋아하는 멤버의 이름이 새겨진 머리띠를 매고 땀을 흘리며 야광봉을 흔들었다. 종종 수건으로 얼굴의 땀을 닦았는데, 그 수건도 굿즈라서 차마 겨드랑이는 닦지 못하는 듯했다. 지하의 쾨쾨함이 그들이 뿜어내는 습기 때문인가 싶을 정도였다.

전주나 간주에서 오타쿠들은 그들 사이에서 전해내려오는 구호를 열렬히 외쳤다. 일본에서는 믹스라고 하는데, 실제로 들어본 것은 나도 처음이었다. 가장 시끄러웠던 것은 '가치코이코쿄ガチ恋口上'라고 부르는 믹스였다. 번역하자면 '진짜 사랑 고백'쯤으로, 시작 부분은 이랬다.

"말하고 싶은 게 있어言いたいことがあるんだよ, 역시 ○○는 귀여워やっぱり○○はかわいいよ, 좋아 좋아 정말 좋아 역시 좋아好き好き大好き、やっぱ好き……"

이 녀석들 진짜네, 소문의 혼모노本物네, 라는 느낌. 도무지 어울리기 어려운 광경이었다. 라이브가 끝나고 쉰내 나는 오타쿠들 틈에 섞여 극장을 나올 때, 나는 지나가던 여고생의 수군거림을 들었다.

"기모이キモい……"

기분이 나쁘다는 뜻이다. 요새 한국말로는 '극혐' 정도일 것이다.

나는 그 기모이한 오타쿠들 중 하나가 되고 싶지 않았다. 나는 열다섯 살이었고 여자친구를 사귈 수 있을지가 인생 최대의 고민이었으니까.

고등학생이 되었을 때쯤 케이팝이 인기를 끌기 시작했다. 쉬는 시간이 되면 블랙핑크나 트와이스 같은 그룹의 뮤직비디오를 보는 아이들이 꽤 많았다. 주로 귀여움을 판매하는 일본의 걸 그룹에 비해 케이팝의 그녀들은 더 유능하고 당당해 보였다. 멋있는 프로페셔널로서 지지할 수 있는 느낌. 여자애들도 케이팝 걸 그룹에는 훨씬 호의적이었고, 나도 덜 부끄럽게 팬이 될 수 있었다. '백'이라는 나의 성이 좋은 의미의 개성으로 주목받는 느낌이 들기도 했다. 자신감이 생겨서인지 드디어 첫 연애도 하게 되었다. 클래스메이트인 그녀도 케이팝 팬이었다. 자꾸 나에게 가사를 물어보는 바람에 밤마다 한국어를 공부해야 했다. 사람들은 내가 부모님께 한국어를 배웠을 거라 짐작하지만, 아버지도 어머니도 한국어를 거의 하지 못한다.

그녀에게는 일 년도 못 되어 차여버렸지만, 나는 한국어를 꽤 읽고 쓸 수 있게 되었다. 달리 잘하는 것이나 하고 싶은 것도 없었으므로, 일본의 대학에 있는 한국어과에 진학했고, 한국의 대학원으로 유학도 오게 되었다. 그런 시시한 이야기다. 대학원 면접 때 '향후 양국의 문화 교류에 기여하는 가교가 되고 싶다'고 말한 건 아주 거짓은 아니었지만, 솔직히 '향후'나 '가교' 같은 단어를 사용할 수 있다는 걸 알리려는 의도가 컸다. 교수님은 '부모의 나라'에 와서 '뿌리를 찾으려는' 것이 기특하다고 말했다. 차라리 케이팝을 좋아해서 한국에 왔다는 쪽이 사실에 가까울 것이다.

대학원 환영회에서 고기를 굽고 술을 마시며 나는 정직해지기로 마음먹었다. 내가 좋아해왔던 한국 걸 그룹들, 그리고 몇몇 보이 그룹의 이름을 이야기하자 모두 신기해했다. 대개 그들조차 모르는 그룹이었으니까. 동료들은 술잔을 주고받으며 문화 산업의 중요성에 관해 토론했고, 어느새 나는 케이팝의 우수함과 세계적 흥행을 증명하는 사례가 되어 있었다. 이왕 이렇게 된 거, 점수를 따고 싶었다. 2차로 간 노래방에서 마이크를 잡았다. 몇 사람은 들어본 적이 있을 법한 곡으로. "너어는 내에 맘 모루지 (민나 잇쇼니!) 아—츄! 널 보몬 재채기가 나올 것 같아." 사람들은 폭소했고 나는 만족했다.

박사과정이었던 한국인 선배와 잠시 밖에 나와 담배를 피우는데, 교수님들이 빠진 뒤부터 급히 취기가 오른 듯한 그가 혼 잣말처럼 중얼거렸다.

"하쿠 상은 좋겠다. 좋아하는 거 다 말할 수 있어서."

무슨 이야기인지 되묻자 그는 대답했다.

"내가 걸 그룹 좋아한다고 하면 사람들이 두 가지로 반응해. 첫째는 '네가 여자가 없으니까 그러지'고, 둘째는 '네가 그러 니까 여자가 없지'야."

그는 범행을 모의하듯 목소리를 낮춰 덧붙였다.

"비밀인데, 나도 러블리즈 좋아한다."

그는 지하 노래방으로 향하는 계단을 위태롭게 내려가며 "러블리즈가 좋다…… 러블리즈가 세상을 구한다……" 같은 말을 중얼거렸다.

그와 나는 다른 사례로 취급되었을까. 그후로 아침에 동료 들을 마주치면 종종 "하쿠 상 어젯밤에 뭐했어? 또 걸 그룹 영 상 봤어?"라고 놀림받곤 했다. "얼마나 덕질을 했으면 한국어 를 이렇게 잘해?" 같은 말도 자주 들었다. 동료들의 머릿속에 서, 나는 그 기묘이한 오타쿠들과 비슷한 존재인 것일까 걱정 됐다. 나는 그런 사람이 아니라고 말하고 싶었고, 만약 그런 사람이라면, 그런 사람이라는 걸 감추고 싶었다.

그즈음 세상 모든 바다가 동명의 리얼리티 프로그램과 함께 공개되었다. 그런 식의 데뷔는 드문 일은 아니었다. 다만 그

프로그램은 버라이어티라기보다는 다큐멘터리였다. 선공개된 열한 편의 콘텐츠는 멤버 열한 명 각각의 이야기를 담고 있었다. 아홉 살 때 청력의 반을 잃었지만 춤을 멈추지 않은 송희, 후쿠시마 출신이라는 이유로 세 번이나 전학을 해야 했던 가스미, 독일에서 태어난 쿠르드족 소녀 레하나, 원유 유출 사고로 검게 변한 바닷가에서 자란 발디비아……

데뷔 싱글인 〈우리 사이의 바다가 푸른 소식을 전할 수 있게〉는 아름다운 노래였다.

여섯 개 대륙 열한 곳의 해변을 담은 뮤직비디오에는 세계를 더 나은 곳으로 만들겠다는 의지, 그럴 수 있다는 낙관이 넘실거렸다. 한국에서 흔히 '국뽕'이란 말을 사용하지만, 그 노래를 들으면 '세계뽕' 혹은 '인류뽕'이 차올랐다. 아이비리그 출신으로 한국 굴지의 엔터사에서 빠르게 임원이 된 프로듀서는 말했다. 선도적인 문화 콘텐츠로서 케이팝은 이제 '공존'이라는 시대적 화두에 답해야 한다고.

어떤 사람들은 왜 그들이 십대 후반에서 이십대 후반의 여성이어야 하는지, 열한 명 중에 아프리칸은 한 명뿐인데 아시안은 일곱 명이나 되는지를 문제삼았다. 하지만 르몽드에서 '세계의 문화적 헤게모니가 여성-아시안으로 이동했다는 증거'라고 말했듯, 오히려 그 점이 높이 평가되기도 했다. 실제로 멤버들은 인종과 무관하게 모든 대륙에서 고르게 사랑받았고, 여성 팬들의 지지가 더 뜨거웠다. 진정성을 의심하던 사람들도 그들이 가사를 어떻게 쓰는지, 소셜미디어에서 어떻게 소통하는지, 수익을 어떻게 사용하는지 보며 하나둘 설득됐다. 그들은 아름다웠고, 유능했고, 심지어 옳았다.

오래전부터 축적된 케이팝의 팬덤 조직 문화는 세모바에 이르러 결실을 맺은 것처럼 보였다. 빛나는 순간들. 샌프란시스코 도심을 행진하던 성소수자들 속에도, 홍콩 코즈웨이베이의 시위대 속에도 팬들은 있었다. 그들이 세모바의 노래를 제창하는 영상은 천만 회 이상의 조회수를 기록했다. 해수면 상승 문제를 겪고 있는 투발루에서의 팬 플래시 몹은 미국과 유럽의 주요 매체에 크게 보도되었다. 내 기억에 가장 깊게 남은 것은 예루살렘에서 두 소녀가 찍은 쇼츠다. 삼십 초가 채 안 되는 영상 속에서 한 아이는 유대식 스카프를, 다른 아이는 히잡을 두르고 있었다. 정작 둘은 킥킥거리느라 노래를 제대로 부르지도 못했지만…… 나는 코끝이 찡했다. 그럴 때마다 생각했다.

세상 모든 바다는 지지할 수 있는 그룹이다. 거리낌없이 좋아해도 되는 그룹이다.

세모바를 좋아하느냐는 영록의 질문은 그래서 어렵지 않았다. 그때만 해도 나는 선뜻 대답할 수 있었다.

"Yes, I like them too."

좋아한다고 입 밖으로 내는 기분은 낯설지만 산뜻했다. 어쩌다 세모바에 대해 주변인과 대화할 때에도, 보통은 '대단하다'라거나 '새롭다' 같은 의견을 나눌 뿐이었으니까. 오래전의 여자친구에게 좋아한다고 처음 말했던 순간 그녀가 더 좋아진 것처럼, 나는 새삼 세모바에 대한 애정을 느꼈다. 영록과 내가 어떤 호감을 공유한다고 생각하니 경계심도 조금 누그러졌다. 단지 같은 공기를 마시고 경기장 너머로 노래를 들으려고 해진에서 잠실까지 온 아이를 위해, 뭔가 응원이 되는 이야기를 해주고 싶었다. 나는 "Hey……" 하며 입을 뗐다. 트위터에 흥미로운 소문이 있다고. 티켓이 없는 팬들을 위해 경기장 바깥에서 게릴라 라이브를 할지도 모른다고.

"왓? 리얼리?"

영록이 그 소문을, 내가 'rumor'라고, 'maybe'라고 강조한 그 이야기를 얼마나 믿었는지는 알 수 없다. 영록이 영어를 이해할 수 있다는 것도, 아니 내가 영어로 말할 수 있다는 것 역시 나만의 착각일지 모른다.

아무리 생각해도 그 소문을 전한 건 어리석은 일이었다.

나는 영록과 헤어져 전철을 타고 집으로 돌아왔다. 저녁을 대충 먹고 샤워를 하고 나오니 어느새 창밖에는 굵은 비가 내리고 있었다. 재생지로 만든 포장을 뜯어 플래그를 펼쳐보았다. 작은 원룸에서 그것은 구매할 때보다 커다랗게 느껴졌다. 달아둘 만한 곳이 마땅치 않아 이리저리 대보던 밤 열시쯤, 무슨 사건이 일어났다는 트윗이 올라오기 시작했다. '테러' 같은 단어가 포함된 것들이.

나는 그 일에 대해 구체적이고 정확한 증언은 할 수 없다. 그건 내가 집에 돌아온 뒤의 일이었다. 그러고 보니 내가 그날 잠실에 모인 십삼만 명 중에 한 명이었다는 것 역시 완전한 사실은 아닐지도 모르겠다. 많은 사람과 마찬가지로 나는 여러 보도나 목격담에 의지할 수밖에 없다. 그 파편적인 정보들이 어떻게 내 머릿속에서는 영화처럼 매끄럽고 극적인 장면으로 완성되는지, 그것이 낯설 뿐이다.

공연이 끝나고 경기장을 빠져나오던 십만 명이 있었고, 바깥에서 나름의 축제를 즐기던 삼만 명이 있었다. 밤인데다가 비까지 내려 시야는 제한적이었을 것이다. 극도로 혼잡하던 중앙 계단의 지구본 모형 아래로부터 세모바의 음악소리가 퍼졌고, 누군가 환호성을 질렀다. 현장에 있었던 이들은 자신의 모국어에 따라 '진짜다'라거나 '来た' 'Oh my god' 같은 외침을 들었다. 웅성거림은 점점 커졌고, 제대로 서 있기도 힘든 인파 속에서 사람들은 앞 사람을 따라 노랫소리가 들리는 곳으로 움직였다. 훗날 무용담을 들려주는 상상을 했을까. '그들

이 모든 팬을 위해 공연장 바깥에서 비를 맞으며 라이브를 했던 밤이 있었어. 고작 내 오십 미터 앞이었지'라고. 아니, 이런 것이야말로 내 상상일 뿐이다.

팬들이 장대비 속에서 그곳에 있다고 믿은 세상 모든 바다는 진짜가 아니었다.

가발과 의상까지 준비해 세모바인 것처럼 꾸민 열한 명의 사람들, 그리고 몇몇 조력자들을 테러리스트라고 불러야 할까. 어떤 매체들은 그렇게 표현했지만 나는 잘 모르겠다. 세모바를 카피해 춤을 추며 노래를 부른다. 적당히 이목을 끌고 나면 모형 총을 꺼내어 서로 쏘고 쓰러진다. 사람들이 어리둥절해할 때, 준비한 성명문을 낭독한다. 그건 계속되는 전쟁을 상기시키기 위한 퍼포먼스였다고 '테러리스트' 중 한 명인 박규영은 경찰 조사에서 진술했다. 나중에야 언론에 공개된 성명문에는, 그 시기 벌어진 아르메니아-아제르바이잔 전쟁의 참상과, 러시아와 튀르키예를 비롯한 국가들이 이해관계에 따라 전쟁에 개입하고 있다는 정황이 담겨 있었다. '세계적인 좌익 단체의 한국 지부' 혹은 '대학 동아리'로 보도된 그들은 나고르노카라바흐에서 어린이를 포함한 열한 명의 민간인이 공연 일주일 전에도 폭격당했음을 알리려고 했다. "우리들의 평화는 공연장 안에만 있는 것이 아니냐고 묻고 싶었다"라고, 동아리의 회장이자 퍼포먼스의 주동자인 박규영은 기자들 앞에서 말했다.

너무 그럴듯한 모형 총을 준비한 게 문제였을까. 목격자들은 누군가 영어로 'Gun!'이라고 외쳤고, 곧 비명소리가 들렸다고 진술했다. 음악에 미리 덧입혀둔 총소리는 조악했다. 사람들은 총소리보다 비명소리에 겁을 먹었을지도 모른다. 도망치려는 사람들. 제압하려는 사람들. 무슨 일인지 알지 못하고 여전히 밀려오는 사람들. 비가 내려 주경기장 앞 중앙 계단은 미끄러웠다. 인파의 한 지점이 허물어지는 순간을 찍은 그 영상. 나는 비명이 시작될 때 재생을 멈추었다. 거기까지만. 늘 거기까지만 볼 수 있었다.

영록은 그 속에서 안경을 잃어버렸을지도 모른다.

아홉 명이 죽고 이백여 명이 다쳤다. 사고 일주일 뒤, 추모를 위해 팬들이 만든 웹 페이지가 공개되었다. 웃고 있는 한때를 담은 고인들의 스냅숏, 소셜미디어 주소, 그리고 간단한 프로필이 여섯 가지 언어로 덧붙어 있었다. 전 세계의 팬들이 고인들의 계정에 수만 개의 추모 댓글을 남겼다. 영록은 '경상북도 해진군의 고등학교 1학년생이었다'라는 프로필뿐, 어떤 소셜미디어 계정도 없이 중학교 졸업 사진이 게시되어 있었다. 지나치게 정직한 구도의 그 사진 속에서 그는 무척 긴장한 표정이었다. 졸업 사진이 왜 이래. 너희 학교도 꽤 심했네. 그렇게 말을 걸고 싶었다.

영록이 사망자 중 가장 어리며, 해진 주민이었다는 점을 많은 팬이 언급했다. 그가 영어 회화 동아리의 부회장이었다거나, 늘 교실의 분리수거를 담당했다는 등의 이야기가 소셜미디어에 돌아다녔다. 영록의 장래 희망은 외교관 혹은 다른 글들에 의하면 선원이거나 만화가였다. 누군가 영록의 졸업 사진을 프로필로 건 인스타그램 계정이 퍼지는 해프닝도 있었다. 수천 명이 속아서 댓글을 남기고 '좋아요'를 눌렀다.

애도가 뜨거워질수록 책임을 묻는 목소리도 거세졌다. 퍼포먼스의 주동자들은 부인했지만, 사람들은 그들이 소문을 일부러 냈을 거라고, 더 주목을 끌기 위해 미리 작업한 거라고 이야기했다. 추모 페이지 속 사망자는 아홉 명이 아니라 일곱 명이었다. 빠진 두 명은 퍼포먼스를 기획하고 실행하다가 사망한 정희정과 이저벨라 린이었다. 그들의 이름을 어떻게 다른 희생자들과 나란히 놓을 수 있느냐는 목소리가 컸다. 그들의 동료이자 리더였던 박규영의 유서에서, 이 문장이 내 기억에 남아 있다.

"우리도 세계를 더 나은 곳으로 만들 수 있다고 믿었다. 나도, 희정이도, 이저벨라도 모두 세모바의 팬이었다."

사람들은 박규영의 자살 시도 역시 퍼포먼스에 불과하다고 비난했다. 박규영이 병원에 있는 동안 그의 학창 시절 일화, 소셜미디어에 남겼던 글, 쇼핑몰 구매 내역 등이 여러 커뮤니

티에 퍼졌다. 조금 더 신중한 사람들은 테러방지법 위반, 과실
치사 혹은 업무방해 중 어떤 혐의로 그를 기소해야 할지 의견
을 내놓았다. 세모바에 아무 관심이 없던 커뮤니티에서조차
잠실 사건은 가장 뜨거운 화제였다.

세 달 동안 활동을 전면 중지했던 세모바는 어떠한 프로모션
도 없이 추모곡을 유튜브로 공개했다. 절제된 형식으로 연출된
흑백 뮤직비디오는 발표 하루 만에 일억 뷰를 기록했다. 데뷔
곡을 변주해 '우리 사이의 하늘이 푸른 소식을 전할 수 있게'
라고 제목을 붙인 그 노래는, 팬들에 대한 경애를 고백하면서
불의의 사고에도 굴하지 않는 '커다란 사랑'을 호소했다. 송희
는 그룹이 아니라 개인의 의견임을 전제하며, 그 바다와도 같
은 커다란 사랑에는 정희정과 이저벨라 린, 박규영도 포함되
어야 한다는 글을 남겼다. 이는 즉각적인 논쟁을 일으켰다. 송
희를 지지하는 사람도 있었지만, 많은 이는 그런 어설픈 관대
함이 또다른 사고를 야기할 수 있다며 그녀를 비판했다.

여러 논쟁이 세모바 자체를 초월해버리는 동안, 나는 모든
게 뒤죽박죽으로 느껴질 뿐이어서 의견을 가질 수가 없었다.
내가 의견을 가져야 하는지, 그럴 자격이 있는지도 의심스러
웠다. 그냥 지나칠 수도 있고 어쩌면 지금까지 많은 일에 대하
여 그래왔지만…… 이번에는 어디에 '좋아요'를 남기고 무엇
을 리트윗해야 하는지 알 수 없었다.

"유 아 더 퍼스트 포리너, 아이 토크 위드."

헤어지기 전 영록은 그렇게 말했다. 처음 대화한 외국인이 한국계인 나라니 시시한 일이었다. 더 일본인답게 일본어로 인사를 하려고 했다. 나는 숙소로 돌아가야 할 때가 됐다며, "사요나라"라고 인사했다. 썩 가벼운 작별인사는 아니지만, 그도 알 법한 일본어였으니까. 다시 볼 것처럼 "마타네またね" 하고 인사할 상황은 아니었으니까. 내가 돌아서기 전 영록은 손을 흔들며 이렇게 답했다.

"사요나라, 바이바이, 좋은 여행!"

나는 영록에게 푸른 소식을 전했을까. 한국어로 나눌 수도 있었던 대화들을 여러 번 상상해봤다. 너는 어떤 노래를 제일 좋아하니. 나는 역시 데뷔곡이 최고라고 생각해. 새파란 바다가 밀려오는 하얀 모래밭에서 송희가 혼자 달리는 장면 알지? 멀리서 드론으로 찍은. 나는 그 장면을 천 번은 봤을걸. 해진의 바다도 그렇게 파랗니. 나는 섬나라에 살면서도 바다를 본 적이 많지 않아. 너는 특별히 좋아하는 멤버가 있니? 나는 송희가 최애라기보다는 올팬이야. 좋아할 거면 모두 좋아하는 게 좋잖아…… 상상 속에서 대화는 언제나 나의 혼잣말로 끝났다.

무엇을 했어야 할 의무는 내게 없었다. 하지만 할 수도 있는 일을 하지 않았다는 기분. 내가 고작 한 일이란 나조차도 완전히 믿지는 않은 소문을 전한 것. 퍼포먼스 주동자들이 소문을 일부러 냈을 수도 있다. 아니면 누군가의 단순한 망상이 와전되었을 수도 있다. 어느 쪽이든 영록에게 전한 것은 나였다. 그 틀림없는 사실이 나는 참을 수 없이 불편했다.

얼마 전 이른 아침. 나는 해진으로 향하는 기차를 탔다.

단풍이 들고 낙엽이 지고 겨울이 오는 동안, 벽에 걸지 못한 플래그를 여러 번 보다가 결정한 일이었다. 가로 백이십 센티미터, 세로 구십 센티미터의 세계에서, 나는 세모바의 멤버들이 태어난 나라를 찾을 수 있었고, 박규영과 그의 동료들이 주목한 분쟁 지역을 찾을 수 있었다. 멸종되어가는 동물의 서식지와 아름다운 자연 유산의 소재지를 찾을 수도 있었다. 그러나 해진이 어디인지는 알 수 없었다. 물론 해진은 손가락 한 마디 크기로 표현된 반도의 어디쯤이겠지만, 그 축척에서 해안선은 너무 단순해 아무래도 영록이 섰던 해변을 그려볼 수가 없었다. 그 해변에 한 번은 닿아야만, 두 발을 모래밭에 디뎌봐야만 할 것 같았다.

서울에서 출발해 세 시간 동안 고속열차를 타고, 다시 낡은 열차로 환승한 뒤 삼사십 분 남짓을 더 달리자 해진에 닿았다. 기차역만은 예상보다 훨씬 크고 깨끗했으나, 역을 나서자마자 낙후된 풍경과 마주쳤다. 해변으로 향하는 버스를 타기 위해 걸었다. 슬레이트 지붕을 얹은 단층 주택들, 도색이 벗겨진 빌라 서너 채, 잡초가 무성한 공터와 제멋대로 주차된 트럭들을 지나쳤다. 영하로 떨어진 기온 때문인지 원래 그런지 행인도 드물었다. K-도시든 K-시골이든, 유튜브나 인스타그램에서 봤던 한국의 풍경과는 달랐다. 다이내믹하지도 고즈넉하지도 않은, 이런 곳도 한국에 있구나. 그것이 솔직한 내 감상이었다.

버스 정류장이 있다는 군청 건물은 멀리서부터 눈에 띄었다. 이런 마을에도 저렇게나 큰 사무소가 필요하네, 라는 인상. 발걸음을 옮겨 군청에 가까워질수록 어떤 음악소리가 들렸다. 질이 안 좋은 스피커로 틀어놓은, 처음 듣는 한국어 노래. 가사는 잘 들리지 않았지만 사뭇 비장하고도 구슬픈 느낌이라 나는 무언가를 추모하고 있는 한 무리의 사람들을 상상할 수 있었다. 하지만 모퉁이를 돌아서 군청 정문 앞에 섰을 때, 내가 길 맞은편에서 발견한 것은 단 한 명의 사람이었다.

전단지를 쌓아둔 작은 테이블 옆에 그 사람은 혼자 서 있었다. 긴 패딩 점퍼를 입고 털모자를 눌러쓴데다 마스크까지 하고 있어 여성인지 남성인지도 알아보기 어려웠다. 다만 종일 거기 서서 겨울바람을 맞은 듯, 아니 더 오래전부터 마을과 함께 낡아버린 듯한 사람. 그 옆으로 앙상한 가로수에는 현수막이 걸려 있었다.

'정부는 원자력발전소 건설 약속을 이행하라.'

차 두어 대가 겨우 지날 법한 길을 사이에 두고, 나는 그 사람이 세워둔 패널들을 읽으려 했다. 지역 발전 기금 강탈…… 주민 투표 무산…… 그런 문구들이 눈에 띄었다. 눈을 크게 떠도 작은 글자들은 잘 보이지 않았다.

그때 그 사람이 내게 손짓을 했다.

나는 실례가 될 만큼 쳐다보고 있었다는 것을 깨달았다. 그랬다고 나를 부른 건가, 의심할 때 그 사람이 다시 손짓을 했다. 이리 와봐요, 말고 다른 의미로는 해석할 수 없었다.

다니는 차도 거의 없었으므로 나는 쉽게 길을 건넜다. 가까이서 털모자와 마스크 사이의 주름진 눈매를 보니 중년의 아주머니 같았다. 그녀는 좀처럼 들어본 적 없는 강한 억양으로 대뜸 물었다.

"어데서 왔는교?"

나는 한국의 어르신들이 일본인에 대해 갖는 감정을 걱정하며, 공들인 발음으로 "서울에서 왔습니다"라고 또박또박 말했다.

"서울서 군청에 일보러 오싰습니꺼?"

기분 탓일 수도 있으나 나는 그 말소리에 담긴 작은 기대를 느꼈다. 그녀가 겪는 문제에 대하여 내가 어떤 영향력을 가진 사람일지도 모른다는 그런 기대. 이를테면 서울에서 온 공무원이라거나 기자 같은 사람. 나는 그걸 서둘러 부정하고 싶었다.

"아니요, 그냥 여행으로……"

"여 뭐 볼 게 있다꼬 여행을 오는교……"로 시작하여 아주머니는 여러 말을 쏟아냈다. "십 년 동안 암것도 몬하그로 땅을 묶어놓고 인자 와서는……" 하며 뭔가를 규탄 혹은 하소연하는 듯하다가, "내가 집에 노인네 밥만 채리놓고 요래……"라거나 "우리 딸내미가 공부를 곤잘……"처럼 맥락을 알 수 없는 정보들까지. 게다가 거센 방언 때문에 나는 대부분의 문장을 온전히 이해하지 못했다. 그 알아듣기 어려운 말소리의 고저와 장단과 강약이, 영록의 영어에도 희미하게 묻어 있었다는 것을 알아차렸을 뿐이었다.

아주머니는 할말을 다 했는지 한숨을 돌렸다. 그리고 어쩐지 변명하는 듯한 투로 덧붙였다.

"오늘은 날이 추버가 사람들이 몬 나왔는데, 따시지면 마이 들 나올 깁니더."

그러고는 나를 "서울 총각"이라고 부르며 가기 전에 서명을 "쪼매" 해달라고 부탁했다. 그녀가 가리킨 테이블 위에는 주민들을 지지한다는 뜻으로 성명과 생년월일, 연락처를 적는 양식이 있었다. 요새 좀처럼 보기 힘든 방식이었다. 오래 밖에 나와 있었던 듯 빛이 바래고 구깃구깃한 종이. 한 명, 두 명, 세 명…… 그리고 비어 있는 칸들. 나는 선뜻 볼펜을 잡았다.

늙고 춥고 지친 사람의 부탁을 거절하고 싶지 않았다. 거절의 말도 마땅히 생각나지 않았다. 대단치도 않은 개인정보였다. 하지만 종이에 펜을 대려는 순간, 우스운 고민과 마주쳤다.

어떤 이름을 적어야 할까.

나의 한국 이름은 이제 존재하지도 않았다. 수년 전에 나는 그 이름을 버렸다. 하지만 일본 이름은 어떤 효력을 가질 수 있을까. 일본인으로서 이 서명에 참여할 자격이 있는 것일까. 아주머니는 어떻게 받아들일까. 한국 이름이든 일본 이름이든 중요한 게 아닌 듯도 했지만, 어느 쪽이든 그 서명은 분명한 이름을 요구했다. 한번 멈칫하니 서명 자체가 옳은지도 생각하게 되었다. 이 아주머니는 주민들을 얼마나 대표할까. 단지 보상금의 문제 아닐까. 그렇다고 원전을 또 지어도 될까. 이 개인정보가 악용될 가능성은 없을까. 나는 대체 누구로서 무엇에 동의를 하려는 것일까.

버스가 오고 있었다. 나는 볼펜을 내려놓고 정류장으로 뛰었다. "죄송합니다" 한마디만 남기고. 버스에 올라타 창밖을 봤다. 눈이 마주친 아주머니가 손을 흔들었다. 사요나라. 바이바이. 좋은 여행…… 그런 말이 들리는 듯했다.

버스는 나를 횟집이 몇 늘어선 거리에 내려놓았다. 형형색색의 간판들만 어지럽고 행인은 드물었다. 호객을 위해 길가에 나온 종업원은 의욕이 없어 보였다. 짧은 거리를 지나자 작은 항구. 낡은 배 몇 척과 여기저기 흩어진 어구들. 철근으로 뭔가를 짓다가 만 흔적. 버스를 잘못 탔을지도 모른다고 생각했다. 내가 사진으로 본 풍경은 아니었다.

적막한 항구의 끝. 콘크리트 방파제에 서서 바다를 봤다. 아주 짙고 또 넓었다. 파도는 끊임없이 밀려왔지만 먼바다는 잔잔하게만 보였다. 수평선은 단호했다. 보이지 않는 건너편에는 내가 살던 일본. 그 건너의 건너편에는 또다른 얼굴들. 그 모두를 잇는 커다란 바다. 송희가 말한 커다란 사랑의 모양과 크기를 상상해보려 했다. 나고르노카라바흐의 아이들, 정희정, 이저벨라 린, 박규영도 포함될 만큼 둥글고 크게. 그런데 아까의 아주머니가 가질 수 있는 것이 그 커다란 사랑의 어떤 조각인지는 알 수 없었다. 영록이 산 수건 세트가 그의 어머니에게 전해졌는지 궁금했다.

그런 생각을 하며 서 있었다. 나는 그냥 선 채로…… 있었다.

백영록이라는 이름의 16세 소년이 사망한 사정에 대해, 군청 앞에서 행인에게 말을 거는 아주머니의 사정에 대해, 그 사정에서 나의 몫에 대해 무언가를 생각해내려 했으나 잘되지 않았다. 큼지막한 파도 하나가 방파제에 부딪쳤다. 하얀 물보라가 세차게 튀어올랐다. 얼굴에 와닿는 차가운 물방울의 감각. 실제로 닿았을까 느낌뿐이었을까. 분명한 건 내가 뒷걸음질을 쳤다는 것이다.

나는 그 바다 앞에 오래 서 있지는 않았다. 십 분. 길어야 삼십 분. 허술한 기대로 바다에 간 여행객이 그렇듯, 멋쩍게 '자 이제는 슬슬……' 하면서 다시 버스를 타고 기차를 타고 나는 서울로 돌아왔다.

해가 바뀌었고, 잠실 사건을 둘러싼 논쟁도 수그러들고 있다.

팬들은 봄이 오면 세모바가 활동을 재개할 것이라 기대하고 있다. 아픔은 딛고 희망은 찾아서. 누군가 나에게 아직 세상 모든 바다의 팬이냐고 묻는다면, 아무래도 대답할 수 없다. 애초에 팬이었던 적이 없을지도 모른다.

나는 요즘 공부를 하고 밥을 먹고 잠을 잔다. 머지않은 때에 대학원을 마치고 한국을 떠날 것이다. 일본으로. 또는 더 멀리.

플래그는 서랍 속에 접힌 채로 있다.

지금은 펼치지 않고도 떠올릴 수 있는 그 세계지도에서, 세상의 모든 바다는 분명 이어져 있다. 이제 나는 그 사실이 다소 무섭다. 바다를 등지고 아무리 멀리 가도, 반드시 세상 어떤 바다와 다시 마주치게 될 테니까. 그 불편한 예감에 시달릴 때마다 이상하게도 오래전 지하 소극장에서 본 오타쿠들이 떠오른다. 그 기모이한 오타쿠들의 열렬한 구호. 가치코이코죠. 진짜 사랑 고백. 좋아 좋아 정말 좋아 역시 좋아…… 그것도 사랑이라면, 나는 어쩐지 그 근시의 사랑이 조금 그립다.

* 작중에서 하쿠가 부르는 노래는 러블리즈의 〈Ah-Choo〉(서지음, 2015)를 변용했다.

롤링
선더
러브

그녀는 저녁 일곱시의 급행 전철에 실려가는 사람들 중 하나였다. 대체로 선 채였는데 가끔 인파에 끼여 두 발이 떴다. 내리거나 타려고 맹렬히 움직이는 사람들 틈에서 그녀는 이리 밀리고 저리 밀리고 때때로 빙글빙글 돌았다. 작은 체구의 그녀가 키다리들 사이에 끼인 그림은 조금 우스웠다. 덩치에 안 맞게 비굴한 하루를 보낸 사내 몇은 어깨 아래 쪼그라든 그녀의 정수리를 내려다보며 생각했다.

'저 여자 머리 위에 팔을 걸치면 편하겠어.'

집이 있는 역까지는 삼십 분. 검은 모직 코트 소매끝에는 두 손 모아 든 토트백. 언제나 책 한 권이 들어 있었지만 꺼내긴 어려웠다. 휴대전화로 좋아하는 예능 프로그램이나 드라마를 보는 일도 쉽지 않았다. 앞 사람이 멘 백팩에 붙은 와펜과 옆 사람이 두른 목도리의 보풀 사이에서 그녀의 시선은 초점을 자주 잃었다. 한두 개의 역을 지나는 동안 그녀의 멍한 표정을 관찰했던 극소수의 승객들에게 그녀는 요즘 좀처럼 마주치기 어렵고 그래서 무섭게도 느껴지는 사람, 즉 '그냥 있는 사람'처럼 보이기도 했다. 다만 누구도 몰랐던 사실. 검고 풍성한 머리카락에 덮인 그녀의 귀에는 언제나 이어폰이 꽂혀 있었다.

"너는 무슨 노래를 좋아하니?"

그런 질문을 나누던 시절이 있었다. 대학가의 어둑한 호프집에서 눅눅한 강냉이를 씹던 날들. 그때는 주로 먼 대륙의 색다른 기후 속에서 태어난 아티스트들을 입에 담았지만 요즘은 통속적인 가요가 마음에 닿았다. 이소라가 부르길 *세상은 어제와 같고 시간은 흐르고 있고 나만 혼자 이렇게*…… 빅마마는 *널 미워해야만 하는 거니 아니면 내 탓을 해야만 하는 거니*…… 천상지희 다나&선데이는 *나 좀 봐줘 나 좀 봐줘*…… 어떤 노래는 마음을 쓰다듬기는커녕 할퀴고 갔다. 번잡한 감정들이 눈을 감아도 침전되지 않았다. 맑은 마음이 간절해지면 바흐나 쇼팽 같은 이름을 되는대로 검색했다. 바흐는 Bach. 쇼팽은 Chopin. 사람들이 클래식을 듣는 데에는 이유가 있었다. 마음을 증류해서 색과 맛과 향을 없애기. 드뷔시의 〈아라베스크 1번〉에 '좋아요'를 눌렀다.

오락가락하는 날들 중 하루. 퇴근 후 가까운 호텔 카페로 갔다. 성급한 크리스마스 장식이 보기에 나쁘지 않았다. 상대는 직장에서의 견고한 입지와 좋은 때 매입한 부동산을 교양 있는 방식으로 자랑했다. 안정적인 직업과 자산은 장점이었지만 그것만을 말할 수 있는 남자는 별로였다. 어쩌면 그에게도 흥미로운 구석이 숨어 있고 그걸 밝혀내기 위해 내가 노력해야 할까. 그가 최근 방문한 골프장의 경치에 대해 떠드는 사이 그녀는 남자의 갈라진 입술을 봤고 엊그제 로드숍에서 구입한 사천오백원짜리 립밤을 떠올렸다. 하지만 보답받지 못하는 마음을 세상에 얼마나 더 줘야 할까. 이것은 투자와 수익의 문제일까. 창가 테이블의 저 두 사람도 재화와 서비스를 거래하며 사적 이익을 추구하는 시장 활동중일까. 누군가를 소개해주겠다는 사람들은 꼭 오지랖을 덧붙였다.

"자기, 아직 안 늦었어. 이제 얼굴 볼 때 아니잖아. 그 남자, 마곡에 아파트도 있대."

그녀는 '누가 그런 게 궁금하대?'라고 쏘아붙이며 들고 있던 텀블러로 그들의 입을 망치질하고 싶었다. 그러나 하찮은 안도감. 적어도 오지랖쟁이들은 그녀를 아직 애정 시장의 자원으로 인정해주고 있었다. 아무도 소개를 제안하지 않을 때가 오겠지. 연애나 결혼, 육아 같은 화두가 테이블에 오르면 쉬쉬하면서 내 눈치를 보거나 아니면 눈치조차도 보지 않고 나는 원래 상관없는 존재라는 듯, 무슨 신선처럼 취급하면서. 그때가 오면 더 행복할까. 자원이냐 신선이냐. 다 싫은데.

한 시간 뒤 그녀는 집으로 가는 전철을 탔다. 동네에 도착하니 포슬포슬 눈이 내리고 있었다. 매너 문자 정도는 할 수도 있을 텐데 그 남자 참 깔끔하네. 그녀는 건스 앤 로지스를 들으며 골목을 걸었다. 오오오 오우오, 스위트 차일드 오 마인. 누가 록이 죽었다고 말했지. 록은 안 죽었어. 죽은 건 세상 아닐까. 일렉트릭기타 멜로디가 뇌리를 파고들었고 그녀는 어린 시절을 돌아봤다. 그때 세상은 더 따뜻하고 친절했으며 나도 세상에게 그러했지. 아니, 미화하지 말자. 세상은 고약했어. 그녀는 모순적인 기억들을 뭉쳐 눈밭에 굴렸다. 기타를 배운다면 멋질 거야, 하고 오래된 생각을 했다. 기타를 잡은 자신을 그리다가 온몸이 날카롭게 빛나는 전자음이 되어 밤하늘을 쪼개는 상상에 닿았다. 발이 시렸고 오르막은 가팔랐다. 따뜻한 연말 보내세요. 구청에서 건 현수막이 펄럭거렸다. 골목 좌우의 작은 카페며 술집의 뿌얀 유리창에서 노란 불빛이 흘러나왔다. 고만고만한 다세대주택의 창가에 사람들의 실루엣이 어른거렸다. 그녀는 중얼거렸다.

"나 조맹희. 37세 독신. 한 손에는 총, 한 손에는 장미를 들고……"

매일 걷는 골목에서 공포와 동경을 저울질하다 길을 잃은 기분. 누군가 집 앞에서 자신을 기다리고 있다면 총으로 쏴버릴지 장미를 건넬지 생각하며 모퉁이를 돌았을 때 맹희는 호랑이 인형을 발견했다. 아무도 없는 골목 한가운데서 맹희를 기다리고 있던 것처럼. 가만히 웅크린 채 노랗고 검은 줄무늬 털 위로 하얀 눈송이를 맞으면서. 메이드 인 방글라데시. 뜨거운 나라에서 왔구나.

"너도 춥지?"

맹희는 주변을 둘러봤다. 그리고 호랑이를 데리고 집에 갔다.

맹이의 대모험.

블로그에 그런 이름을 붙인 건 스물한 살 때였다. '맹희'를 '맹이'라고 부르는 사람이 많았다. 맹아, 어디야. 맹아, 나 좀 도와줘. 맹아, 너 좀 귀엽다. 그녀 스스로 삼색 볼펜이나 수정 테이프 따위에 '맹이꺼♡' 같은 라벨을 붙이기도 했다. 맹이는 사람들과 웃고 떠들고 건배하는 시간을 좋아했고 학과 엠티 기획단 같은 자잘한 역할을 기쁘게 수행했다. 가슴팍에 커다란 하트가 프린트된 핑크색 스웨트셔츠를 입고 초콜릿과 털장갑을, 캔커피와 수입 음반을, 자물쇠와 숙취 해소제를 선물했다. 굳이 '대모험'이 붙은 이유는 그 시절 어느 밤, 맹희의 기분에게 물어봐야 했다. 서른일곱의 맹희는 기억을 못했지만 블로

그 이름 같은 건 상관없었다. 십수 년 동안 맹희는 간헐적으로 포스팅을 했다. 보도를 덮은 은행잎, 멋을 부려 만든 파스타, 깊은 밤의 신호등을 괜히·찍은 사진들. 그리고 고유명사를 빼버린 일기 혹은 노래 가사. 이십이 분 간격으로 두 개의 글을 올린 적 있었지만 일 년 반 만에 새 글을 올리기도 했다. 제이슨 므라즈의 〈I'm Yours〉와 김윤아의 〈봄날은 간다〉 사이, 다케우치 마리야의 〈Plastic Love〉와 시스타의 〈나 혼자〉 사이에서 맹희는 졸업을 하고 취업을 하고 물건을 버리면서 더 많은 물건을 사들였다. 비공개도 검색 방지도 하지 않았지만 이십대 후반쯤부터 일일 방문자는 0명 아니면 1명으로 떨어졌다. 그 한 명은 살아 있는 사람일 수도 광고봇일 수도 있었다. 사람이라 해도 맥락 없이 늘어놓은 이런 문장들을 오래 들여다보지는 않았을 것이다.

'여름, 재즈, 당신. 그리고 아이스크림. 달다아아아아아!'

그런가 하면 어떤 포스팅은 이런 식이었다.

'크리스마스가 싫다. 오늘부터 1225번 버스도 안 탈 거다.'

이를테면 그 블로그는 섣불리 사버린 선물과 수신인을 잃어버린 편지, 고장난 장난감과 짝을 잃은 액세서리의 수납함, 고대의 맹희가 건축하고 현대의 맹희가 낙서하는 사적인 유적지였다. 행간에 무슨 사건이 있었는지 스스로도 완전히는 기억하지 못했다. 다만 맹희의 절친이라 자부하는 한 명. 고등학교

동창인 그녀 스스로가 원하는 대로 부르자면 리아. 리아는 맹희 자신을 제외하면 맹희가 저지른 일과 당한 일에 대해 가장 잘 아는 사람이었고 몇 번은 이렇게 말했다.

"맹아. 또 빠져들었냐."

리아는 바이럴 마케팅 대행사에 다니며 북튜브를 운영했는데 구독자는 삼백 명 수준이었다. 얼굴을 노출한다면 구독자가 늘어날지를 고민했다. 리아는 삼 년 전에 가족을 포함한 가까운 이들에게 비연애, 비혼을 선언했다. 모두가 원만히 수긍한 것은 아니었다. 맹희와 리아는 '선언'이라는 단어의 의미를, 그것이 '표명' 또는 '서약'과 무엇이 다른지를 두 시간 넘게 논의한 적이 있었다. 누구를 위해 결론을 내야 하는 건지 의아해져서 그냥 결론을 내지 않았다. 맹희의 황망한 연애사를 들을 때마다 리아는 혀를 찼고 고개를 저었고 저렴함을 무기로 성공한 프랜차이즈 와인 주점에서 만구천원짜리 와인을 한 병 더 주문해 자기가 다 마셨다.

"맹아. 그만 좀 퍼줘라."

혼자서 행복하지 않은 사람이 둘이서 행복할 수는 없다는 전언에 맹희도 동의했다. 혼자를 두려워하지도 부끄러워하지도 말 것. 적극적으로 혼자 됨을 실천할 것. 연애는 옵션이거나 그조차도 못 되므로 질척거리지 말고 단독자로서 산뜻한 연대의 가능성을 모색할 것.

"하지만 나 조맹희. 혼자가 아닌 적이 있었나."

혼자가 되기 위해 특별한 노력을 기울여야 하는지는 알 수 없었다. 아무리 멀리 떠났다가도 돌아와 몸을 눕히게 되는 침대처럼, 있는 힘껏 뛰어올라도 바닥으로 끌어내리고야 마는 중력처럼 혼자 됨이란 자동적으로 이루어지지 않나. 이미 혼자인데 어떻게 더 혼자가 될 수 있을까. 어떤 혼자는 다른 혼자보다 더 완성된 것일까. 맹희는 스무 살에 상경한 이래 혼자 잘 살았다. 두부를 데쳤고 욕실 세정제를 뿌렸고 삼단 빨래 건조대를 조립했다. 지방세를 납부했으며 플라스틱 용기와 유리병의 라벨을 드라이어로 녹여 떼서 수요일과 금요일에 내놓았다. 동네 순댓국집은 혼자 가도 물론 맛있었다. 리아는 마음이 넉넉하고 편견이 없는 친구들을 사귈 수 있을 거라며 독립서점에서 운영하는 모임에 맹희를 데려갔다. 부모의 집에 살아도 자기 방 인테리어는 자기 취향을 고수한다는 스물두 살짜리 애가 말했다.

"나이가 들어도 나다움을 지켜야죠. 삶이란 어차피 흘러가는 거잖아요."

그런 생각을 할 수도 있고 틀린 말도 아니지만 개랑 친구가 될 순 없었다. 그 취향, 너다움. 도무지 못생긴 빨래 건조대를 방 바깥에 둘 수 있어서 유지되는 거 아닐까. 이런, 내가 마음이 좁고 편견이 있네. 온화한 피아노곡을 틀어놓고 코튼향 인

센스를 피운다고 육인용 테이블에 둘러앉은 낯선 사람들에게 마음을 열 수 있는 건 아니었다. 내가 언제부터 이렇게 됐지. 적당히 마모시킨 자기 고백을 주고받다 집에 들어가 혼자가 되면 맹희는 양배추즙을 마시고 샤워를 하고 캔맥주를 땄다. '늦은 밤 혼자……' 어쩌구로 제목을 붙인 플레이리스트를 유튜브에서 골라 틀고 몇 곡을 스킵하다가 꺼버렸다. 요새 노래들은 매가리가 없어. 아니, 매가리가 없는 건 나인가.

"너 조맹희. 네가 원하는 게 뭐니."

앞으로 십오 년 정도는 업계에 근근이 붙어 있을 것이다. 은퇴할 즈음에는 혼자 지낼 만한 집, 외곽이지만 산책로가 가깝고 구급차가 십 분 내에 도착할 수 있는 작은 빌라쯤은 매입이 가능하리라 기대했다. 국민연금이 나올 때까지 버티려면 마트든 공장이든 황혼 알바를 기웃거려야겠지만 살기 위해 까짓것 하면 하는 거였다. 취미로 따둔 두 종류의 자격증 중에서 하나쯤은 노년의 소일거리로 약간의 수입을 만들어줄지도 몰랐다. 병약해 보인다고 모르는 이들은 종종 혀를 찼지만 알고 보면 맹희는 잔병치레도 없었다. 누비조끼를 입고 비 오는 날 리아와 부침개를 구우며 알밤막걸리를 걸친다면 충분히 만족할 만한 인생일 것이다.

맹희는 식탁 위에 엎드린 호랑이의 머리를 쓰다듬었다.

"아 근데, 나는 사랑이 좀 하고 싶다."

엘. 오. 브이. 이. 그게 뭔데. 나는 사랑이 뭔지도 모르면서 하고 싶다고 말하네. 웃겨. 아주 웃겨. 리아는 사랑이란 우리가 관성적으로 생각하는 것보다 훨씬 크고 넓고 깊다며, 눈을 뜬 자에게는 도처에 존재하는 것이라 했다. 왜 사랑을 성애性愛에서만 구하려고 하니. 우리는 신을 사랑할 수도, 계절을 사랑할 수도 있지. 조카의 해맑은 웃음에서, 동네 빵집에 진열된 갓 구운 빵에서, 뜻밖에 가뿐하게 눈뜬 아침 이불 속에서 듣는 새들의 지저귐에서 사랑을 발견할 수 있는 사람이 행복한 사람이야. 그게 성숙이라고. 리아가 와인을 콸콸 마시며 지론을 펼칠 때 맹희는 "그거 삼만오천원짜리다"라고 타박하면서도 친구의 존재에 소중함을 느꼈고, 그 소중함 역시 사랑의 일종이라는 데에 고개를 주억거렸다. 다만 혼자 등산을 가려다 모든 게 귀찮아져서 김밥만 먹었던 날에 맹희는 이렇게 중얼거린 적도 있었다.

"새들의 지저귐 좋지. 근데 그런 거 말고……"

뒤에 무엇이 이어져야 할지는 맹희도 몰랐다. 어쩌면 새들의 지저귐보다 시끄럽고 갓 구운 빵보다 뜨거우며 조카의 해맑은 웃음보다 슬픈 무엇. 스크린도어도 없던 시절, 플랫폼으로 들어오는 1호선의 굉음. 열차를 일부러 떠나보내며 나누는 입술. 한강을 건너는 택시와 차창 밖의 쏜살같은 불빛들. 까맣게 꺼진 휴대전화 액정과 한 모금 마셨을 뿐인데 식어버린 찻

잔. 여지없이 비가 쏟아지면 뛰다가 걷다가 고가도로 아래에
서서 젖은 몸으로 스스로를 비웃기. 바보 같지만 가끔 되풀이
하고 싶은 모든 소란에 사랑이라는 이름을 붙여야 할까. 37세
의 삶에 신파를 그리워하다니 이것은 미성숙일까. 어쩌면 사
랑은 새들보다 가깝고 빵보다 단단하며 조카보다 듬직한 무엇
일지도. 퇴근하고 나니 비워져 있는 휴지통. 소화제를 먹을 때
옆에서 따라주는 더운물 한 컵. 늙은 부모의 터무니없는 세계
관을 함께 끄덕이며 흘려듣다가 주차장에 내려와 시동을 걸기
전 누가 먼저랄 것 없이 뱉는 안도의 한숨. 물티슈와 수세미,
파스와 보행기. 암 보험과 노령연금과 장례 토털 케어 서비스
카탈로그를 함께 뒤적거리기.

　　사랑은 걷잡을 수 없는 정열일까, 견고한 파트너십일까. 둘
다일 수도, 둘 다 아닐 수도. 왜 사람은 정체를 알 수 없는 것
에 대해서도 부재를 느낄 수 있는지. 개였는지 재였는지 이름
과 얼굴은 지워졌어도 촉감과 온도와 음향, 아득한 형체로 남
은 것들. 지나간 애인들은 대체로 얼간이거나 양아치였고 그
때는 괜찮은 놈이라 믿었는데 돌아보면 영 아니었다. 한두 명
쯤은 제법 괜찮은 놈이었는데 그때는 몰랐다. 함께 사랑을 밝
혀낼 수도 있었을까. 만약 가장 좋은 인연이 이미 지나갔다면,
바보처럼 내가 알아보지 못했고 이제 열화판을 반복할 수 있
을 뿐이라 생각하면 울적했다. 하지만 그럴 리가. 새로운 사랑

을 위해서는 새로운 사람이 되어야 할 수도. 맹희는 맥주 캔을 구겼다.

"나 조맹희. 시원하게 굴러보고 싶다."

삼십칠 년 동안 그럭저럭 살았고 지금 만족스럽냐고 묻는다면 만족했다. 하지만 '만족'이라는 단어 자체가 불만족스러웠다. 갱신을 원한다면 모험을 받아들여야 할지도 몰랐다. 사랑이 뭔데. 수련회 장기 자랑 무대에 처음 올라갔던 학창시절처럼, 앞구르기든 뒤구르기든 몸을 던지기. *기리보이는 나는 가볼래 내가 알던 곳부터 낯선 곳도 내가 바보래도 나는 가볼래 들어가볼게 WHAT 나는 호랑이 소굴로 들어가*. 얘는 좀 매가리가 있네.

그날 밤 맹희는 식탁에서 노트북으로 메일 한 통을 썼다. 몇 번 만지작거렸던 메일 주소를 수신인에 붙여넣었다. 안녕하세요. 평소 방송을 즐겨 보다가 용기내어 메일 드립니다…… 발송 버튼을 누르기 전에 호랑이의 빛나는 플라스틱 눈알을 봤다.

"너도 이게 바보짓이라고 생각해?"

호랑이가 대답했다.

"어흥!"

"사랑을 찾는 솔로들의 흙맛 나는 고군분투!"

기운찬 캐치프레이즈로 시작하는 〈솔로농장〉은 일반인들이 출연하는 짝짓기 예능 프로그램이었다. 밭이나 과수원이 딸린 펜션에 남녀 열두 명을 모아놓고 5박 6일 동안 관찰함을 얼개로 했다. 이러한 포맷이 〈솔로농장〉만의 것은 아니었다. 데이팅 예능이 범람하고 있었고 평론가들은 '결핍된 것이 유행한다'는 오래된 말을 주워섬겼다. 다만 〈솔로농장〉은 시청자들로부터 '리얼리즘이 살아 있는' 부동의 원조 맛집으로 여겨졌다. 맛집 중에서도 청국장같이 냄새나고 소대창만큼 기름을 튀기는데 등뼈찜처럼 손가락을 빨게 만드는, 우아하지도 산뜻하지도 않지만 그래서 늘어난 티셔츠를 입고 봐도 부끄럽지 않은 프로그램. 출연자들의 외모도 신상도 '나 저런 사람 알아' 할 정도로 친근했다. 아류 프로그램 중에는 〈핑크 아일랜드〉처럼 눈 돌아가는 미남 미녀를 섭외해 로맨틱한 대사를 읊게 하거나, 〈나는 아직 사랑을 믿는다〉처럼 이혼 경험이 있는 이들만 출연시켜 자리잡은 것들도 있었다. 그러나 대부분은 차별화에 실패하였으며 〈하트 파이트〉처럼 데이트와 격투기를 결합하는 무리수를 둬서 언론과 대중의 비난 속에 조기 종영한 프로그램도 있었다.

〈솔로농장〉 19기 녹화 첫날. 미풍을 맞으며 맹희는 펜션 앞마당으로 입장했다. 마당을 둘러싼 나무들에 하얀 꽃이 가득했다.

"남쪽이라 목련이 빨리 피었나보다."

카메라가 많았다. 방송국 미팅 룸에서 진행된 사전 인터뷰 때 이미 카메라 앞에 앉아본 때문인지 의외로 신경이 쓰이진 않았다. 멀리 마당 반대편, 먼저 입장해서 꽃나무 아래 앉아 있는 여섯 명의 남자들이 보였다. 다들 허우대는 나쁘지 않아 보이는데. 앞으로 다섯 밤이 지나면 저들 중 누군가와 무엇이라도 되려나.

맹희는 마당 중앙으로 가서 땅에 꽂힌 삽자루를 잡았다. 나 조맹희. 이제부터는 조맹희가 아니다. 〈솔로농장〉의 출연자들은 5박 6일 동안 실명이 아니라 야채로 불렸다. 삽날에는 맹희 몫의 야채 이름이 각인되어 있을 것이었다. 명치께까지 오는 삽자루는 두 손으로 잡아당겨도 쉽게 뽑히지 않았다. 시작부터 질 수 없지. 맹희는 심호흡을 하고 힘을 다해 삽을 당겼다. 삽이 뽑히며 뒤로 넘어질 뻔했지만 겨우 균형을 잡았다. 아무 일도 없었다는 듯 카메라를 향해 삽날을 보여줬다.

"완두는 처음 나오는 거 아녜요?"

맹희보다 앞서 입장해 옆 자리에 앉게 된 감자가 말했다. 감자는 보통 나이가 가장 많고 마음도 넓어서 큰언니 역할을 하는 출연자에게 붙는 이름이었다. 그런 사람에게 그런 이름이 붙는 건지, 그런 이름이 붙어서 그런 사람이 되는 건지는 알 수 없었다. 제작진은 나에게 왜 완두라는 이름을 줬을까. 콩알처럼 작아서인가. 감자가 아닌 건 다행이었지만 맹희는 내심

양파나 토마토를 바랐었다. 다른 여성 출연자들이 입장했다. 배추. 담백한 분위기로 이번에도 소란 없이 한 명의 마음쯤은 얻을 수 있어 보였다. 양파. 또 남자를 울리려나. 토마토. 자기는 야채가 아니라는 듯 의뭉스러운 매력으로 판을 흔들겠지. 브로콜리. 브로콜리……?

규칙상 첫날에는 직업이나 학력, 거주지, 나이 등의 신상을 물을 수도 밝힐 수도 없었다. 배경을 보기 전에 사람을 먼저 보라는 프로그램의 핵심 장치 중 하나였다. 맹희도 익히 아는 설정이었지만 안에 들어와 있으니 새삼 생각이 많아졌다. 배경을 제거한 사람이란 무엇일까? 말투? 표정? 서 있는 자세? 결국 들리고 보이는 것들인데 그것이 직업이나 학력에 비해 믿을 만한 자질일까? 출연자들은 자체적으로 당번을 정했고 첫 밤의 파티를 위해 장을 보고 요리를 하고 식기를 차렸다. 조거팬츠를 입은 가지가 자기 허벅지를 퉁퉁 치며 "이런 건 남자가 들어야 한다 아입니꺼"라고 너스레를 떨었다. 당근은 고기 굽기를 자처했는데 마야르 반응을 일으키고 육즙을 가두기 위한 최적의 조건에 대해 떠들었다. 나도 이런 식으로 관찰되고 있겠지. 팔다리가 뚝딱거리다못해 얼어붙네. 〈솔로농장〉에 출연하기로 했다는 소식을 듣고 리아가 한 말을 떠올렸다.

"이번엔 제대로 미쳤구나."

출연 신청 메일을 보내고 녹화장에 오기까지 내야 했던 용기를 되새겼다. 여기까지 와서 아무것도 하지 않는다면 나는 아무것도 아니야. 나는 원하는 게 있어. 나는 내가 원하는 게 있다는 걸 알고 있어. 자자는 버스 안에서 노래했지. *넌 너무 이상적이야 네 눈빛만 보고 네게 먼저 말 걸어줄 그런…… 너무 오래전인데.* 아무튼 고무줄은 팽팽히 당겨졌고 새총을 떠나면 콩알도 총알이 되는 법. 나 조맹…… 아니 완두. 마음 가는 대로 날아가기.

이십여 대의 카메라와 대형 조명으로 둘러싸인 출연자들은 야외 테이블에서 첫 만남을 기념하며 건배했다.

"솔로농장, 풍년을, 위하여!"

구십 분가량 이어진 첫 회식에서 맹희는 맥주 한 캔 반을 마셨고 완두라는 이름으로 여섯 번 정도 불렸다. 양파와 대파 사이에 앉았다가 버섯과 배추 사이에도 잠시 앉았다. 맞은편의 오이와 맥주 캔을 부딪쳤고 쌈장을 입에 묻힌 고구마에게 냅킨을 건네줬다. 작은 키 때문에 받았던 오해, 그리고 학창시절 급식에서 콩밥이 나왔던 날을 소재로 한 유머로 좌중을 두 번 웃겼다. 밤바람이 차가워지자 출연자들은 야외 자리를 정리하고 실내로 이동해 여흥을 이어가기로 했다. 쓰레기를 모아 담으며 맹희는 술자리를 복기했다. 나쁘지 않았어. 적극적이었어. 제법 날았어. 그렇긴 그런데…… 날아가서 맞혀야 할 과녁을 모르겠네. 천천히 봐야겠지. 저 여섯이 세상 마지막이라고 친다면. 맹희는 왠지 그렇게 가정해야 할 필요를 느꼈지만 그런 자신이 썩 마음에 들지는 않았다.

펜션 거실에서 자유로운 분위기로 헤쳐 모이며 회식이 이어졌다. 긴장감이 확연히 누그러지자 피디들이 하나둘 담당 출연자를 데리고 속마음 인터뷰를 따기 시작했다. 저녁까지는 출연자들이 다 모여 있었고 카메라가 워낙 많아서 맹희는 담당 피디를 인지하지 못했다. 야외 테이블을 정리할 때에야 자신을 따라다니는 카메라를 누가 들고 있는지 봤다. 그는 맹희의 또래 같았는데 현장에서는 비교적 연차가 낮은 듯했다. 다른 피디나 작가로부터 몇 번 귓속말을 들었고 그때마다 당황스러운 표정을 지었다. 맹희는 다른 제작진이 그를 '우영 피디'라고 부르는 것을 들었다.

우영 피디는 펜션 뒷마당의 풍성한 목련나무 아래로 맹희를 안내했다.

"저기 앉으시겠어요?"

그가 나무 아래 벤치를 가리키고 삼각대에 카메라를 거치했다. 맹희는 흥성거리면서도 서로 눈치를 보는 출연자들 사이를 떠나서인지 오히려 긴장이 풀렸다. 공기가 맑았다. 벤치에 등을 기대고 까만 밤하늘과 하얀 목련을 올려다보니 가슴이 트였다. 긴장한 쪽은 우영 피디 같았다.

"카메라 말고 저를 보면서 대답해주시면 돼요."

그는 첫 질문 몇 개를 더듬었는데 원래 말솜씨가 없는 사람은 아닌지 곧 차분해졌다. 어떤 질문은 방송을 봤던 사람이라면 으레 예상할 수 있는 것이었고 어떤 질문은 이걸 왜 물어보지 싶었다. "잠깐만요." 우영 피디가 자리에서 일어나 맹희의 어깨에 내려앉은 작은 목련꽃 잎을 떼어냈다. "계속 말씀 나눠볼까요." 맹희가 얘기할 때 그는 온화한 표정으로 고개를 끄덕였다. '현장' 같은 단어와는 어울리지 않는 얼굴과 말투가 맹희의 마음을 편하게 했다. 이상하네. 고도의 인터뷰 스킬인가. 인터뷰가 끝나고 우영 피디가 장비를 정리했다. 맹희는 벤치에서 일어나 그의 뒤통수에 대고 물었다.

"아니 근데요. 제 이름이 왜 완두예요?"

우영 피디는 "글쎄요, 작가님들이 정하시는 거라……" 하며 턱을 몇 번 긁적이다가 말했다.

"완두가 단맛이 있잖아요? 완두로 만든 앙금, 저는 좋아해요."

휘휘휘. 피디님 좀 치시네. 우영 피디가 베이지색 옥스퍼드 셔츠 소매를 걷어붙이고 다시 카메라를 어깨에 걸쳤다. 접힌 소매 아래로 은은하지만 질겨 보이는, 나무뿌리 같은 잔근육이 눈에 들어왔다.

우엉. 이제부터 당신은 우엉이다.

우엉이 말했다.

"들어갈까요. 가서 좋은 분 알아보셔야죠."

그래야지. 그런데 당신 혹시 따뜻하고 향긋한데다가 장 건강과 피부 미용에도 좋다는 우엉차 같은 남자니. 따뜻한 흰쌀밥과 언제나 어울리는, 자기주장은 약하지만 씹으면 씹을수록 감칠맛이 나는 우엉조림 같은 남자냐고.

맹희는 혼란 속에서 사흘을 보냈다. 이틀째 오전에 직업과 나이 등을 밝히는 자기소개 시간이 있었다. 대파와는 커피를 내려서 아침 산책을 했고 오이와는 밤의 파라솔에서 스파클링 와인을 마셨다. 첫 외식 데이트에서 고구마가 프로그램의 고정 멘트인 "나랑 밥 먹자"를 맹희 앞에서 외쳤다. 인근의 가든형 황태구이 전문점에 갔는데 양념이 매콤했다. 두번째 회식에 공용 거실의 노래방 기계로 이런저런 노래를 불렀다. 핑클과 버즈, 러브홀릭과 렉시가 출동했고 맹희도 분위기에 젖어 이은미의 〈애인 있어요〉를 불러버렸다. 그 사람 나만 볼 수 있어요 내 눈에만 보여요. 브로콜리가 "다 칙칙해" 하면서 마이크를 쥐었고 아무도 모르는 랩송을 불렀는데 감탄할 만한 실력이었다. 토마토에게 사실상 차인 가지는 술을 마셨고 맹희는 얼굴이 보랏빛이 된 가지의 산책 제안을 거절했다. 버섯과 당근의 애정 공세를 동시에 받던 양파가 "언니, 진짜 어떡하죠"라며 눈물을 흘렸고 맹희가 등을 토닥여줬다. 그 모든 순간, 맹희의 곁에는 카메라를 든 우엉이 있었다. 그는 네 번쯤 조심스럽게 맹희에게 말했다.

"저 완두님. 그…… 카메라를 보시면 안 돼요."

그 사람 나만 볼 수 있어요 내 눈에만 보여요오오오오. 카메라를 보는 게 아니었다. 자꾸 우엉에게 눈이 갔다. 우엉은 반지를 비롯한 어떤 액세서리도 착용하지 않았고 베이지와 카키, 올리브 계열의 의복을 즐겨 입었으며 할말이 있으면 "그……"라고 운을 떼면서 입술을 달싹거리는 버릇이 있었다. 맹희는 그런 것들을 알게 되는 자신을 멈출 수 없었다. 사흘째에서 나흘째로 넘어가는 심야. 화장실 거울 앞에서 감자와 나란히 서서 클렌징크림을 발랐다. 카메라가 들어오지 못하는 곳이었고 마이크도 뗀 채였다.

"에휴, 이게 다 뭔 지랄이야."

감자는 오이를 포기한 후 끌리는 상대도, 다가오는 상대도 없어서 녹화 종료까지 남은 시간을 교양으로 채우려는 듯했다. 감자가 맹희에게 물었다.

"완두씨는 여기 와서 뭐가 제일 재밌어?"

맹희는 즉시 대답이 떠올랐으나 적절한지를 잠깐 고민했다. 굳이 거짓말을 할 필요는 없었다.

"저는 인터뷰가 제일 재밌던데요?"

나흘째까지 맹희는 우엉과 아홉 번의 인터뷰를 했다. 우엉과 마주앉아 이야기하는 게 대파와 커피를 마시고 고구마와 황태를 뜯는 것보다 재미있었다. 맹희는 〈솔로농장〉에서 자신을 제일 잘 이해하는 사람이 우엉이라고 느꼈다. 그런 말까지 기억한다고? 내가 설거지할 때 고무장갑 안 끼는 걸 봤다고? 원래 피디들은 관찰력이 좋은가. 불쑥불쑥 맹희가 우엉에게 건네는 질문이 늘었다. 피디님은 어디 사세요? 쉴 때 뭐하세요? 애인 있어요? 무례한 질문인 듯도 했지만 '우엉 당신도 카메라 들이대고 나한테 별거 다 물어보잖아'라고 생각하며 당당해졌다. 우엉이 "아니 인터뷰는 제가⋯⋯"라며 당황하면 맹희는 "에이 어차피 편집 다 할 건데"라며 우엉에게 손가락 총을 빵빵 쐈다.

촬영 종료 전날. 자유롭게 데이트를 설계해 상대를 지목할 수 있는 스페셜 데이트권을 두고 경쟁 미션을 수행할 차례였다. 〈솔로농장〉의 미션은 흙맛 센스로 유명했다. 감귤 빠르게 따기, 새끼 길게 꼬기, 정확한 무게의 감자 담기 등. 젓가락으로 지렁이를 옮겼던 회차는 방송심의위원회로부터 주의 처분을 받았다. 마당에 모이라는 호출이 나오자 양파가 "뭘 시킬지 무서운데"라며 볼을 감쌌다. 맹희는 결연히 트레이닝복을 입고 운동화를 신었다. 먼저 남성 출연자들이 쌀 포대를 어깨에 지고 누가 스쾃을 많이 하는지 겨뤘다. 대파가 의외로 분투했지만 결국 가지가 이겼다. 여기까지는 평범한 흙맛이었다. 훗날 시청자들에게 회자될 쪽은 여성 출연자들의 미션이었다.

제작진의 안내에 따라 미니버스를 타고 인근의 임야로 이동하였다. 분변냄새가 코를 찔렀다. 짝짓기 예능만 십 년째 만든다는 총감독이 메가폰을 들었다.

"사랑도 야채도, 잘 자라기 위해서는 거름이 필요합니다."

임야 한가운데에 거름이 산더미처럼 쌓여 있었다. 각 여성 출연자들 앞에 삽 한 자루와 외발 수레 한 대가 준비되었다. 시간 내에 최대한 많은 거름을 밭으로 옮길 것. 토마토가 코를 쥐었다. "아, 냄새." 감자가 한숨을 쉬었다. "솔로농장 독하다 독해." 브로콜리는 의외로 담담했다. "저 사우스캐롤라이나 있을 때 좀 해봤거든요." 맹희는 삽을 잡았다.

'이게 삽질이라 해도……'

거름에 삽을 찔러넣었다. 한 삽 한 삽 거름을 수레로 퍼 담다보니 활력이 돌았다. 수북하게 차오르는 거름과 함께 마음도 괜히 충만해졌다. 왜 재밌지. 육체노동의 기쁨 뭐 그런 건가. 대단치 않은 말과 행동을 간 보고 따지고 해석하고, 나 또한 읽히길 기대하면서도 감추고 꾸미고 짐짓 모르는 체하고…… 수레에 거름을 채워 밭에 뿌리듯 그저 열성으로 증명할 수 있다면, 그렇게 이룰 수 있다면 쉬울 텐데. 수레는 어느새 거름으로 그득해졌다. 맹희는 손잡이를 잡고 으차차 힘을 줬다. 그리고 자신이 외발 수레 같은 건 전혀 사용해본 적이 없음을, 얼마만큼의 무게를 밀고 당길 수 있는지 모른다는 것을 깨달았다. 수레가 좌우로 요동치며 엉뚱한 방향으로 맹희를 끌어당겼다. 지켜보던 브로콜리가 외쳤다.

"어, 어어……!"

거름 위에 엎어진 맹희에게 배추가 달려와 "완두님, 안 다쳤어요?"라고 물었다. 맹희는 "괜찮아요, 괜찮아" 하며 툭툭 털고 일어났다. 수레를 바로 세우고 쏟아진 거름을 다시 담기 시작했다. 삽을 쓰다가 곧 손으로 쓸어담았다. 나 조맹희…… 또 조맹희…… 몸을 일으켜 수레를 다시 잡은 맹희는 여성 출연자들도 남성 출연자들도 제작진들도 모두 자신을 보고 있다는 걸 깨달았다. 우엉은 카메라를 든 채였지만 그의 눈은 파인더가 아니라 맹희를 향해 있었다. 턱이며 팔뚝이며 무릎에 거름을 묻히고 맹희는 모두에게 말했다.

"왜요? 안 해요? 왜 안 해요?"

스페셜 데이트권은 맹희의 차지였다. 샤워를 마치고 정오가 막 지났을 때 맹희는 제작진에게 농장과 마주보고 있는 산 정상을 가리켰다. 잔뼈가 굵어 보이는 작가가 "아아, 등산 데이트구나"라고 말했다. 옆에 서 있던 스페셜 데이트 촬영팀이 표정을 구기며 수군거렸다. "저기가 저래 보여도 정상까지 왕복 네 시간은 걸릴 텐데……" 작가가 "또 그러신다" 타박하며 촬영팀의 말을 자르고 맹희에게 남성 출연자 중에 누구를 데려갈 거냐고 물었다. 맹희가 대답했다.

"혼자 갈래요."

총감독이 쓰읍, 하며 팔짱을 꼈다. 캠핑 의자에 몸을 묻고 잠시 허공을 보던 그가 몸을 일으키며 말했다.

"혼자 등산도 재밌겠네. 그렇게 해요."

이상한 짓은 이상할수록 화제가 되는 프로그램이었다. 남성 미션 승리자인 가지가 제작진이 기대하던 브로콜리를 지목한 상태였고, 서사는 그쪽에서 충분히 건질 수 있었다. 총감독이 씹고 있던 껌을 종이컵에 뱉으면서 덧붙였다.

"그림적으로는 별거 없을 테니까 우영 피디만 갔다 와."

맹희가 우영을 보며 씨익 웃었다.

골짜기에는 아직 산산한 겨울 기운이 남은 듯했지만 양지 바른 곳에 핀 봄꽃 향기가 바람에 실려왔다. 대개 포장되지 않은 완만한 등산로였고 이따금 통나무를 쌓은 계단이나 시냇물 위 징검돌이 나타났다. 산보중이던 마을 어르신마다 "뭘 찍능가?" 하고 물었다. 우영은 분주했다. 이 사람 어디 갔어, 하고 보면 한참을 뒤떨어져 파인더를 들여다보고 있었고, 어느새 후다닥 맹희를 앞질러 이런저런 구도로 맹희의 산행을 담았다.

"다 똑같은 그림인데 그만 좀 찍어요."

우영이 머쓱한 표정으로 카메라를 내렸다. 둘은 잠시 말없이 걸었다. 나뭇잎들이 스치는 소리. 새들이 서로를 부르는 소리. 두 사람의 발소리. 그리고 맹희 안에서 데굴데굴하며 커지

64

는 것.

"피디님. 산꼭대기로 바위를 밀어올리는, 그 벌받는 사람 이름이 뭐였죠?"

"바위를 밀어요?"

우엉이 카메라를 들지 않은 손으로 턱을 긁적거렸다. 맹희는 기억을 더듬었다. 아틀라스. 바위를 그냥 들고 있지. 프로메테우스. 불씨 훔친 놈이고. 인디애나 존스. 아니 얘는 굴러오는 바위를 피하잖아. 무슨 바보 같은…… 우엉이 입술을 달싹거리다 말했다.

"시시포스?"

"맞다. 시시포스. 역시 배우신 분이네."

정상은 표지석도 없이 심심한 공터였지만 상쾌했다. 같은 색깔 등산복을 입은 노부부가 카메라를 가뿐히 무시하고 맹희와 우엉에게 보온병에 담긴 커피를 나눠줬다. 맹희는 기지개를 켰고 파란 하늘과 흰구름, 먼 아래에 봄꽃처럼 색색으로 흩어져 있는 지붕들을 봤다. 우엉이 맹희와 풍경을 카메라에 담았다. 맹희는 이 장면이 어떻게 방송될지 그렸다. 굳이 짝짓기 프로그램에 출연해서, 굳이 거름투성이로 데이트권을 땄는데, 결국 산에 혼자 올라간 여자. 그동안 프로그램에 등장했던 이상한 사람들을 떠올렸다. 설거지를 하다 갑자기 울음을 터뜨리거나, 네잎클로버를 찾겠다고 네 시간 동안 풀밭을 뒤진 출연자들.

"여기 오니 사람이 이상해져요."

출연자들이 공통적으로 하는 말이었다. 나도 이상해졌네.
이상해지지 않을 도리가 없네.

"눈물이라도 흘릴까요? 그래야 그림 나오나?"

"감독님이 완두님 울면 잘 찍어 오라고 했는데, 저는 안 울
줄 알았어요."

"……그럼 야호라도 외칠까요?"

"완두님 하고 싶은 대로 하시면 돼요."

정상은 사방이 허공이라 발 내디딜 곳이 없었다. 그래서 모
든 방향으로 열린 세계처럼 보이기도 했다.

"하고 싶은 대로 하게 카메라 좀 치워봐요."

그뒤 정상에서 보낸 십오 분은 어떤 카메라에도 기록되지
않았다. 맹희는 "저는 조맹희인데요"로 시작해서 "저는 여기
와서 제일 관심 가는 사람이……"로 말을 이어갔다. 우엉은
진지하게 들어줬지만 물론 그에게도 그의 이유가 있었다. 상
투적이지만 정중해. 우엉 당신, 거절도 마음에 들게 하네. 다
만 이제 산 아래로 바위가 굴러떨어질 차례.

맹희는 엉덩이를 툭툭 털며 이렇게 대화를 맺었다.

"그래도 전 삽질한 거 후회 안 해요."

〈솔로농장〉 19기는 팔십 분씩 5회 분량으로 편집되어 한여름에 방송되었다. 시청자 반응이 달아오르는 건 보통 2회 자기소개부터였다. '반전 매력'부터 '그럴 줄 알았다'까지. 시청자들은 각종 커뮤니티와 오픈 채팅방에서 출연자들의 신상을 비교하고 평가했다. 가지는 피트니스센터 두 곳을 운영하는 사업가였고 당근은 IT 기업의 개발자였다. 누군가 집요한 검색으로 가지의 피트니스센터를 찾아냈고 소재지와 규모를 따진 뒤 거품이라는 결론을 내렸다. 당근이 결혼 준비가 되어 있다며 언급한 하남시의 아파트가 최근 이억원 이상 급락했다는 사실도 지적됐다. 오이에 대하여 '아무리 피부과 의사여도 저 키는 남자로 안 보임'이라는 의견이 꽤 있었다. 자기소개 직후 인터뷰에서 토마토가 오이의 자신감이 매력적이었다고 말하자, 많은 이가 필라테스 강사가 의사 사모가 되려 한다며 양심을 물었다. 여가 시간을 강아지와 보낸다는 배추는 '애인보다 개 먼저 챙길 타입'이라고 평가되었다. 감자는 '눈만 높은 흔한 여자 공무원', 브로콜리는 '금수저 물고 유학 다녀와 예술계 기웃거리는 애'가 되었다. 화면 속 맹희는 자신을 수입 음반사의 마케팅 담당자라고 소개했다. 자막으로는 '완두(37세), 글로벌 레코드 세일즈 마케터'라고 표시되었다. 시청자들은 '중소기업 다니네'로 받아들였고 일부는 '서른일곱에 하트 박힌 핑크색 스웨터, 쎄하다 쎄해'라는 댓글을 남겼다.

주요 서사는 양파를 사이에 둔 버섯과 당근의 경쟁이었고 배추와 대파의 알콩달콩이 반찬처럼 곁들여졌다. 아침식사로 계란말이를 만들고 케첩으로 하트 그리기. 꽃다발과 레터링 케이크를 공수해 플라스틱 잔에 와인 마시기. 창문 아래에서 블루투스 마이크로 임재범 노래 부르기. *내 거친 생각과 불안한 눈빛…… 그건 아마도 전쟁 같은 사랑.* 시청자들은 손발을 스트레칭하며 공감성 수치를 호소했지만 화면 속 야채들은 웃거나 울었다. 브로콜리가 휴가라도 온 듯한 엉뚱한 언행으로 소소히 욕을 먹었지만 19기의 '빌런'으로는 가지가 회자되었다. 가지는 "전 머리가 나빠서 사랑을 가슴으로 합니다"라는 '명언'을 남겼는데 여론은 '가슴이 뜨겁다기보다는 머리가 나쁘다는 것만을 증명했다'로 모아졌다.

완두의 분량은 미미했다. 고구마와의 황태구이 데이트는 편집되었다. 다음날의 드라이브 데이트에서 누구에게도 선택받지 못했을 때, 숙소에서 감자와 함께 제작진으로부터 제공된 산채비빔밥을 먹는 장면이 이어졌다. 고추장을 듬뿍 넣고 쓱쓱쓱싹 밥을 비벼 한 숟가락을 욱여넣고 완두는 말했다.

"왜 맛있고 난리지."

조금 유쾌하다는 차이가 있었으나 시청자들은 완두를 전에 등장했던 부추나 쑥갓, 미나리 같은 캐릭터들과 비슷하게 받아들였다. 애써 웃지만 외롭고 서툴고 결국 풀이 죽는 출연자.

거실 소파에 앉아 과일을 깎아 먹으며 텔레비전을 보는 아줌마 아저씨들로 하여금 "저 여자는 저 나이에 왜 저러고 있냐"라는 말을 한 번은 하게끔 만드는 출연자. 프로그램에 현실성을 부여하되 짝을 얻어 가지는 못하는 출연자.

완두가 재발견된 건 4회 스페셜 데이트권 미션이었다. 외발 수레를 밀다가 거름 위로 와장창 넘어지는 장면은 서로 다른 각도와 사이즈로 네 번 재생되었다. 모 커뮤니티에서 실시간으로 중계를 달리던 시청자들은 '늙고 직업도 별로면 노력이라도 해야지'라며 칭찬했는데 동시에 다른 커뮤니티에서는 '저렇게까지 해서 만날 놈이 있나, 자존감 어디'라며 혀를 찼다. 승리한 완두가 산에 혼자 가겠다고 밝히자, 앞서 칭찬하던 쪽은 '주제도 모르고 허세야'라고 비난했고, 혀를 차던 쪽은 '엿 먹이려는 큰 그림이었네'라고 응원했다.

최종 선택을 담은 마지막 에피소드에서 작은 화분에 담긴 모종을 서로 교환한 출연자들이 있었다. 선택을 포기한 사람들은 자신의 모종을 땅에 묻었다. 쪼그려앉아 토닥토닥 땅을 두드리는 맹희의 등이 몇 초간 보였다. 각자의 삽을 든 출연자들이 마당에 모여 카메라를 향해 다 함께 손을 흔들었다. 시청자들은 최종 커플로 성사된 배추와 대파, 양파와 버섯이 실제로 사귀고 있는지 소셜미디어를 검색했고 이별의 가능성을 전망했다.

방송을 보며 맹희는 생각했다. 저게 나인가. 아니지. 저것
도 나인가. 그건 맞지. 완두는 맹희의 전부는 아니었지만 일부
이긴 했다. 나 생각보다 관종이었을지도. 맹희는 갖가지 조합
의 검색어를 입력하여 시청자들의 반응을 찾아 읽었다. 각오
는 했지만 어떤 말들은 너무 부당했다. 사람들은 나이와 직업
과 외모를 초월한 사랑이 더 진실하다 여기면서도 정말 그것
들을 초월하려고 시도하면 자격을 물었다. 인생을 반도 안 산
사람에게 어떻게 '도태'되었다는 표현을 할 수 있는지, 596명
이나 거기에 추천을 누르는 세상은 어떤 세상인지 의아했다.
맹희 자신도, 감자도 토마토도 양파도 그들이 비난하는 만큼
잘못한 건 아니었다. 어째서 이렇게나 많은 남자가 '좋은 사람
만나서 행복해지고 싶다'는 말을, 무엇을 속이거나 팔아넘기
겠다는 말로 번역해서 들을까. 맹희는 집요하고도 악랄한 댓
글 228개 아래에 익명으로 슬쩍 썼다.

'너네는 어쩌다 이렇게 좆같아졌어?'

나쁜 놈들에게는 욕을 하면 속이 풀렸지만 '언니 제발 혼자
살아요' 같은 반응을 보면 미안해졌다. '여기 나오는 여자들
다 별로. 시대가 시대인데 남미새 짓 그만'이라는 댓글을 보고
'남미새'가 뭔지 찾아봤는데 '남자에 미친 새끼'라는 뜻이었
다. 자신이 독신 여성에 대한 편견을 이 세상에 보태버렸다고
생각하면 괴로웠다. 내가 무슨 〈내 이름은 김삼순〉이나 〈브리

짓 존스의 일기〉를 찍겠다고 출연했을까. 그런데 삼순이는 고작 서른, 브리짓은 서른둘이었다고. 다 오래전 이야기네, 오래전 이야기야. 자신이 철 지난 생각밖에 못하는 철 지난 사람이라는 의심 속에서 맹희는 움츠러들었다.

퇴근 후에 청계천 끄트머리에서 리아를 기다렸다. 약속 시간보다 십 분 늦게 나타난 리아는 슬랩스틱코미디언처럼 우당탕 넘어지는 척을 하더니 말했다.

"안 해요? 왜 안 해요? 와아 조맹희 개멋있어."

언제나의 프랜차이즈 와인 주점에서 와인을 두 병 비웠다. 리아가 말했다. "와인은 사랑이지." 형광등 쩅쩅한 디저트숍에서 생크림을 수북이 올린 파르페를 한 개씩 해치웠다. "파르페는 사랑이지." 다시 민속 주점에서 김치전에 막걸리 한 항아리를 마셨다. "막걸리는 사랑이지." 파이팅 넘치는 데이트 후에 두 사람은 시청 앞을 걸었다. 바닥 분수 옆의 아이와 부모. 서로 부채질을 해주며 걷는 연인들. 음, 좋아 좋아, 흥얼거리던 리아가 커다란 십자가와 현수막을 내세운 한 무리의 사람들을 보고 고개를 저었다. "저건 사랑 아닌데." 그들이 든 피켓에는 '가정을 파괴하고 국가를 무너뜨리는 동성애'라거나 '미국『사이언스』도 말했다, 인간에게 동성애 유전자 없어' 등이 쓰여 있었다. 리아가 말했다.

"사랑도 못하게 하냐. 하나님 메롱."

확성기를 들고 있던 우람한 남자가 두 사람을 째려봤다. 리아가 맹희의 팔짱을 끼며 "야, 도망쳐 도망쳐" 하고 종종걸음을 놓았다. 두 사람은 전철역을 구르듯 뛰어내려가며 숨가쁘게 킥킥거렸다. 맹희는 자신의 따뜻하고 웃긴 친구에게 작은 선물을 사줘야겠다고 마음먹었다.

마지막 회 방송 후 광화문의 한 맥줏집에서 〈솔로농장〉 19기 동기들의 뒤풀이가 있었다. 브로콜리와 버섯, 가지는 오지 못했지만 나머지는 기쁜 얼굴로 둘러앉아 소식을 나눴다. 배추의 강아지와 대파의 고양이는 다행히 조금씩 친해지는 중이었다. 양파는 마지막 녹화에서 버섯을 택했지만 현재는 당근과 사귀고 있었는데 두 사람은 만날 시간이 부족해서 같이 살까 고민중이었다. 출연료 백만원과 기념품으로 받은 삽을 어떻게 처리했는지 떠들다가 샌프란시스코에 있는 예리, 즉 브로콜리에게 영상통화를 걸었다. 그녀는 눈을 비비며 말했다.

"여기 새벽 세시야. 오 마이 크레이지 피플……"

경진, 누리, 준수, 은혜, 형석, 소영, 문용, 필재, 그리고 맹희는 때때로 서로를 야채로 부르며 〈솔로농장〉을 추억했고 악플을 비웃으며 맥주잔을 부딪쳤다. 소영은 눈물을 찔끔, 형석과 문용은 포옹을 했다. 옆 테이블에 있던 불량배들이 이쪽을 빤히 쳐다보며 킥킥거렸다. 한 녀석이 백지영과 옥택연의 〈내 귀에 캔디〉를 우스꽝스럽게 불렀다. *내 귀에 캔디 꿈처럼 달*

콤했뉘예뉘예. 방송을 본 사람이라면 알겠지만 명백히 누리와 필재에 대한 조롱이었다.

맹희가 맥주잔을 내리치며 불량배들에게 일갈했다.

"사랑할 용기도 없는 놈들!"

땅콩에 맥주 한잔을 나누던 할머니 둘이 "옳소!" 하며 일어 났다. 넥타이를 풀어헤친 회사원들, 앞치마를 두른 종업원들 이 일제히 박수를 쳤다. 불량배들이 도망친 뒤 맥줏집 사장이 맹희 일행에게 말했다.

"당신들 잘못 없어. 오늘 꼭지 열어!"

종업원들이 공짜 술을 모두에게 날랐다. 웃음과 건배, 악수 와 박수. 구석에서 홀로 샴페인을 들이켜던 외국인이 테이블 위로 올라섰다. 부리부리한 눈과 코, 멋진 콧수염. 하얀 러닝 셔츠에 청바지를 입은 사내였다. 그가 "에−오" 하고 외치자 모두가 잔을 들며 "에−오" 하고 화답했다. 그는 우뚝 서서 주 먹 하나를 하늘로 치켜올렸다. 그리고 노래를 시작했다.

"Don't stop me now…… Don't stop me……!"

딴 딴단단 딴딴. 딴 딴단단 딴딴. 사장이 가게 한편의 피아 노를 연주했고 모두가 어깨동무한 채 합창했다. 돈 스탑 미 나 우 (*커즈 아임 해빙 어 굿타임*) 돈 스탑 미 나우 (*예스 아임 해 빙 어 굿타임*) 아 돈 워너 스톱 앳 올. 다 함께 거리로 뛰쳐나 갔고 노랫소리를 들은 이들이 찜닭집과 스터디 카페, 스크린

골프장에서 쏟아져 뒤를 따랐다. 세종대로 좌우로 도열한 고층 빌딩 창문이 열렸고 환호성 속에서 장미꽃 잎이 휘날렸다. 맹희는 군중에 섞여 행진했다. 신호등에 매달려 나팔을 부는 우영과 경찰차 지붕 위에서 탭댄스를 추는 리아를 봤다. 나이도 성별도 하는 일도 제각각인 연인들이 거리에서 입을 맞추고 팔짱을 끼고 춤을 췄다. 온갖 야채들이 자라난 광화문광장 한복판, 맹희는 자신을 기다리고 있던 사람을 한눈에 알아봤고 뜨겁게 포옹하며 입을 맞췄다. 밤하늘 가득 폭죽이 터졌다. 세종대왕이 기립 박수를 쳤고 비둘기와 주한 미국 대사와 중국인 단체 관광객을 포함하여 온 세상이 하이파이브를 했다.

어디서부터 꿈인지 헷갈려하며 맹희는 깨어났다. 속이 쓰렸고 왼쪽 무릎에 멍이 들어 있었다. 시원한 물을 유리컵 가득 따라 꿀꺽꿀꺽 다 마셨다. 속을 보이면 어째서 가난함과 평안함이 함께 올까. 그날 '맹이의 대모험'이었던 블로그 이름이 '돌멩이의 대모험'으로 슬쩍 바뀌었고, 이런 글이 올라왔다.

'구르더라도 부서지진 않았지.'

〈솔로농장〉 20기에 나타난 이상한 출연자들의 이상한 짓이 화제가 되는 동안 맹희는 출근과 퇴근, 급행 전철의 관성 속에서 생활로 내려앉았다. 〈솔로농장〉 출연을 고민하는 직장 동료에게 "해볼 만해요, 강추"라며 엄지를 치켜들었다. 리아를 따라 독서 모임에 참석하다 열두 살 어린 동생이랑 네 살 많은 언니랑 셋이서 '오늘의 한끼'라는 단톡방을 만들었다. 심심해서 '한양 도성 함께 걷기' '독신을 위한 보험 상품 스터디' 모임에 나가기도 했는데 가끔 "맞아요 맞아, 제가 완두입니다"라고 소개하여 작은 웃음을 줬다. 〈솔로농장〉 역대 출연자 모임을 두세 번 드나들다 14기 순무가 방송과 사뭇 다른 인간이라는 걸 알았다. 순무와 교제를 시작하고 어느 아침, 맹희는 자신과 순무의 12간지로, 별자리로, 혈액형으로, MBTI로 애정운을 검색했고 그중 가장 좋은 것을 골라 순무에게 보내줬다. 운명과 세상을 비웃는 기분에 맹희는 혼자 키득거렸다. 애인이라는 단어를 타이핑하며 휘성의 〈사랑은 맛있다〉를 들었다. 극장과 미술관. 저수지와 둘레길. 호캉스와 드라이브. 오개월이 지났고 맹희는 순무가 자신이 기대하던 만큼은 아니며, 맹희 자신도 자신이 기대하던 만큼의 사람은 아니라고 느꼈다. 카페에서의 이별은 담백했지만 집으로 돌아오는 길에는 15&의 〈사랑은 미친 짓〉을 들었다. 맹희는 외투를 옷걸이에 단정하게 건 뒤 호랑이의 머리를 쓰다듬으며 말했다.

"사랑하고 왔다."

전철에서는 여전히 음악을 들었다. 음악을 듣고 있다는 걸 종종 잊기도 했다. 정신을 차려보면 자동 재생 때문에 엉뚱한 곡에 닿아 있었는데 그게 또 나쁘지 않았다. 인생은 지금이야, 야, 야, 나이는 숫자, 마음이 진짜, 가슴이 뛰는 대로 가면 돼,

아, 아, 아모르 파티. 알고리즘이 어떻게 인도했는지 모르겠지만 김연자 선생님 멋있네. 나 이제 아모르 파티를 알겠네. 전철역을 나서고도 집에 가지 않고 산책하는 날들. 노점에서 굽는 붕어빵 냄새. 담장 위를 걷는 고양이의 발걸음. 전동 킥보드에 올라탄 여중생들의 웃음소리. 모든 것이 은총처럼 빛나는 저녁이 많아졌다. 하지만 맹희는 그 무해하게 아름다운 세상 앞에서 때때로 무례하게 다정해지고 싶은 충동을 느꼈다. 그런 마음이 어떤 날에는 짐 같았고 어떤 날에는 힘 같았다. 버리고 싶었지만 빼앗기기는 싫었다. 맹희는 앞으로도 맹신과 망신 사이에서 여러 번 길을 잃을 것임을 예감했다. 많은 노래에 기대며. 많은 노래에 속으며.

"나 조맹희. 나는……"

식탁 위의 호랑이. 솜으로 만든 맹수. 구르고 포효하고 플라스틱 이빨로 남과 나를 물어뜯고, 완두처럼 작지만 돌멩이처럼 단단하고 상대에 따라 콩알도 총알도 되지. 사랑이라면 삽질을 하다 내 발등을 찍지만 얕본다면 당신 정수리를 찍을 거야.

전신 거울 옆에 기념품인 삽이 있었다. 나무로 된 길쭉한 삽자루 끝에 빛나는 금속의 삽날. 꼭 그것처럼 생겼는걸. 맹희는 삽을 옆으로 들었다. 스타디움에 번개를 내리꽂는 록스타처럼, 왼손으로 자루를 받쳐잡고 오른손으로 삽날을 긁었다. 오

늘은 호랑이에게만 들리는 기타 솔로. 제목을 붙인다면 롤링,
롤링 선더……!

* '솔로농장'은 〈나는 솔로〉(ENA, SBS Plus)를 모티프로 하였으나, 소설에 묘사된 인물과 사건, 제작 방식 등은 모두 허구이다.

** 이텔릭체 표기는 노래 가사를 인용한 것이며 순서대로 다음과 같다.

• 이소라, 〈바람이 분다〉(이소라, 2004)

• 빅마마, 〈체념〉(이영현, 2003)

• 천상지희 다나&선데이, 〈나 좀 봐줘(one more chance)〉(KENZIE, 2011)

• Guns N' Roses, 〈Sweet Child O' Mine〉(Guns N' Roses, 1988)

• 기리보이(Feat. Jvcki Wai), 〈호랑이소굴〉(기리보이 · Jvcki Wai, 2019)

• 자자, 〈Bus 안에서〉(강원석, 1996)

• 이은미, 〈애인 있어요〉(최은하, 2005)

• 임재범, 〈너를 위해〉(채정은, 2000)

• 백지영(Feat. 택연 of 2PM), 〈내 귀에 캔디〉(방시혁, 2009)

• Queen, 〈Don't Stop Me Now〉(Freddie Mercury, 1978)

• 김연자, 〈아모르 파티〉(이건우 · 신철, 2013)

전조등

한낮의 아스팔트 위에 죽은 것이 있었다.

검붉은 피가 엉겨붙은 잿빛 털 뭉치. 얼마 전까지 작은 동물이었던 것의 잔해. 자세히 보기는 꺼림칙했다. 일곱 살의 그는 고개를 돌렸다. 작고 둥근 흙무덤을 잠시 상상했다. 만화에서는 그런 무덤 앞에 나뭇가지 두 개를 엮은 십자가가 으레 꽂혀 있었다. 곧 그는 더러운 것을 함부로 만지면 안 된다는 부모의 말을 떠올렸다. 횡단보도 앞에서 좌우를 살폈다. 약국과 복권 가게 사이로 난 차도는 한산했다. 신호등도 없는 곳이었다.

그즈음 이미 그는 주의해야 할 일들이 적힌 긴 목록을 갖고 있었다. 횡단보도로만 길을 건널 것. 모르는 사람을 따라가지 말 것. 수도꼭지를 끝까지 잠글 것. 친구네 집에 들어갈 때는 신발을 가지런히 둘 것. 저녁을 먹고 가라고 해도 사양하고 돌아올 것…… 차에 치이고 병에 걸리고 물건을 잃어버리거나 남들에게 흉을 잡힐 만한 일은 어디에나 있었다. 군청 공무원인 아버지와 농협 창구원인 어머니는 많은 것을 가르쳤다. 대개 무언가를 이루기보다는 당하지 않기 위한 지혜였다. 끊어진 다리나 무너진 백화점, 빚더미에 오른 나라에 대한 뉴스를 볼 때면 부모는 밥상을 사이에 두고 말했다.

"우리는 이렇게 잘살고 있으니 얼마나 다행이니?"

사 남매 중 막내인 그는 부모의 말을 잘 들었다. 이웃들이 그를 두고 "이 집 막내는 어쩜 이리 의젓해요"라고 너스레를 떨면 부모는 "얘가 막내다운 맛이 없답니다"라고 응대했다. 열네 살 생일 밤, 반양옥 단독주택 거실은 여섯 가족이 앉아 있기에 조금 좁았다. 그는 부모와 두 누나 그리고 형의 다른 듯 닮은 얼굴을 보았다. 문득 부모가 왜 아이를 넷이나 낳았는지 궁금해졌다. 아버지가 답했다.

"사실 너는 계획에 없었다. 껄껄."

그는 학교에서 '공부 안 하면 나중에……'로 시작하는 훈화를 새겨들었다. 수업시간에 졸지 않았고 야간 자율 학습에 빠지지 않았다. 진로를 고민하다 당시 부상하던 통계학과에 지원하기로 했다. 전공 소개 책자에 어떤 분야든 통계는 필요하

다고 쓰여 있었다. 문학 교사였던 담임은 그의 성적표를 넘겨
보며 말했다.

"좋은 계획이야. 수학도 잘하고. 아주 어울려."

그는 서울에 있는 대학에 합격했다. 입시 설명회에서 흔히
'중상위권'으로 분류되는 곳이었고, 친척들은 그에게 "열심히
했구나"라고 말했다. 숫자를 따져보자면 넉넉잡아 상위 칠 퍼
센트 이내의 수험생만 진학하는 학교였다. '열심히'보다는 나
은 평가를 받을 만한 것도 같았으나 어쨌든 알 만한 대학에 진
학했다는 안도감이 더 컸다.

스무 살 새내기. 그는 얼마간의 설렘과 잉여 시간을 연극부
에 투자하기로 했다. 의외라는 동기들의 반응에 그는 네모나
지도 둥글지도 않은 안경을 추켜올리며 답했다.

"뭔가 다른 게 되어볼 수 있잖아."

사실 그들이 아는 스무 살들은 모두 연극이나 밴드, 학보사
나 국토 대장정 같은 것을 하고 있었으므로 화제는 빠르게 전
환되었다. 대학생의 연애담을 그린 첫번째 무대에서 그는 주
인공의 후배 삼 인방 중 한 명을 연기했다. 그의 안경을 그대
로 쓴 채였다. "저희가 도울게요" 같은 대사가 세 줄 정도 있
었다. 뒤풀이에 가기 전, 그는 어둑한 무대에서 혼자 쓰레기를
줍는 척하며 잠시 서성거렸다. 주인공 역을 맡았던 선배는 그
날 밤 노래방에서 〈연극이 끝난 후〉라는 곡을 예약했다. 경제

학을 전공하는 회장이 익살스럽게 말했다.

"이 노래는 공공재니까 독점 금지다."

그는 처음 듣는 노래였는데 모두가 곧잘 따라 불렀다. 무언가를 가져보기 전에 도둑맞는 게 가능한지 생각했다. 이후 무대에서 주인공의 후배 역할을 한번 더 했고 나중에는 주인공의 선배 역할을 하게 되었다.

그는 무대 위보다 무대 뒤에서 많은 일을 했다. 제대로 접착되지 않은 소품이나 들쭉날쭉한 볼륨의 효과음, 화장실에 가려는 관객이 길을 잃을 위험 등을 발견하고 보완했다. 그가 연극부에 필요한 인물임을 모두가 인정했다. 그 역시 그런 역할에 점차 만족감을 느꼈다. 말년 휴가를 나와 앵두 전구 육백 개를 점검하던 그를 보고, 두 살 아래의 후배가 호감을 품은 일이 결정적이었다. 때늦은 첫 연애는 그렇게 시작됐다. 애인의 부모는 밤 아홉시가 되면 어디냐고 딸에게 전화를 걸었다. 그는 애인이 부모와 싸우는 것을 원치 않았으므로 늘 서둘러서 그녀를 집에 바래다주었다. 어느 날 그녀는 유난히 느릿느릿 걷다가 집 앞에서 이렇게 비죽거렸다.

"내가 오빠를 좋아하긴 하는데, 너는 진짜 너무 너다."

그는 어리둥절했지만 어쨌든 애인을 실망시키고 싶진 않았다. 삼 년간 이어진 연애에서 그는 좋은 남자친구의 역할이란 어떤 것인지 꽤 배웠다. 강의실과 자격증 학원, 취업 스터디를 오가는 동안 그에게 호감을 표하는 여자애가 두셋 생겼으나 그는 도의를 지켰다. 훗날 그는 첫 애인이랑 왜 헤어졌는지 돌이켜봤으나 뾰족한 이유는 없었고, '어떤 이십대적인 이유로 싸우다가'라고 결론 내렸다.

면접관들은 그의 우수한 학점과 빈틈없는 스펙을 높이 평가했다. 자기소개서에 풀어낸 연극부 경험은 적극성과 도전 정신으로 해석되었다. 인적성 시험 성적도 준수하였으며 특히 도표 해석과 논리 판단 영역이 뛰어났다. 신중한 성정이 깃든 무색무취의 생김새까지 인재상에 부합했으므로 그는 몇 군데의 대기업에서 합격 통지를 받았다. 고용 안정성과 기대 연봉을 고려해 완성차 제조업을 기반으로 하는 재벌 그룹에 입사했다. 취업난 속에서 세계적으로도 이름 있는 대기업에 취직했다는 것은 동기와 선후배들 사이에서 흔한 일이 아니었다.

첫 출근 날 그는 회사의 플래그십 스포츠 세단처럼 경쾌했다. 경제 일번지라는 어느 빌딩숲에 자신의 자리가 있다는 것은 만족스러운 일이었다. 첫 월급으로 부모님께 안마 의자를 사드렸다. 남은 돈으로 충치부터 암까지, 교통사고부터 민형사상 소송까지 대비할 수 있는 네 가지의 보험에 가입했다. 주택 청약과 연금 저축 상품에 납입을 시작했고 월 급여의 이 퍼센트는 기아와 난민 문제에 대응하는 국제기구에 기부하기로 했다. 일 년 뒤 팔백 퍼센트의 상여금을 받았을 때 그 스포츠 세단을 구입했다. 직원 할인은 유용했고 잔금은 십이 개월 할부로 충분했다.

할부 기간이 끝날 무렵, 회사는 업무 혁신의 일환으로 파티션을 모두 철거했다. 구성원 간의 소통을 촉진한다는 명분이었다. 동료들은 프라이버시가 너무 없다며 메신저로 인적자원팀을 욕했다. 그는 근무시간에 늘 자리를 지키는 편이었으므로 쉽게 적응했다. 다만 17층 마케팅 3실에서 각자의 모니터를 보고 있는 서른 명의 존재를 매일 지나치게 실감했다.

그의 모니터에는 소비자들의 연령대와 직업, 차량 구매 시기, 결혼 여부, 자녀 유무, 통근 거리, 주말 여가를 즐기는 방식, 옵션 선호도 따위가 숫자로 떠돌고 있었다. "중세의 예술가들은 조각을 대리석 안에 감춰진 신의 형상을 꺼내는 일이라고 여겼죠. 통계학이란 마찬가지로 숫자 안에 숨은 메시지를 꺼내는 일이랍니다"라는 옛 교수의 말은 멋있었지만 사실이 아니었다. 메시지는 숫자 안에 숨은 것이 아니라 그가 참석하지 못하는 회의실에서 만들어지는 것이었다. 정해진 결론에 봉사하도록 숫자를 가공하는 일이 그의 몫이었다. 그는 그 일을 아주 잘했다. 신입 사원다운 아이디어는 직무 연수 시절에 작성한 의욕적인 보고서로 증명한 바가 있었기 때문에 중요하지 않았다. 상사와 동료들은 그가 내어놓는 숫자에 만족했다.

그런 만족은 성과 지표 점수와 그에 기반해 산정된 성과급 등 또다른 숫자로 돌아왔다. 오랜만에 만난 친구들은 어떻게 사느냐는 물음에 "일하고 돈 벌지"라고 대답했다. 그래. 나도 그렇지. 그러다 무리 중 누군가가 말했다.

"연애라도 해야 하는 거 아닐까?"

회사에서는 업무적인 유능함이 인간적인 호감으로 전이되기 쉬웠다. 게다가 그는 야심도 불만도 입 밖으로 내는 일이 없었다. 많은 동료가 그에게 누군가를 소개하고 싶어했다. 그는 주선자에게 상대의 외모나 신상을 함부로 묻지 않았고 겸손한 마음으로 호의를 받아들였다. 빼어난 외모는 아니었으나 성실히 쌓은 취향과 매너는 도움이 되었다. 그는 몸에 잘 맞는 단정한 옷을 입었고 머리카락과 수염, 손톱을 깨끗하게 정리했다. 재킷 안주머니에는 다림질을 해 반듯하게 접은 손수건을 넣고 다녔다. 안경은 여전히 네모나지도 둥글지도 않은 모양이었으나 대학 때와는 달리 유서 깊은 브랜드의 스테디셀러 제품이었다. 그는 식사와 디저트를 골자로 하며 짧은 산책이나 드라이브가 추가될 수도 있는 두세 가지의 계획을 준비했다. 상대의 이야기를 착실히 듣고 적절한 때에 호응하였으며 필요하다면 화제를 이끌었다.

그는 소개받은 상대를 처음 만날 때, 전에 다른 상대와 갔던 곳에서는 약속을 잡지 않았다. 매번 새로운 장소를 찾는 데에 꽤 품을 들였다. 손을 써야 하는 음식이 아닐 것. 옆 테이블과 충분한 거리가 확보되어 있을 것. 너무 적막하지도 시끄럽지도 않을 것. 성의를 드러낼 순 있지만 상대가 부담을 가지진 않을 만한 가격일 것. 그러면서 프랜차이즈가 아닐 것. 이런 장소를 그때그때 새로 찾는 일은 쉽지 않았다. 하지만 처음 만나는 곳은…… 조금 특별해야 하지 않을까. 어떻게 한 장소에서 여러 명을 만나면서 그 만남이 특별할 거라고 기대한담. 그는 그 막연한 감각을 일종의 도덕이라고 규정했다.

그렇게 사오 년이 지나는 동안 그는 네 명의 애인과 각각 길지도 짧지도 않은 시간을 보냈다. 단독주택을 개조한 프렌치 비스트로, 식민지 시대부터 영업했다는 경양식당, 비건 요리를 제공하는 도심지의 사찰은 갈 수 없는 곳이 되었다. 결국 모두가 헤어질 이유는 많고 계속 만나야 할 이유는 적었다. 국립중앙박물관 3층의 카페테리아를 한동안 그리워하면서 그는 유능한 대리가 되어 후배에게 업무를 물려줬고 선배에게 업무를 물려받았다. 점심으로 제육볶음을 먹으며 공모주 청약과 암호 화폐 시황, 최신형 휴대전화와 이국의 여행지, 1층 리셉션 직원의 헤어스타일에 관한 대화를 들었고 드물게 와이셔츠 앞자락에 국물을 흘렸다. 월에 한두 번씩 클럽에서 대마초를 피운다는 동기의 부주의함과, 동남아 골프는 밤이 진짜라는 상사의 부도덕함을 속으로 탓했다. 한동안은 샐러드나 통밀빵

샌드위치만 먹다가 화풀이처럼 알탕이나 등갈비를 먹었다. 물만 부으면 여덟 가지 필수영양소를 섭취할 수 있다는 셰이크를 마시면 점심시간이 길었다. 구청 주최의 동호인 수영 대회에서 동메달을 땄고 목공방에서 만든 스툴을 식탁 한편에 갖다놓았다. 비정기적으로 새로운 장소에서 낯선 상대와 익숙한 대화를 나눴다. "대학 연극부에서 대학생 역할 전문이었죠. 안경도 벗은 적 없어요"라는 농담은 여전히 육십 퍼센트 정도의 확률로 먹혔지만 그 자신이 질렸다. 나중에는 처음 만나는 상대와 고속도로 휴게소에서 가락국수를 먹거나 수산시장에서 도다리회를 먹기도 했다. 후자와는 소주를 두 병 마셨고, 마시는 동안은 제법 괜찮은 시도인 것도 같았으나 다음날 돌아보니 아니었다.

서른셋의 그는 잠들기 전 자주 뒤척였다. 드레스룸이 딸린 넓고 세련된 오피스텔이었지만 자정의 적요 속에서 감각할 수 있는 건 한 칸의 침대뿐이었다. 당신은 침대를 떠났다가 침대로 돌아옵니다. 그래도 아무거나 쓰시겠습니까. 그런 침대 광고를 떠올렸다. 누운 채로 지인들의 메신저 프로필 사진을 훑어보고 뜻 없이 포털의 스크롤바를 내렸다. 내일의 날씨는 맑을 예정. 러시아 병력은 수상한 움직임. 케이팝 걸 그룹은 빌보드를 정복. 비타민D는 지용성이었다. 조회수가 높은 글을 열어 천천히 읽었다. 나다움을 찾아 퇴사하고 여행을 떠났습니다. 나다움을 유지하는 다섯 가지 습관을 알아볼까요. 나답게 살기 위해 비혼을 선택했어요. 그는 "나다운 게 뭔데! 나다운 게 뭐냐고!"라고 소리내보고 큭큭 웃었다. 그것 또한 언젠가 본 드라마 주인공을 흉내낸 것이었으므로 그는 다시 큭큭 웃었다. 그리고 자기다운 게 뭔지 생각하다 자기답게 사는 게 지겨워졌다.

그는 자신이 앞으로 무엇이 될 수 있을지 떠올려보려고 했다. 장래 희망이라는 말은 조금 우스웠다.

"아니 결혼을 왜 아직 안 했어?"라고 새로 부임한 부장이 그에게 물었다. 삼겹살을 불판에 올려놓기도 전이었다. 그는 이번엔 이렇게 대답해보기로 했다.

"그러게 말입니다."

삼겹살이 다 익을 때까지 들은 이야기를 종합하자면 결혼이란 적령기에 옆에 있던 사람과 하는 것이며, 돈을 모으려면 꼭 해야 하지만 돈을 모아야만 할 수 있는 것이기도 하고, 죽음만큼이나 미룰수록 좋지만 사람 구실을 하려면 하긴 해야 하며, 요새 젊은 친구들은 책임감이 없어서 어려운 일이지만, "시발 그냥 하지 말라면 하지 마"라며 분노할 수도 있는 일이었다. 그는 삼겹살을 소금과 쌈장에 번갈아 찍었고 비타민A와 루테인 섭취를 위해 상추쌈도 꼭꼭 씹어 먹었다. 옥신각신하던 유

부남들은 전화를 받다가 하나둘 집에 들어갔고 그도 덩달아 귀가했다. 그는 그들이 말하는 어떤 결혼에도 동의하지 않았으나 그렇다고 자신이 원하는 것을 다른 이름으로 부르기도 어려웠다.

사람들이 이상형을 물으면 언젠가부터 그는 짧게 대답했다.

"예쁘고 착하고 똑똑하고 재밌고 저를 사랑하는 사람이죠."

그는 최대한 농담처럼 발음하려고 노력했다. 그럼 사람들은 "미쳤네 미쳤어"라고 말했고 그중 일부는 진담으로 들렸다. 하지만 그것을 이상형이라고 부르는 한 더 나은 요약은 없었다. 길게 대답하는 방법이 있었지만 그걸 전부 듣기에 사람들의 인내심이 충분하지 않아 보였다. 그 자신조차 설명이 얼마나 길어질지, 무엇이 핵심적이며 무엇이 부차적인지 자신할 수 없었다. '이상'이라는 단어는 너무 많은 것을 지시해서 거꾸로 아무것도 의미하지 못하는 듯도 했다. 어느 날 그는 노란색 메모패드에 열두 문장을 정리할 수 있었다. 맨 윗줄에는 이렇게 적혀 있었다.

생물학적 여성이면서 스스로를 여성으로 규정하는 이성애자 사람.

너무 멀리서 시작한 것도 같았지만, 모호했던 무언가가 첫 문장을 쓰는 순간 약간은 선명해져서 제법 유쾌했다. 그는 두번째 문장을 썼다.

나와 모국어가 같은 사람.

그는 경험적 지식을 바탕으로 아직 도착하지 않은 존재를 추정해야 했다. 그건 천체물리학자나 발명가의 일과 같았다. 직업이라거나 재산, 가정환경 같은 조건을 나열하지는 않았다. 그는 한 인간의 본질을 예고하는 구체적인 징후들은 따로 있으며, 정신을 차리고 눈을 똑바로 뜨면 그것들을 포착할 수 있다고 믿었다. 다른 이들은 고개를 갸웃할 만한 것도 있었는데, 예를 들어 열두번째 문장은 다음과 같았다.

흰 바지를 입지 않는 사람.

그 사람을 상상하는 것과 찾아내는 것은 별개의 문제였다. 사람들이 만나고 헤어지는 모든 풍습이 그에게 도움이 되었다. 그는 신중하고도 효율적인 방식으로 그녀들에게 접근했고 환심을 샀다. 관건은 적절한 때에 적절한 말과 행동을 보여주는 것이고, 그에게는 꽤 많은 경험이 누적되어 있었다. 그는 이제 그 '적절함' 안에는 '적절한 정도의 의외성', 즉 이유 없는 작은 선물이나 늦은 밤의 괜한 연락, 심지어는 의도적인 무관심도 포함된다는 것을 충분히 고려할 수 있었다.

때로는 자신이 지나치게 신중한 것은 아닌지 의심했다. 그럼에도 종업원을 무례하게 대하거나 신용카드 리볼빙을 애용하는 사람과 결혼할 순 없었다. "너무 따지면 결혼 못한다"라고 조언인지 비아냥인지 모를 말을 하는 친척이 있었다. 그 말은 가성비를 따지라는 말처럼 들렸다. 하지만 전자제품을 고르는 일이 아니라 사람을 만나는 일이었으므로 '이 정도면 괜찮은……' 따위의 판단에 기댈 수는 없었다. 서른네번째 생일을 앞두고는 결혼정보회사의 상담을 받았다. 가입 신청서를 읽다가 그녀가 그런 통속적 지표의 알고리즘으로 나타날 리 없을 것 같아서 돌아 나왔다. 그날 밤 침대에서 '반려동물을 입양한다면 고양이보다는 개가 좋을 것'이라고 생각하다 그 개가 고독사한 자신을 뜯어먹을 확률을 계산해봤다. 그로부터 두 달 후에 그녀를 만났다.

그는 지인의 동생의 지인의 전화번호를 받았고 간결한 메시지로 시간과 장소를 정했다. 연말로 접어들 때라 예약은 쉽지 않았고 썩 내키지 않는 이탈리안 레스토랑을 택했다. 그는 테이블 위의 조화 장식이 탐탁지 않았으나 그녀는 명란과 시금치를 얹은 가지 요리가 맛있다고 말했다. 근처에 괜찮은 펍이 있다고 그녀가 제안했을 때 그는 차를 가져오지 않은 척하기로 했다. 펍은 사람들로 흥성거렸고, 높고 불편한 창가 좌석만 남아 있었다. 나란히 앉아서 시나몬 파우더를 토핑한 흑맥주를 마셨는데 어떤 단어들은 잘 들리지 않았다. 그가 흑맥주를 한 잔 더 권한 것은 그녀가 이렇게 말한 다음이었다.

"쉬는 날에는……도 하고요, 요즘은 직장인 극단에 나가고 있어요."

그녀는 흑맥주를 마셨으니 두번째로는 맑은 맥주를 주문하겠다고 했다. 다트 기계에서 장난스러운 멜로디가 흘러나왔다. 창밖으로 때 이른 산타클로스가 리어카를 끌고 지나갔다.

그는 사흘이 지나기 전에 그녀에게 다시 연락했고 다섯번째 만났을 때에는 교제를 제안했다. 계절이 바뀌는 동안 그는 그녀가 약속 시간을 잘 지키는 사람이라는 것을 알았다. 그녀는 음식을 먹을 때 머리를 묶었으며 행상 할머니가 나타나면 껌이나 초콜릿을 사서 그에게 나눠줬다. 어느 날 그는 꽃다발을 들고 어둠에 잠긴 소극장 객석에 앉았다. '12인의 성난 사람들'이라는 제목으로, 열두 명의 배심원이 살인사건의 판결을 두고 다투는 내용의 연극이었다. 유명한 레퍼토리라 그도 제목 정도는 대학 시절에 들어본 적이 있었다. 첫번째 투표에서 열한 명의 배심원이 유죄에 손을 들었다. 나머지 한 명의 배심원이 자리에서 일어났다. 그녀였다.

"저마저 손을 들면, 그 아이는 사형장으로 향하게 되겠지요."

그때 무대 위 그녀와 눈이 마주친 듯한 기분. 흥미로운 토론이 한 시간 반 동안 이어졌다. 마침내 열두 명의 배심원은 피고인이 무죄임에, 적어도 유죄라고 단정지을 수 없음에 합의하였다. 그는 옆구리에 꽃다발을 끼고 기립 박수를 쳤다. 몇 사람이 엉거주춤 그를 따라 일어났다. 그 진부한 이탈리안 레스토랑과 소란스러운 펍을 오래 기억할 거라는 예감이 점점

강해졌다. 좋은 꿈. 좋은 꿈. 메시지를 나누고 누우면 가끔 얼떨떨했다. 이토록 좋은 일이 이토록 평범한 방식으로 이루어질 수 있다는 것이 의심스러웠다. 그럴 때 그는 하얗고 포근한 양을 세듯, 울림소리가 많은 그녀의 이름을 입안에서 굴려보곤 했다. 그러면 곧 아늑한 잠으로 빠져들 수 있었다.

늦여름의 토요일 한낮이었다. 그는 셀프 세차장에 들러 차 내외부를 깨끗하게 청소한 뒤 그녀를 데리러 갔다. 그녀에게는 평범한 주말여행으로 말해두었지만 뒷좌석에 벗어놓은 리넨 재킷 주머니에는 반지가 들어 있었다.

그는 스카이라운지부터 열기구까지 고려해보았지만 청혼에는 더 아름답고 정직하고 영원한 무엇이 필요했다. 국립중앙박물관의 오래된 소장품들 사이는 충분히 로맨틱했지만 과거의 기억이 마음에 걸렸다. 경복궁은 재건한 것이었으므로 탈락했고 앙코르와트는 여정 자체의 피로도가 너무 높았다. 고민의 끝은 바다였다. 바다는 지금까지도 바다였고 앞으로도 바다이며, 세상에 똑같은 해변은 하나도 없었다. 그는 작고 비밀스러운 바위 해변을 마주한 프라이빗 빌라를 예약했다. 이 계획에 그녀의 동의를 구하진 않았다. 청혼 자체를 받아들일지도 알 수 없었다. 그건 협의의 대상이라기보다는 해내야 할 과업이었다. 결혼을 기정사실로 만들어놓고 한껏 예고한 뒤

반지를 내미는 건 우스꽝스러웠다. 그는 오늘밤 그녀가 어색한 표정으로 '생각할 시간'을 요청할 수도 있다는 걸 인지했지만, 상기된 얼굴로 손가락을 내밀 확률이 훨씬 높다고 판단했다. 그녀를 조수석에 태울 때만 해도 그는 유쾌한 긴장감을 느꼈다.

휴일이라 예상은 했지만 도시를 빠져나가는 데 긴 시간이 걸렸다. 차량의 행렬 끝에서 안전 삼각대와 스키드마크, 반파된 사인승 세단을 지나쳤다. 그는 지체가 그의 잘못이 아니라는 뜻을 담아 그녀를 보았고 그녀의 미소가 그를 다독였다. 첫번째 휴게소에서 샌드위치를 먹을 때 그녀는 들르고 싶은 곳이 있다고 말했다. 오래전 몇십여 명의 신자들이 박해를 피해 산 깊이 건설한 성당으로, 특유의 벽돌 건축양식과 첨탑이 아름다운 곳이라는 설명을 덧붙였다. 그는 배우자가 일신론 기반의 신앙인이 아니길 바라왔고, 그가 알기로 그녀는 종교가 없었다. 그는 그녀의 제안을 문화적인 호기심의 일종으로 규정했다. 성당은 출발지와 도착지 사이의 너른 공간 어디쯤에 있긴 했지만 고속도로를 빠져나와 꽤 우회해야 했다. 내비게이션에 표시된 위치에는 성당의 방향을 가리키는 표지판이 있을 뿐이었고 실제 성당까지는 차에서 내려 십여 분을 걸어야 했다.

풀이 멋대로 우거진 길을 걸으며 그는 그녀가 성당 결혼식

을 원할 경우를 의심해보았다. 자신도 그녀도 신자가 아니었
으므로 해본 적이 없는 상상이었다. 그는 청혼에 비하면 결혼
식은 다소 과대평가된 의례라고 생각했다. 청혼은 둘 사이에
일어나는 일이지만 결혼식은 둘이 아닌 사람들을 위한 일이었
다. 일가친척까지 고려한 현실적인 선택지 중에서 적절한 곳
은 동문회관이나 회사 연수원 같았다. 웨딩홀의 통속성과 호
텔의 허영 사이 어디쯤이라는 게 썩 나쁘지 않았다. 그는 성당
예식을 극적 형식으로서 흐뭇하게 관람해왔지만, 자신의 맹세
에 사제가 필요하다고 여기진 않았다.

성당은 갑자기 나타났다. 잿빛 벽돌을 쌓아올린 아담한 단
층 건물이었다. 그다지 높지 않은 첨탑의 십자가가 그곳이 성
당임을 증빙했다. 키가 큰 나무들이 첨탑보다도 높이 성당을
둘러싸고 있었다. 어떤 배경에서 건축되었고 사적 몇 호이다
등이 적힌 작은 동판이 보일 뿐 아무도 없었다. 굵은 사슬이
목재 문을 가로질러 매여 있었다. 으스스한 분위기에 그는 무
슨 말이든 하기로 했다.

"누가 불질러도 모르겠는걸."

그녀는 별 대답 없이 휴대전화 카메라로 성당을 서너 차례
찍었다. 그는 자신이 불을 지르고 싶은 게 아니라 세상에는 이
유 없이 불을 지르는 사람들이 있고 이 성당의 관리가 허술하
다는 것을 부연하고 싶어졌으나 그만두었다. 그와 그녀는 손

을 잡고 풀벌레들이 우는 길을 걸어 차로 돌아왔다. 이미 해가 기울고 있었다. 그는 그녀를 먼저 차에 타게 한 뒤 빌라 오피스에 전화를 걸어 도착 시각을 수정했다. 두 시간이 걸리는 거리를 이동하기 위해서는 두 시간이 필요했다. 결혼이란 새로운 시작이니까 밤이 아니라 아침에 청혼하는 게 좋지 않은가, 그런 생각을 하다가 정말 이번 여행이 청혼을 위한 최적의 선택인가, 까지 의식이 닿았다. 시동을 걸자 전조등이 자동으로 켜졌다.

지방 도로는 산중을 굽이쳤다. 전조등 너머는 곧 깜깜해졌다. 그는 한참 동안 다른 차를 만나지 못했다. 둔해진 감각으로 달리는 길은 오르막인지 내리막인지도 확실치 않았다. 도로가 차를 실어가고 있었다. 그는 자기보다 크고 빠른 기계를 통제할 때의 상쾌함을 기억해내려고 애썼다.

"자는 거야?"

그가 조수석의 그녀에게 물었다. 자고 있지 않다면 들릴 만한, 그러나 자고 있다면 깨지 않을 만한 목소리였다. 자고 있지 않지만 자고 싶다면 자는 척을 해도 좋았다. 그녀의 고개는 조수석 차창 쪽으로 기울어져 있었다. 얼굴의 사분의 일 정도가 보였다. 그때 픽, 하고 작은 파열음이 들렸다.

그는 비교적 침착하게 차를 세우고 비상등을 켰다. 그녀가 몸을 일으키며 말했다.

"다 왔어?"

비상등 소리가 딸깍거릴 때마다 차 앞으로 몇 미터쯤의 도로가 나타났다가 사라졌다. 차 앞에는 아무도 없었고 그는 왼쪽 전조등만이 작동하고 있다는 걸 알아차렸다. 핸들에서 손을 놓고 안전벨트를 풀었다. 그는 전조등이 나간 것 같다고 말하고 차에서 내렸다.

밖으로 나오자 맞닥뜨린 선선한 바람에 그는 한기를 느꼈다. 뒷좌석에 벗어둔 재킷 생각이 났지만 운전석 문을 닫고 걸음을 옮겼다. 깊은 산속이라 사방에는 어떤 불빛도 보이지 않았다. 커다란 나무들만이 도로의 양옆을 지키고 있었다. 깜빡이는 왼쪽 전조등을 끼고 돌자 금이 간 오른쪽 전조등이 보였다. 전조등 주변에서 별다른 흔적은 발견할 수 없었다. 그는 도로 가장자리로 걸음을 옮겼다. 조수석을 지나칠 때 그녀가 차 안에서 무어라고 말했다. 입모양으로 미루어볼 때 괜찮냐고 묻는 것 같았다. 그는 고개를 끄덕이고 차의 뒤편으로 향했다. 붉은 후미등이 깜빡거리며 지나온 길을 얼마간 밝혔다. 이십여 미터쯤 걸은 그가 발견한 것은 덩그러니 놓여 있는 신발 한 쪽이었다.

그건 군청색 털 고무신이었다. 발목을 따라 짧은 털이 둘러져 있었다. 쓰레기라고 하기에는 멀쩡했지만, 또 누가 신고 다니기에는 좀 낡아 보였다. 크기와 모양을 가늠해볼 때 그것은 여성의 왼발용이었다. 그는 그 왼쪽 털 고무신과 오른쪽 전조등의 관계를 이해해보려고 했다. 주변을 둘러보았으나 오른쪽 신발도, 신발의 주인도, 어떤 다른 흔적도 발견할 수 없었다. 털 고무신이 그곳에 있는 이유를 생각해내지 못하자 그는 자신이 그곳에 있는 이유를 생각하기 시작했다. 도로 옆으로 검게 우거진 숲을 보았다. 첨탑처럼 솟은 나무들의 부분 부분이 희미한 형체로 보일 뿐, 숲 안쪽의 깊이는 알 수 없었다. 바람이 불 때마다 나뭇잎들이 스치는 소리가 파도 소리처럼 가까워졌다가 멀어졌다. 그 검은 바다의 가장자리에 서서, 그는 한쪽 신발을 잃어버리고 걷는 사람의 뒷모습을 상상했다.

차문이 열리는 소리가 들렸다. 차에서 내리려다가 다시 안으로 몸을 숙여 무언가를 찾는 그녀가 보였다. 그녀는 그의 재킷을 꺼내 원피스 위에 걸치며 그의 이름을 불렀다. 후미등을 등진 그녀의 그림자가 아스팔트 위에 길게 드리워졌다. 어디라고 하기도 어려운, 어디와 어디 사이일 뿐인 한밤중의 도로. 일렁이는 나무와 속살거리는 풀벌레들. 그의 재킷을 입고 그의 이름을 발음하는 사람. 아무도 멈추지 않을 곳에서의 아무도 모르는 한때.

그는 그를 부르는 소리를 따라 발걸음을 옮겼다. 그녀 앞에 섰을 때 그는 약간의 불안은 청혼이 요구하는 진정성의 일부라는 걸 받아들였다. 그녀는 재킷 주머니에 손을 넣고 있었다.

"안에 있는 거, 꺼내봐."

그녀가 "어, 음, 응" 같은 소리를 내며 반지함을 꺼내들었다. 그를 보며 "설마?" 했고 그는 끄덕였다. 그녀는 고개를 저으며 말했다.

"안 돼."

그는 아득해졌다. 어디서부터 잘못됐지. 나뭇잎소리도, 풀벌레 소리도 멈춘 듯했다. 그녀가 반지함을 그에게 내밀며 말했다.

"당신 손으로 줘야 해."

그녀에게서 반지함을 받아들 때 그는 결정적인 열세번째 조건이, 그것이 정확히 무엇인지 깨닫기도 전에 충족되었다고 느꼈다. 그는 중요한 말을 또박또박 하려 했는데 목이 메었다. 그녀가 손가락을 내밀었다. 반지가 조금 헐거운 것 같았다. 그녀가 말했다.

"자기 울 줄 아는 사람이었구나."

그날 밤 그는 한쪽 전조등만으로 도로를 달려 그녀와 함께 바다에 닿았다. 모달 침구는 부드러웠고 그녀의 체온은 따뜻했다. 그녀는 그의 귀에 평소 하지 않던 말을 속삭였다. 그는 그녀가 잠든 뒤에 반지가 끼워진 그녀의 손가락을 오래 보았다. 아침해가 떴다. 테라스에서 크루아상과 스크램블드에그를 먹었고 핸드 드립으로 내린 하와이안 코나를 마셨다. 월요일에는 출근을 했다. 팀원의 작업을 검토해 오차 범위를 유의미하게 줄인 뒤 퇴근했다. 깜깜한 도로와 어리둥절한 그가 찍혀있을 뿐인 블랙박스 영상을 노트북 어딘가에 저장했다. 두 달 뒤에는 상견례를 했고 공동 계좌를 개설했다. 또 몇 달이 지나는 동안 그는 그녀의 직장 근처에 아담한 신축 아파트를 구매했다. 그의 부모는 그 몰래 모아뒀던 약간의 돈을 보태려 했고, 그는 그 돈을 부모 몰래 양가 어르신들의 노후 비상금으로 묶어놓기로 했다. 그녀도 동의했다. 대출을 조금 더 받아야 했으나 그의 수입 안에서 융통이 가능한 정도였다. 그 도로에서 무언가를 찾았다는 전화가 올 것 같아서 물끄러미 휴대전화를 보는 때가 있었지만 그런 일은 일어나지 않았다.

그녀가 몇 살인지, 무슨 일을 하는지 사람들이 물을 때마다 그는 그녀를 설명하는 더 나은 방식을 고민했다. 무엇이 매력이었냐는 질문에는 정작 대답하기 어려웠다. 정확한 표현을 찾다가 애써 그들에게 설명할 필요가 없다는 결론에 도달했다.

"그녀는 예쁘고 착하고 똑똑하고 재밌고 저를 사랑하는 사람이죠."

그러면 사람들이 "부럽다 부러워"라고 말했고 그는 농담이었다고 덧붙였다. 그의 대학 동기 중 인플루언서인가 에세이스트인가, 정확히 무엇으로 먹고사는지 그로서는 알기 어려운

이가 있었다. 형광색 벙거지 모자를 쓰고 모임에 온 그 동기는 청첩장을 펼쳐 보다가 그에게 물었다.

"그래서 어때, 너는 사랑해?"

그는 대답했다.

"당연히 사랑하지."

집으로 돌아오는 길. 좌회전 우회전 신호 대기 직진. 사랑하지. 사랑이 뭔데. 이게 사랑이지. 이 정도면 굉장히 사랑 아닐까. 하하. 역시 재밌는 녀석이야. 그는 그녀와 함께 식기세척기와 건조기와 스타일러를 골랐고 거실에 텔레비전을 두지 않기로 결정했다. 청첩장의 디자인은 다양했고 스튜디오 촬영의 관습은 복잡했다. 그는 '신부가 원하는 대로'라는 대원칙을 세웠다. 가끔은 그녀가 원하는 것을 그녀보다 빨리 눈치채기 위해 노력하면서 할일의 목록을 순차적으로 지워나갔다. 그중 하나는 그녀를 따라 예비신자 및 혼인교리 교육을 이수하는 것이었다. 마침내 도심지의 작은 성당에서 그녀와 나란히 무릎을 꿇었다.

파이프오르간 소리가 울려퍼졌다. 스테인드글라스로 스미는 오후의 햇살이 반짝거렸다. 그녀의 웨딩드레스는 단상에 장식된 백합만큼 하얬다. 그녀는 꼭 그럴 필요가 있느냐는 입장이었지만, 그의 권유에 따라 아예 구매한 웨딩드레스였다. 사제가 "저는 결혼생활을 해보지 않았는데……"라며 말씀을 시작했고 하객들 사이에서 잔잔하게 웃는 소리가 났다. 그가 전에 들어본 적이 있는 유머였지만 어느 때보다도 매력적이었다. 사제가 그와 그녀의 이름을 부르며 신랑과 신부는 일어나달라고 말했다. 그는 무릎을 꿇을 때 지난 삶의 일부를 잃은 듯했으나 일어나면서 남은 삶의 전부를 얻은 것 같았다. 식이 끝난 뒤 그녀는 또 우는 줄 알았다며 그를 놀렸다. 신혼여행으로 간 섬은 너무 멀어서 이 세상 같지 않았다. 캐리어를 끌고 돌아와 함께 살 집의 현관으로 들어설 때, 그녀는 그에게 "피곤하지?"라고 물었다. 그는 "아니, 전혀"라고 대답했다. 그가 그 집에서 한 첫번째 거짓말이었다.

평일 저녁이면 각자의 직장에서 돌아와 거실 식탁에 마주앉았다. 따뜻한 음식을 천천히 먹었고 "그래"라거나 "지금?" 같은 짤막한 말을 나누다 웃었다. 가끔 그녀가 푸념을 섞어 늘어놓는 직장 이야기를 그가 전부 이해한 것은 아니었다. 그러나 그는 설거지를 하고 차를 끓이고 목욕물을 받을 수는 있었다. 그는 금요일에는 그녀를 태우고 근교에 갔고 토요일에는 마트에서 카트를 밀었으며 일요일에는 짜파게티 요리사가 되었다. 짜라짜 라짜짜 짜아파게티. 그는 주방에서 그 노래를 흥얼거렸다. 그녀가 지나가다 "당신이 이런 사람인 줄 알았으면 내가……" 하면서 그의 엉덩이를 팡팡 쳤다.

첫 결혼기념일에는 기념사진을 찍었다. 그녀는 웨딩드레스를 꺼내 입었고, 그는 그녀가 선물한 흰 바지를 입었다. 아이를 갖자는 계획을 세웠고 즐겁게 노력하다가 나중에는 병원을 드나들었다. 기계와 약물. 체조와 명상. 그렇게 일 년을 보내고 첫 임신에 성공했다. 그 아이는 팔 주 만에 유산되었다. 태명을 정하기도 전이었다. 그녀가 병원 침상 위에서 울었던 이틀 동안 그는 가습기의 물을 갈고 과일을 깎고 그녀의 손등을 쓰다듬었다. 임신 자체를 인지하지 못한 경우를 포함해 열 명 중 네 명은 자연유산을 겪는다는 통계는 도움이 되지 않았다. 그즈음 어느 퇴근길에 그는 처음으로 혼자 성당에 들렀다. 성가대의 노래가 흘러나오는 동안, 그는 성당 밖 벤치에 잠시 앉아 있었다.

그가 서른아홉이 되고 몇 달이 지난 어느 밤. 신음과 비명과 울음 속. 뭐가 뭔지 알기 어려웠는데 간호사가 그의 손에 서늘하고 날카로운 물건을 쥐여줬다. 가위였다. 그는 탯줄을 잘랐다. 간호사가 핏덩이를 수건으로 닦아내며 낭랑하게 말했다.

"밤 열한시 사십구분이고요. 여아예요. 눈, 코, 입 뚫려 있고요. 귀 두 개요. 손가락 하나 둘 셋 넷 다섯…… 발가락 하나 둘 셋 넷 다섯…… 외관상 특이점은 없어요. 축하드립니다."

그것이 꼬물거리는 손으로 그의 손가락을 움켜잡았다. 사람이었다. 사람이 사람을 낳다니. 열 달 동안, 어쩌면 평생 아내의 몸에서 일어난 신비하고도 가혹한 일에 대하여 그는 겸손해졌다. 그는 아기를 돌보다가 출근했고, 아기에게 좋은 음식이나 장난감 따위를 검색하다가 퇴근했다. 아내의 경력 손실을 최소화하기 위해 그는 남직원은 육아휴직을 사용하지 않는다는 사내 불문율을 깼다. 몇몇 상사가 빈정거렸지만 그는 개의치 않았다. 회사에는 그와 같은 직군으로 이백여 명이 근무했고 그중 열한 명은 정확히 그와 같은 역할을 하고 있었다. 하지만 세상 어떤 무대에서도 그녀의 남편은 자신 하나뿐이었고 그 사실을 떠올리면 알 수 없는 용기가 솟았다.

무럭무럭 자라날 아기를 고려해 더 큰 집을 구했다. 이사하면서 구청 수영 대회에서 받은 동메달은 챙겼지만 목공방에서 만든 스툴은 버렸다. 젊은 때 입던 옷가지의 반 정도를 기부했고 오래된 전자기기 몇 가지를 폐기 업체에 넘겼다. 그중 노트북에는 블랙박스 영상이 저장되어 있었지만 그는 이미 잊은 뒤였다. 새로운 집에서의 첫번째 밤, 짐 정리가 덜 된 거실에서 조촐한 축하를 하기로 했다. 뜯지 못한 상자와 조립해야 할 가구, 신문지로 싼 화분과 장난감 자동차 사이의 식탁. 작은 케이크 위에 초가 하나 꽂혔고 그가 거실의 조명을 껐다. 식탁을 둘러싼 어둠과 창밖의 밤. 그는 멀리에서 굶고 울고 헤매는 사람들, 부딪히고 무너지고 있을 것들을 잠시 애도했다. 그리고 촛불 하나가 밝히는 식탁과 그녀, 그녀가 안고 있는 아기를 보았다. 그러고 보니 결혼하고는 같이 연극도 한 편 못 봤네,

생각하며 그가 식탁으로 다가가려 할 때 그녀의 말.

"잠깐."

그가 엉거주춤 멈춰 "왜?"라고 묻자 그녀는 깜빡한 무엇을 떠올리려는 듯 그를 보다가 말했다.

"아니. 아무것도 아니야."

그는 폴라로이드 사진처럼 작고 예쁜 풍경 속으로 걸어가 그의 아내와 아기의 곁에 앉았다. 아기가 무언가를 붙잡으려 허공에 팔을 뻗어 휘두르다 웃음을 터뜨렸다. 그녀가 아기의 이름을 부르며 "뭐가 재밌니, 응?" 하고 덩달아 웃었다. 그는 어떤 것들은 예고될 수 없으며 호명될 뿐이라고 생각하며 담대해졌다. 당장 해야 할 일은 단순하고 명료했다. 그는 촛불을 끄고 어둠 속에서 손뼉을 쳤다.

두
사람의
인터내셔널

두 사람의 역사는 길다.

이백 년 전 프로이센에서 약간의 시간차를 두고 태어난 두 사람이 있었다. 둘은 풍성한 수염을 길렀고 오래도록 남을 선언문을 런던에서 발표했다. 추종자들은 이십여 년 후 파리의 일부를 점거하고 혁명을 선포했다. 바리케이드 안쪽 술집에서 한 철도공이 기분에 취해 몇 줄의 가사를 썼다. 혁명정부는 백일이 되기 전 진압당했지만 가사는 남았고 한 가구공이 멜로디를 붙였다. 그때 상당수의 조선인들은 먹고살 길을 찾아 연해주로 떠났다. 러일전쟁과 한일병합을 거치며 더 많은 조선인이 두만강을 건넜다. 일부는 일차세계대전에 러시아군으로 참전했다. 페트로그라드에서 혁명이 일어났고 소비에트사회주의공화국연방이 수립되었다. 일제의 확장 정책이 가시화됐을 때 연방의 지도자는 연해주의 조선인들을 믿지 않았다. 그는 십칠만여 명의 조선인을 기차에 태워 육천 킬로미터 떨어진 중앙아시아로 보냈다. 기차에서 각자의 가족을 잃은 뒤 손을 꼭 잡고 내린 두 사람이 있었다. 둘 중 한 사람은 이차세계대전에서 전사했다. 남은 한 사람은 붉은광장의 승전 기념식에 초대받지 못했지만 작은 집에서 아기와 함께 평화를 반겼다.

수십 년 뒤, 미국을 대표하는 두 팝스타는 아프리카를 돕기 위해 다음과 같은 노래를 공동 작곡했다.

〈We Are The World〉.

노래는 전 세계 차트에서 1위를 기록했고 당시에만 천사백만 장가량 팔렸다. 육 년 뒤에 소비에트연방은 해체되었다.

두 명의 스탠퍼드 대학원생이 기숙사에서 '구글'이라는 검색 엔진을 만들고 있을 때 서울의 한 부부는 외환 위기의 여파 속에서 서로의 무능을 탓하며 악다구니를 썼다. 그들은 손에 잡히는 대로 가재도구를 집어던졌는데 바닥에는 아기가 기고 있었다. 그보다 조금 이른 시기, 한낮의 모스크바에서 다른 부부는 흰 빵과 당근을 사서 귀가하고 있었다. 변두리의 골목을 돌아선 둘은 빡빡머리 백인우월주의자 여섯 명과 마주쳤다. 남편이 아내를 등뒤로 숨겼다. 아내가 만삭의 배를 두 팔로 감쌌다. 가장 어려 보이는 빡빡머리가 잭나이프를 겨누고 말했다.

"배를 ⋯⋯기 전에 너네 나라로 꺼져 원숭이들아."

21세기. 평양에서 두 정상은 악수를 나누었다. 컨츄리꼬꼬가 예능계를 정복하는 동안 다이나믹듀오는 핸들이 고장난 8톤 트럭이 되었고 유노윤호는 지상파 무대 위에서 최강창민의 생일을 축하했다.

그리고 서울 동북부의 한 중학교로부터 서로를 기억하는 두 사람이 있다.

교문에 들어서서 걷는 길에는 흰 꽃이 피는 나무들이 있었다. 나무의 이름은 몰랐으나 때가 되면 바람에 흩날리는 희고 풍성한 꽃잎들은 기억에 남았다. 그런 따뜻한 봄날의 오후였다. 두 사람은 교무실에 나란히 섰다. 3학년이 되어 처음 같은 반에 배정받고 얼마 지나지 않아서였다. 담임교사는 두 사람에게 각자의 이름이 적힌 흰 봉투를 줬다. 그 교사는 세심한 사람은 아니었다.

"행정실에서 준 건데 뭔지는 나도 몰라. 부모님께 그대로 전해드려."

대개의 애들은 초등학교에 입학해서 고등학교를 졸업할 때까지 그런 봉투를 받을 일이 없었다. 두 사람은 매년 한두 번은 받았다. 보통은 담임으로부터 은밀하게 일대일로, "요즘 학교생활 어떠니" 같은 부담스러운 친절과 함께 전해지는 봉투였다. 늘 밀봉되어 있었지만 두 사람은 어떤 것이 들어 있을지

잘 알았다. 대개는 내야 할 어떤 돈을 내지 않았다는 안내문이었다.

그날 봉투 안에 무엇이 들어 있었는지는 기억나지 않았다. 단지 그 교무실에서 한 번은 눈이 마주쳤다는 기억.

'너도 봉투 받는 애구나.'

여자애라거나 남자애라거나, 귀엽다거나 못생겼다거나, 공부를 잘한다거나 못한다거나 이전에 권진주와 김니콜라이는 서로를 그렇게 알아봤다. 그리고 교무실 창밖의 햇살. 창문 너머에서 빗자루로 꽃잎을 쓸던 애들이 저희끼리 장난을 치며 웃는 소리. 담임이 회전의자를 빙글 돌리며 덧붙인 말.

"둘이 친하게 지내."

가나다순에 따라 앞뒤로 앉을 때가 많았지만 두 사람은 전혀 친해지지 않았다.

남자애들은 유행어를 시끄럽게 주고받으며 조르고 밀치고 뛰었다. 그러다 누가 니콜라이를 이렇게 도발하곤 했다.

"나 러시아어 할 줄 앎. 쓰바씨바! 앙 니콜라이띠!"

앙 기모띠, 앙 급식띠, 앙 회오리감자띠 같은 말을 외치고 다녀서 별명이 앙맨인 녀석이었다. 니콜라이가 앙맨에게 "씨바 디졌다 너" 하면서 우당탕 추격전이 시작됐다.

"왜 저래."

여자애들은 거울 앞에 모여서 재잘거렸다. 엄마가 사줬다며 누가 매끈하고 영롱한 틴트를 꺼냈다. 입생로랑이라고 했다. 그애는 너그럽게 모두의 입술에 발라줬다. 역시 비싼 게 좋다는 사실에 다들 동의했다. 진주는 잠시 후 교무실에 갈 일이 있다며 손사래를 쳤다. 틴트일 뿐이라도 빚지기는 싫었다.

반별 합창 대회의 곡 선정을 두고 학급회의가 지지부진하자 맨 뒷자리에서 하품하던 담임이 말했다.

"〈강남스타일〉이나 하지 그래?"

센스 좋은 반장은 짧은 안무도 넣자고 제안했다. 오, 오오오, 오빠 강남스타일, 하며 말춤을 출 네 명의 남학생과 헤에에이 섹시 레이디에서 웨이브를 할 네 명의 여학생이 필요했다. 진주와 니콜라이는 자원하지 않았으며 누가 둘을 추천하지도 않았다. 교육적인 합창에 지쳐 있던 중학생들은 〈강남스타일〉을 떼창했고 학급은 인기상을 수상했다. 반장은 부상인 매점 상품권으로 포도맛 폴라포를 사왔다. 두 사람도 먹었다. 달콤하고 시원했다.

종은 매일 같은 시각에 울렸고 서로의 이름을 부르는 일은 없었다. 흰 봉투를 또 받았는데 이번엔 각자였다. 집으로 가는 길에 '개도 받았나?' 잠깐 궁금해했다. 진주는 아무도 없는 집에서 봉투를 뜯었고 안내문을 휴대전화로 찍어서 엄마에게 보냈다. 답장은 덜 마른 체육복에 드라이어를 쏘이다 이불을 펴고 누운 늦은 밤에 왔다. 니콜라이의 부모는 안내문을 더듬더듬 읽었고 단어의 뜻을 니콜라이에게 묻기도 했다. 그들의 한국어는 좀처럼 늘지 않았다. 니콜라이는 자기가 러시아어를 공부하는 게 낫겠다고 마음먹은 적이 있지만 아무래도 노는 게 더 좋았다.

언젠가는 흰 봉투 안에서 정말 무서운 것이 나올지도 모른다고 생각했다.

낙엽이 지는 때. 작문 시간에 두 사람은 진로나 꿈 같은 단어가 포함된 상투적인 에세이를 제출했다. 맺는 문장은 똑같았다.

"……니까 열심히 노력해야겠다."

니콜라이는 취업률이 높다고 알려진 한 공업계열 특성화고에 지원해 합격했다. 진주는 대입 준비를 엄격하게 시킨다는 인근의 여고를 1지망으로 써서 배정받았다. 중학교 졸업식. 웃음과 박수와 꽃다발 속에서 니콜라이는 "너네 부모님 완전 한국 사람처럼 생겼다"라는 말을, 진주는 "부모님은 안 오셨어?"라는 말을 들을까봐 서둘러 돌아갔다. 두 사람이 한끝과 다른 한끝에 서 있는 단체 사진만이 졸업 앨범의 한 페이지에 남았다.

진주가 야간 자율 학습을 하는 동안 니콜라이는 자격증 대비반에서 쇠를 깎았다.

진주는 고등학교 1학년 때 만난 담임교사를 신뢰했다. 애들은 비즈니스 담임이라며 욕했지만, 그녀는 진주의 가정 사정이 법적으로 어떻게 규정되어 있는지 정확하게 인지했고 국내 최고의 대기업이 매년 벌이는 장학 사업에 연결해주었다. 월 이십만원씩 나오는 학업 장려금을 모아 진주는 인터넷 강의를 들을 수 있는 노트북을 샀다. 빚이라 여기니 불편했지만 이왕 이렇게 된 거 일단 열심히 공부하고 나중에 어떻게든 갚고 싶었다. 담임은 '기회균형'이나 '사회적배려대상자' 전형도 알려주었다.

"열심히 해서 2등급 정도만 받으면 넌 훨씬 유리해."

진주는 1등급이 되어 그녀를 놀라게 만들고 싶었지만 삼 년 내내 간신히 3등급을 유지했다. 그녀가 강조했던 교내 활동을 꾸준히 한 덕분에 서울 변경의 사년제 대학 행정학과에 기회균형 전형으로 합격했다. 대학을 다니며 공무원 시험을 준비할 계획이었다. 고등학교 졸업식 날 진주는 그녀를 찾아가 롤케이크를 내밀었고 감사 인사를 떠올리며 쭈뼛거렸다. 그녀는 진주의 이름을 기억하지 못하는 듯했고 덕담 몇 마디 끝에 이렇게 말했다.

"부모님 밖에서 기다리시겠다. 얼른 가봐."

니콜라이는 기능반에서 전국 대회를 준비할 정도로 재주가 좋진 않았지만 성실히 수업을 들었다. 한 고위 공직자의 자녀 문제로 텔레비전도 인터넷도 시끄럽던 사이 조용히 재외동포법이 개정되었다. 4세대들도 장기 체류가 가능해졌다는 사실이 니콜라이의 의욕을 불러일으켰다. 두 번 낙방했지만 2학년을 마칠 때쯤에는 선반기능사와 밀링기능사, 컴퓨터활용능력 자격증을 취득할 수 있었다. 기능사 자격증은 작은 수첩 모양이었는데, 커버에 '대한민국 REPUBLIC OF KOREA'라고 금박으로 새겨져 있었다. 니콜라이와 같은 특성화고에 진학해 같은 반에서 가끔 우당탕하던 양맨이 지갑에서 매끈한 주민등록증을 꺼내며 말했다.

"양 주민등록증 받았띠!"

니콜라이는 외국국적동포 국내거소신고증만 갖고 있었다. 기능사 자격증을 받은 날 엄마 아빠와 또래오래 갈릭 반 핫양념 반 치킨을 시켜 먹었다. 엄마도 아빠도 니콜라이도 가장 좋아하는 치킨이었다. 니콜라이는 다리를 집으려다가 부모에게 귀화 생각은 안 해봤느냐고 물었다. 아빠가 여전한 억양으로 말했다.

"우리 좀 늦었어. 우리 너무 바빠. 니콜라이 할 수 있어."

현장실습은 어째서인지 냉동 만두 공장이었다. 만두 봉지를 스티로폼 보냉 박스에 넣고 테이핑한 뒤 팰릿에 올리는 게 일이었다. 그걸 사백 번쯤 하면 하루가 갔다. 팰릿을 지게차로 옮기는 형은 기능사 같은 건 자기도 네 개나 있다며 차라리 지게차 면허가 쓸모 있다고 했다. 지게차 형과 구내식당에서 시계를 흘깃거리며 점심을 욱여넣고 공장 마당의 볕 좋은 곳에서 잠깐씩 다리를 뻗었다. 형이 어디서 비타민 음료를 가져와 건네며 말했다.

"그래도 여긴 실습생한테 죽을 일은 안 시켜."

실습이 끝나고 니콜라이가 '외국인근로자의 고용 등에 관한 법률 시행규칙……'으로 시작하는 근로계약서를 읽으며 '통상임금'과 '기본급' '고정적 수당' 사이에서 혼란스러워할 때, 진주는 모니터에 얼굴을 붙이고 국가장학금 홈페이지를 살펴보고 있었다. '소득 평가액에 재산의 소득 환산액을 더한 뒤…… 기준중위소득 대비 비율에 따라……' 두 사람의 스무 살은 낯선 단어들을 마주하면서 시작되었다.

오 년이 지나는 동안 둘은 다양한 사람을 만났으나 그보다 많은 사람과 헤어졌고 몇몇은 다시는 안 볼 사이가 되었다. 볼빨간사춘기를 들으며 각자 인천과 강릉 바닷가로 여행을 갔고 오사카나 보라카이 여행 경비를 계산해본 적이 있었다. 무리해서 최신형 스마트폰을 한 번 구매했고 어느 밤 야심차게 인스타그램에 가입했다. 별로 올릴 만한 사진도 없고 재미도 없어서 한 달쯤 지나자 시들해졌다. 대신 버스에서 이런저런 커뮤니티 게시판을 스크롤하며 킥킥거렸다. 검성 고길동이 양아치 둘리를 베어버리는 만화는 진짜 웃겼다. 여윳돈이 없어서 암호 화폐를 사지 못했고 '떡락'하는 차트를 본 이병헌이 "으악 안 돼!"라고 외치는 영상을 보며 웃었다. 니콜라이는 서울 생활을 접고 광주의 고려인 마을로 가겠다는 부모를 따르지 않았다. 러시아어를 쓰는 애들과 사귀고 어울리다보면 평생 거기서만 살게 될 것 같았다. 진주는 집에서 엄마의 새 애인과 두 번쯤 어색하게 마주쳤다. 어차피 생활비를 낼 거면 시원하게 집을 나가서 살고 싶어졌다. 볼빨간사춘기가 1인 그룹이 되는 사이 맥도날드와 김밥천국으로부터 홍콩반점과 할매순댓국으로 혼자 갈 수 있는 음식점이 늘어났다. '그 돈이면 뜨끈한 국밥이 삼천 그릇이지' 같은 댓글에 추천을 눌렀다. 한 번쯤은 '네가 선택했잖아'라는 말을 들었고 그건 그렇다고 끄덕거렸다.

그리고 아무 연고도 없으며 중학생 때는 존재조차 알지 못했던 경기도 동남부의 한 도시에 도착했다.

주민센터는 고만고만한 다세대주택과 빌라들 사이 골목에 있었다. 진주는 번호표를 뽑았다. 한낮의 주민센터에 앉아 있는 사람들은 대개 늙고 아파 보였다. 비어 있는 소파를 찾아 머리를 짧게 자른 젊은 남자 옆에 나란히 앉았다. 꾸깃꾸깃한 종이를 들고 창구 앞에 서 있는 할머니는 말귀가 어두운 것 같았다. 공무원은 인내심을 잃어가고 있었다. '더 친절했으면 좋겠다, 나한테는……'이라고 진주가 생각할 때 옆자리에 앉아 있던 젊은 남자가 말을 걸었다. 니콜라이였다.

두 사람이 그 도시에서 처음 보는 아는 얼굴이었다.

중학교 이름이 소환되었고 "너 여기 살아?"라거나 "뭐 좀 신청하러" 같은 말이 오갔다. 연락처를 교환할 때 진주는 정말 연락을 할 일이 있을까 의심스러웠다. 두 시간 뒤에 니콜라이로부터 메시지가 왔다. 커다란 눈이 튀어나온 초록색 개구리가 하얀 이가 보이도록 씨익 웃으며 엄지를 치켜든 이미지. 진주도 아는 개구리였다. 때로 침울한 표정으로 밧줄을 목에 걸고, 때로 팔다리를 허우적거리며 춤추는 개구리. 진주는 삼 년 전에 구입한 펭수 이모티콘을 골라 답장했다.

육천원에 너무 맵지 않은 제육볶음과 뜨끈한 우거지된장국, 푸릇한 쌈 야채를 주는 백반집이 있었다. 가성비는 떨어져도 종종 햄버거와 감자튀김, 콜라가 먹고 싶었다. 맥도날드나 버거킹이 생겼으면 좋겠다고 생각하며 롯데리아에 갔다. 사거리의 중국집에서는 현금으로 계산하면 탕볶밥이 칠천원이었다. 반은 탕수육, 반은 볶음밥. 밥 위에는 짜장을 얹어줬고 작은 그릇에 짬뽕 국물도 따로 나왔으므로 네 가지 맛을 즐길 수 있었다. 드물게는 치킨이나 떡볶이를 배달시켜 이틀에 걸쳐 먹었다. 가끔은 식탁 위에서 지글지글이나 보글보글하는 음식들을 먹고 싶었다.

구내식당에서는 밥을 가득 먹어도 배가 빨리 꺼졌다.

니콜라이는 냉동 만두와 선풍기, 피부과에서 쓴다는 의료기기 부품 공장을 거쳐 자동차 전조등 생산 공장에서 일하고 있었다. 2차 하청이었지만 굴지의 대기업과 연결되어 있어서 그런지 일해본 공장 중에서는 가장 나았다. 벨트에서 하우징을 내려 작업대에 고정시킨다. 할로겐전구를 삽입하고 핸드드릴을 끌어내려 볼트 1번부터 4번까지 체결한다. 캡을 덮고 하우징을 다시 벨트에 올려놓는다. 열두 시간 동안 반경 일 미터 공간 내에서 같은 일을 반복하면 그만이었다. 두 시간을 일하면 쉬는 시간 십 분이 주어졌다. 그마저 못 쉬는 공장을 니콜라이는 많이 알고 있었다.

저녁 잔업을 마치고 확인하니 진주의 메시지가 와 있었다.

"솥뚜껑삼겹살 먹을래? 롯데리아 옆집."

늘 맛있는 냄새가 나는 집이었다. 실제로 가보니 과연 맛집이었다. 기름칠이 잘된 솥뚜껑의 열기. 삼겹살이 노르스름하게 익어가며 내는 소리. "이거 뒤집어야겠다" "김치 올려?" 같은 말을 주고받았고 "소주는 못 참지" 하며 엄지를 치켜들었다. 소주 한 병과 하얀 쌀밥 한 공기를 나누어 먹었고 두서없는 근황을 나누었다.

진주는 마트에서 일한다고 했다.

"사람들이 쏜살배송으로 주문한 물건을 매장에서 찾아 담는 사람이 나야."

진주는 대학생활 내내 편의점과 생과일주스 가게와 무한으로 즐기는 돼지갈비 식당에서 아르바이트를 했다. 졸업하고는 사무실 두 군데에 취업한 적도 있었다. 수당 없는 초과근무와 급여 지연, 갑질과 성희롱. 차라리 대기업에서 운영하는 대형마트가 깔끔했다. 주 5일 35시간 근무. 최저임금보다 천원 많은 시급을 칼같이 계산해서 정확한 날에 입금해줬다. 에어컨으로 상시 유지되는 실내 온도처럼 상쾌하고 규칙적이었다. 머슴질도 대감집에서 하라는 말은 설득력이 있었다. 스태프용 애플리케이션은 어디서 무슨 물건을 얼마나 가져와야 하는지 알려줬다. 휴대전화를 팔뚝에 차고 어떤 날은 라면이나 레토르트식품 코너를, 어떤 날은 청과나 수산 코너를 왔다갔다했다. 생수나 주류 코너가 제일 싫었다. 목에 건 리더기로 바코드를 스캔한 뒤 번호가 붙어 있는 바구니에 주문량만큼 나누어 담았다. 애플리케이션이 동선을 최적화해서 알려줬지만 하루에 이만 보쯤은 걸어야 했다. 그걸 사람이 하는 거였냐고 니콜라이가 물었을 때 진주는 답했다.

"그럼 사람이 하지 누가 해?"

니콜라이는 그건 그렇다며 수긍했다. 공장에도 여전히 사람이 많았다. 진주는 오래할 일은 아니라며, 지방직 공무원 시험을 준비중이라고 덧붙였다. 이미 두 번 떨어졌고 7급에서 9급으로 목표를 바꿨다는 말은 하지 않았다.

"내가 먹자고 했으니까 내가 살게."

진주가 계산을 한 뒤 두 사람은 세상에는 역시 배달로 먹을 수 없는 맛이 있다고 재잘거리며 삼겹살집을 나섰다. 고급 스포츠 세단이 육중한 배기음을 내며 지나갔다. 니콜라이는 저기 박힌 전조등을 자기가 만든다고 말하려다가 그만두었다. 두 사람은 백여 미터를 함께 걸었고 횡단보도 앞에서 헤어졌다. 진주는 돈은 꽤 써버렸지만 그래도 만족스러운 식사였다고 느꼈다. 같은 동네에 지글지글 보글보글을 함께할 사람이 한 명쯤 있는 것도 괜찮은 일인 듯했다. 니콜라이로부터 메시지가 왔다.

"다음에는 내가 삼."

〈타짜〉의 곽철용이 손가락을 치켜들며 '묻고 더블로 가!'라고 외치는 이미지도 함께 날아왔다. 진주는 잔망 루피가 '군침이 싹 도노'라며 짓궂게 웃는 이미지로 답했다.

이 주 뒤 두 사람은 보글보글 끓는 감자탕을 사이에 두고 마주앉았다. 일인용 뼈해장국에는 감자를 안 넣어준다는 '국룰'을 함께 규탄하였다. 다시 이 주 뒤 중국집에서는 볶음밥과 짬뽕과 탕수육 소짜를 시켰다. 온전한 요리는 그동안 먹었던 반반 메뉴보다 맛이 더 좋았다. 니콜라이는 3조 2교대로 일했으

124

므로 주말이 휴일이 아닌 때가 많았고, 진주는 근무시간을 제외하고는 시험 준비에 매진했지만 두 사람은 이삼 주에 한 번은 만났다. 즉석떡볶이집 주인아저씨는 커플 세트를 권했다. 둘은 푸하하 웃었지만 커플 세트가 저렴하긴 했다.

"우리 무슨 맛집 동아리 같다. 그치?"

두 사람은 반바지를 입고 슬리퍼를 신고 페퍼로니 피자와 코다리갈비찜과 치즈김치전을 먹으러 다녔다. 한번은 맥주를 시켰는데 종업원이 신분증을 요구했다. 진주가 "아직 살아 있네" 하며 헤헤 웃었는데 니콜라이가 거소신고증을 꺼냈다.

"나 외국인 노동자인 거 몰랐냐? 헤헤."

이번 공장은 내국인이랑 돈을 똑같이 주고 보험도 다 가입해줘서 좋다고 덧붙였다. 귀화할 수 없느냐고 진주가 물었다. 그건 니콜라이조차도 완전히 이해하지 못하는 복잡한 과정이었다. 사회통합프로그램 이수나 필기시험, 면접 따위를 따져보기 전에 일단 귀화 신청 자격을 갖추려면 영주권을 취득해야 했다. 물론 영주권을 받는 데도 여러 조건이 있었다.

"소득 기준이 있다고?"

니콜라이는 전년도 한국인 평균 이상을 벌어야 영주권을 신청할 수 있으며, 그건 연봉 삼천팔백만원 정도라고 설명했다. 진주는 마트에서 받는 월급에 열둘을 곱해봤다. 공무원 시험에 붙는다고 해도 금방은 어려운 돈이었다.

"한국인 엄청나네. 나도 못하겠네."

니콜라이가 눈가에 손을 가져가 우는 시늉을 했다.

"따흐흑……!"

휴일을 앞둔 밤이었고 맥주가 시원했다. 〈강남스타일〉은 진짜 에바 아니었냐. 담임이 잘못, 아니 싸이가 잘못했다. 맞다 맞아. 사과해라 싸이. 슬픈 개구리 짤은 대체 몇 장이나 갖고 있는 거야. 웃기셔. 네가 닮았겠지. 주민센터에 그 하얀 안경테 씨는 너무 불친절해. 나는 친절한 사람 돼야지. 공장에서 일하더니 팔뚝 보게. 오 오오오 오빠 공장스타일. 따라와라 외노자. 웰컴 투 코리아니까 2차는 누나가 쏜다. 이 날씨엔 야장 갬성이지. 사실 영주권 쉽게 받는 방법이 있어. 한국인이랑 결혼하면 돼. 푸하하. 야야 만약 서른다섯…… 아니 마흔까지……

다음날 아침 두 사람은 눈을 뜨자마자 몸을 벌떡 일으켰다.

각자의 좁은 방이었다.

다시 베개에 얼굴을 묻으며 다행이라고, 어젯밤은 위험했다고 생각했다. 잠시 따져보니 위험할 건 또 뭐지 싶었다. 두어 시간 뒤 일어나 살아 있느냐는 메시지를 주고받았고 대충 이런 말로 정리했다.

"……여름이었다."

수백억을 두고 목숨을 건 게임을 한다는 줄거리의 한국 드라마가 세계적으로 흥행했다. 어느새부터 힙합은 안 멋졌고 러시아는 우크라이나를 침공했으며 대통령선거가 치러졌다. 니콜라이에게는 투표권이 없었다. 진주에게는 투표권이 있었지만 어떤 쓸모가 있는지는 알기 어려웠다.

"나도 차라리 투표하지 말까?"

진주는 여전히 마트를 걸으며 다른 사람이 주문한 물건들을 담았다.

라면 다섯 봉지와 계란 여섯 알, 조미김 한 팩과 인스턴트 건조 미역국을 주문하는 사람. 그것들을 다 합친 것보다 더 비싼 캐나다산 개 사료를 한 번에 다섯 봉지씩 주문하는 사람. 오만이천원짜리 스페인산 올리브유 아홉 병을 한 번에 사는 사람은 무엇을 요리해서 먹는지, 십삼만구천원짜리 이탈리아산 소가죽 벨트를 쏜살배송으로 주문하는 사람의 생활은 어떤지 궁금했다. 진주 자신도 즉석밥이나 생수 따위를 종종 주문했는데, 그 점에 비춰보면 그들도 단지 시간이 부족한 사람들일 거라고, 그래서 자기가 시급을 받고 시간을 팔 수 있는 거라고 생각했다. 그럼 그들은 아낀 시간으로 무엇을 할까. 마트에 와서 물건을 담는 귀찮은 과정을 생략하고 오직 그 물건들이 주는 행복의 알맹이만을 누리고 있을까. 아니면 그 물건들을 사기 위해 자기처럼 또다른 누군가에게 시간을 팔고 있을까.

정말 여유로운 사람들은 마트에 직접 오는 사람들일지도 몰랐다. 산책의 속도로 마트에서 카트를 밀며 하얀 빵과 푸른 야채와 붉은 고기, 체크무늬 냅킨과 다른 나라의 탄산수를 사는 사람들. 촉감이 좋아 보이는 원피스를 입은 여자들과 그 뒤를 따르는 머리를 잘 빗은 남자들. 부드럽게 굴러가는 유아차 속에서 손가락을 빨던 아기가 이따금 진주를 보고 까륵 웃었다. 그 웃음이 귀엽다고 느끼기 전에 아기의 미래가 부러워질 때 진주는 스스로가 싫어졌다. 그런 가족의 집에는 식탁이라는 물건이 있을 것 같았다. 진주의 방에는 한쪽 벽면에 붙은 옷장과 싱크대 사이에 작은 붙박이 책상이 있을 뿐이었다. 그건 책상이자 밥상이자 화장대이자 선반이었다. 레토르트 음식에 불만은 없었지만 입에 밥알이나 국물을 떠 넣고 고개를 들면 벽이 보였다. 시험 일정이나 과목별 진도표, 언젠가 괜히 옮겨적은 동기부여 문구들이 듬성듬성 붙어 있었다.

　이유는 모르겠지만 마트는 스태프를 일 년 이상 연속해서 쓰지 않았다. 계약이 끝나가고 있었다. 이번엔 공무원 시험에 붙어야 했다. 오후 네시에 근무가 끝나면 카페로 갔다. 마트 계열사라 스태프는 삼십 퍼센트 할인을 받을 수 있었고 커피가 맛있었다. 스티커를 예쁘게 붙인 노트북으로 작업에 열중하거나 서로 볼을 꼬집는 연인들 사이에 있으면 자신도 그럭저럭 평범한 이십대로 살고 있는 듯했다. 그러나 그런 기분을 누리려고 번 돈을 다시 주는 게 억울해진 뒤부터 이십 분을 걸어서 공립도서관에 갔다. 공립도서관 열람실은 세련되지도 쾌적하지도 않았고 한낮의 주민센터처럼 어딘가 침울했으나 살림살이 사이에서 벽을 보고 공부하는 것보단 나았다.

니콜라이는 파견 계약을 연장했다. 정규직으로 전환되리라는 기대는 옅어졌다. 극히 드문 일이었고 외국인에게는 더 어려웠다. 오히려 인력을 내보낼 거라는 소문이 돌았다. 공장에 오래 다닌 아저씨들은 새 정권이 주 52시간 근로제를 손보면 다시 2조 2교대 시절로 돌아갈지도 모른다고 수군거렸다. 오년 전만 해도 어지간한 공장은 다 주야 2조 2교대였다고, 그 정도는 해야 돈을 번다고 하는 아저씨들도 있었다. 니콜라이도 셈을 해봤다. 주당 72시간을 근무한다고 치면 연 삼천팔백만 원을 벌 수 있을 것도 같았다.

옆 라인에서 일하는 흰머리 아저씨는 구내식당에서 무슨 메뉴가 나오든지 다 비빔밥으로 만들어 먹었다. 제육볶음도 두부조림도 오징어숙회무침도 다 비볐다. 줄 서는 시간을 포함해 십오 분 만에 석식을 먹고 라인으로 돌아오는 길에 니콜라이는 그에게 슬쩍 물었다. 사람이 열두 시간씩 주 6일 일해도 몸이 괜찮으냐고.

"할 수 있지. 할 수는 있어."

라인 가동을 알리는 종이 울렸다. 아저씨가 장갑을 끼면서 덧붙였다.

"몰라서 그렇지, 지금도 어디서는 실컷 하고 있을걸."

다른 공장 분위기는 어떤지 고등학교 동창 몇에게 메시지를 보내봤다. 한두 명이 먼 지방의 공장에 가 있었고 어떤 친구들은 신발가게나 홀덤펍에서 일하고 있었다. 누군가 앙맨의 소식을 전했다. 앙맨은 작년에 충북의 한 금형 공장에서 일하다가 손가락 하나를 날렸고 서울의 부모님 댁으로 돌아왔는데 집밖에 잘 안 나온다고 했다. 니콜라이는 며칠 뒤 앙맨에게 전화를 걸었는데 받지 않았다.

진주는 또 필기시험을 통과하지 못했다. 한 문제 차이였지만 아쉽다는 말은 어디에서도 누구에게도 하지 않았다.

마트에 새로 들어온 스태프 중에 젊은 여자애가 있었다. 스물한 살이랬나 두 살이랬나. 인근 대학의 휴학생이라고 했다. 단발에 동그란 눈. 귀엽고 붙임성이 좋은 아이였다. 그애는 '힝구'라고 불렸는데 걔가 '힝구의 알바로그'라는 유튜브 채널을 운영했기 때문이었다. 지금은 구독자 천 명이 안 되지만 알고리즘을 타면 날아오를 거라며 파이팅이 넘쳤다. 힝구가 "언니언니" 하며 업무에 대해 물어올 때마다 진주는 친절하게 답해주었지만 그애가 들고 있는 카메라에 자기 얼굴이 찍힐까봐 신경쓰였다. 힝구는 네 달만 일하고, 번 돈으로 아이슬란드 여행을 가서 겸사겸사 콘텐츠도 찍어올 거라고 말했다. 힝구가 진주에게 계약 끝나면 모은 돈으로 뭘 할 거냐고 물었을 때, 진주는 손질된 고등어 여덟 팩의 바코드를 스캔하며 말했다.

"하긴 뭘 해. 난 그냥 살려고 일해. 그만 찍고 좀 옮겨."

힝구가 카메라를 끄고 고등어를 옮겼다. 진주는 후회했다. 그렇게 날카롭게 대답할 필요는 없었는데. 힝구도 필요한 돈을 벌러 왔을 뿐인데. 퇴근 직전에 진주는 힝구에게 떡볶이를 먹으러 가지 않겠느냐고 슬쩍 말을 걸었다. 힝구는 다이어트 중이라며 거절했다.

낙엽이 다 떨어지는 동안 진주와 니콜라이는 서로의 방에 몇 번 갔다.

다를 것도 없는 방이었다. 자취생들이 애용한다는 인터넷 쇼핑몰에서 낮은 가격 순으로 검색해 고른 가구들. 다이소에서 산 생활용품들. 당장이라도 상자 두어 개에 쑤셔넣을 수 있으며 일부는 실제로 상자에 담긴 채 방치된 것들. 집이라기보다는 이사와 이사 사이에 잠시 머무르는 방. 난데없는 에펠탑 엽서라거나 포켓몬 봉제 인형, 배드민턴 채 세트 같은 것들만이 호기심을 자극했다.

일요일 오후. 함께 몸과 시간을 탕진하고 매트리스 위에 누워 있으면 발가락 위로 햇살이 떨어졌다. 조금 열어둔 창틈으로 가을바람이 들어와 기분좋게 땀을 식혔다. 창밖에서 동네 꼬마들이 노는 소리가 들렸다.

"요즘 애들은 어쩔티비 저쩔티비 그런 말을 한대."

진주도 들어본 말이었다.

"뒤에 다른 걸 막 붙이는 거지. 어쩔시크릿쥬쥬리미티드에 디션, 어쩔엘지트롬스타일러, 어쩔다이슨V15디텍…… 아 씨 이건 뭔지도 모르겠다. 어쩔메르세데스벤츠에스클래스내돈내 산……"

"뒤에 더 비싼 걸 붙이면 이기는 거야?"

그런 방식은 아닌 것 같았지만 더 알고 싶지도 않았다. 두 사람은 누운 채로 고개를 절레절레 저었다.

"요즘 애들이란……"

니콜라이는 진주의 왼쪽 어깨로부터 날개뼈로 이어지는 손 가락 두 마디 길이의 흉터를 발견했다.

"내가 아주 아기였을 때, 엄마랑 아빠랑 싸우면서 뭘 막 던 졌대."

"이거 아직 아프냐?"

니콜라이가 엄지손가락 끝으로 흉터를 지우듯이 살살 쓸었 다. 기억나지도 않는 때 생긴 흉터였다. 아프다기보다는 간지 러웠다. 둘 중에 누가 던졌든 아빠는 사라졌고 엄마는 남았다. 진주는 엄마도 가끔 이런 시간이 필요했을지 모른다고 생각하 며 말했다.

"섹스는 공짜라서 다행이야."

니콜라이가 몸을 일으켰다.

"방금 이상하게 물건 취급받은 느낌."

"아니지. 물건은 돈 주고 사야 되잖아."

말이 되는 것 같기도 해서 니콜라이가 벙해 있을 때 진주가 덧붙였다.

"섹스가 공짜가 아닌 게 더 이상하지 않아?"

니콜라이는 다시 누우며 말했다.

"그건 그렇네."

잠들지도 않고 이야기하지도 않고 그저 누운 채로 숨을 쉬다보면 방안으로 노을이 스며들었다. 아이들의 재잘거림도 사라진 뒤 조용히 일렁거리는 커튼을 보고 있으면 세상이 남 얘기 같았다. 예쁘고 멋있고 촉감 좋은 물건들이 꼭 필요한 건 아니라고 마음을 다스릴 수 있었다. 자아실현 같은 건 모르겠지만 견딜 만한 일을 하고, 지글지글 보글보글 맛있는 음식을 나누어 먹는 삶. 가끔은 나란히 누워서 햇볕을 쬘 사람이 있는 삶. 이 정도면 괜찮다고 여기면서도 어두운 골목을 걸어 다시 각자의 방으로 돌아가면 불안해졌다. 어느 날 흰 봉투가 날아와 계약 종료 통지서나 처음 들어보는 병명의 진단서를 덜컥 내놓는다면, 그때는 어떻게 되는 걸까.

결석하지 않고 학교도 잘 다녔다. 법을 어긴 적도 없었다. 하루에 삼분의 일에서 이분의 일을 일터에서 성실히 보냈고 공과금도 기한 내에 냈다. 그럼 큰 걱정 없이 살 수 있어야 하지 않을까. 그렇게 살았으니까 이만큼이라도 산다고 만족해야 할까. '스물일곱 살 인생 평가 좀' 같은 제목의 글에 사람들이 쏟아놓는 댓글을 보면 가끔 뭘 잘못한 것 같기도 했다. 더 잘살고 싶었다면 공부를 더 잘했어야 한다고. 솥뚜껑삼겹살도 즉석떡볶이도 먹지 말고 맥주도 마시지 말고 섹스도 하지 말고 닥치고 공부해서 시험에 붙든 돈을 모으든 했어야 한다고. 남들 다 자리잡을 때 어리바리하고 게을렀던 우리가 '빡대가리'라고. 두 사람은 이런 질문에 도달했다.

"우리가 그렇게 잘못 살았나?"

빨간 모자를 쓴 해병 병장은 네가 선택한 길이니 악으로 깡으로 버티라 했고 김정은은 팔짱을 끼고 고개를 절레절레 저었다. 추노꾼 장혁이 오열하며 삶은 계란을 씹었고 개구리도 눈물을 줄줄 흘렸다. 물에 젖고 물만 맞는 여기는 아마존. 안 젖을 수 없는 여기는 아마아마 아마존. 편하고 쿨하고 섹시한 미소를 짓는 옆 나라의 정치인. 인생이란 역시, 사람이 살아간다는 것입니다(끄덕). 둘리가 답했다. 아이 씻팔.

그 사이로 점점 자주 니콜라이의 눈에 띄는 문장이 있었다.

어디서 유래하였으며 무엇이 웃음 포인트인지는 알 수 없었으나 꼭 한두 명쯤은 홀연히 그 문장을 댓글로 남겼다. 언젠가부터는 그 문장을 담은 이모티콘이 보이기 시작했다. 대충 손으로, 보통은 발로 그렸다고 표현할 만한 이모티콘. 금발을 양 갈래로 땋은 소녀가 꼿꼿하게 서서 앙칼진 표정으로 그 문장을 외치고 있었다.

"기립하시오 당신도!"

어느 주말 진주가 아무것도 하기 싫어서 방에 누워 있다고 답장했을 때, 니콜라이는 '이불을 덮은 개구리'와 '격렬하고 적극적으로 아무것도 안 하고 싶은 고양이' 이미지를 고르려다가 그 꼿꼿이 선 소녀를 택했다.

"기립하시오 당신도!"

진주는 그 엉성한 손그림이 귀여웠다. 하지만 세상에는 나쁜 농담이 많았으므로 구글에서 유래를 검색해보았다. 위키는 그 문장이 베르톨트 브레히트라는 독일인의 시에서 유래한 밈이라 알려주었다.

'16세의 봉제공 엠마 리스가 체르노비츠의 예심판사 앞에 섰을 때 그녀는 추궁받았다. 왜 혁명을 선동하는 삐라를 뿌렸냐고. 그 이유를 대라고. 그녀는 일어서더니 **노래**를 부르기 시작했다. 판사가 제지하자 그녀는 더욱 매섭게 외쳤다. **기립하시오! 기립하시오 당신도! 이것이 인터내셔널이오!**'

위키는 이 시가 정작 독일에서는 유명하지 않지만 한국에서는 '운동권'들이 〈인터내셔널가〉를 부르기 전에 선창하는 관습이 있었다고 설명했다. 진주는 이불을 덮은 채로 링크를 눌렀다. '인터내셔널가는 국제주의와 사회주의를 대표하는 민중가요로…… 최초의 프랑스어 가사는 철도 노동자였던 외젠 포티에에 의해 1871년 파리코뮌 시기에 쓰였고…… 가구 세공인이었던 피에르 드게테르가 1888년에 곡을…… 해체 직전까지 소비에트연방 공산당의 전당대회에서……'까지만 읽었다. 페이지는 길었고 수십 개 언어의 〈인터내셔널가〉가 하나하나 링크되어 있었다. 돈을 주는 것도 아닌데 이런 옛날이야기를 다 찾아서 기록해놓는 사람들이 누군지 궁금했다. 움직여야지, 나도 움직여야지, 하며 진주는 이불을 걷고 기지개를 켰다. 퇴직금이 입금되었다는 문자가 왔다. 정확하고 깔끔한 자본주의의 맛. 마트를 운영하는 대기업 회장은 소셜미디어에 이런 글을 올린 적이 있었다.

"난 공산당이 싫어요."

16세의 봉제공 엠마 리스는 여전히 현장실습생과 제빵사, 택배 기사와 대학 청소 노동자 등에 관한 게시글에 나타났다. 누가 칼 들고 협박한 건 아니지만 아무도 알 바 아닌 일을 하다 무시당하고 위협받고 쫓겨나고 심지어 죽은 이들을 조롱하는 댓글 속에서도 엠마는 늘 같은 표정으로 같은 말을 외쳤다. 때로는 한국 치킨으로 신세계를 맛본 영국인이나 데드리프트

136

가 3대 운동 중 최고인 이유, 다이어트할 때 기립성저혈압 조심해 같은 제목의 게시물에도 끼어들었다. 금발의 양 갈래 소녀는 인터넷 세계를 떠돌며 가끔 길을 잃기도 하는 꼬마 유령처럼 보였다. 또는 태엽이 풀릴 때까지 아장아장 걸으며 오직 한 문장만 되풀이하는 인형.

"기립하시오 당신도!"

어쨌든 태엽을 감아주는 사람들은 계속 있었다. 진주와 니콜라이가 〈인터내셔널가〉의 작고 뾰족한 재생 버튼을 눌러본 것은 크리스마스를 앞둔 밤이었다. 그리고 알고리즘은 진주와 니콜라이의 검색어를 기억했다.

두 사람은 나름대로 살았다.

각자의 궁색한 사정으로 거처를 한 번씩 옮겼다. 진주는 잠깐 엄마 집에서 지냈는데 엄마가 새 애인을 소개해줬다. 첫 만남은 양념게장과 사라다를 반찬으로 주는 돼지갈비 식당이었다. 그 아저씨는 생긴 건 착해 보였는데 갈비를 너무 진지하게 굽느라 대화하는 건 잊은 듯했다. 아저씨가 집게로 고기 한 점을 들어 살펴보더니 고개를 끄덕거리며 진주의 앞접시에 내려놨다. 달콤 짭조름한 양념맛과 부드럽고 촉촉한 육질이 살아 있네. 진주는 고개를 끄덕거리려다가 참았고 엄마의 맥주잔을 채워줬다. 니콜라이의 엄마는 대단지 공장의 구내식당 주방에서 국통을 들다가 허리를 다쳤다. 파스가 잘 붙도록 쓱쓱 문지르며 니콜라이는 엄마에게 〈인터내셔널가〉를 아느냐고 물었다. 엄마는 엎드린 채 노래를 부르기 시작했다. 아빠가 가스레인지 앞에 서서 솔랸카를 저으며 함께 흥얼거렸다. 니콜라이는 맨 앞 단어인 "Вставай"는 알아들을 수 있었다. 아빠가 밥상을 펼치고 엄마를 일으키며 말했다.

"우리는 소련에서 태어났어. 러시아에서 결혼했고 한국에서 널 키웠지."

진주와 니콜라이는 다른 동네에 살면서도 웃기는 사진이나 영상을 서로에게 보내줬다. 돈을 주고 사야 하는 유니폼이나 형편없는 구내식당 메뉴, 덥고 춥고 좁은 휴게실 따위에 대해 소식을 전하며 "이거는 기립이네, 기립해야겠네" 같은 농담을 주고받았다. "여기 빨갱이가 있네" 하면서 손전등을 비추는 포돌이를 보내면 "내가 바로 뇌빨간사춘기다"라고 받아치며 킥킥거렸다. 각각 다른 사람과 한 번 혹은 한 번 반 정도 연애를 했으나 오래는 아니었다. 니콜라이는 산업기사 자격증을 딸 수 있고 취업 알선을 잘해주는 전문대를 알아봤고 모아놓은 돈과 등록금을 비교해보았다. 진주는 주택공사 홈페이지를 드나들며 청년전세자금 대출 공고를 부지런히 살폈고, 공무원 시험 경쟁률이 날로 떨어지고 있다는 기사를 관심 있게 지켜보았다. 두 사람은 생활비를 아낄 방법을 다각도로 궁리했다.

공장과 마트는 어디에나 있었으나 삼천팔백만원을 벌지는 못했다.

두 사람은 경기도 서남부의 한 도시에 함께 도착했고 같이 살아보기로 결정했으며 그것에 대하여 누구의 허락도 구하지 않았다.

마을버스도 올라오지 않는 가파른 언덕. 민트색이라기보다는 치약색 페인트가 칠해진 낡은 빌라. 4층까지 계단을 오르다 보면 복도에서는 낯선 향신료 냄새가 났고 가끔 반쯤 열려 있는 문 안쪽에서 한 무리의 사람들이 떠드는 더운 나라의 언어가 들렸다. 교회 스티커 자국이 남아 있는 철문을 열면 두 사람의 집이었다. 방 하나는 진주가, 다른 하나는 니콜라이가 쓰기로 했다. 방과 방 사이 거실은 무척 좁아서 사실상 반은 주방이고 반은 현관이었다. 텔레비전과 소파를 둘 순 없었지만 그 공용 공간은 두 사람에게 유용했다. 방문 바깥이 아주 바깥은 아니라는 것이 기뻤다.

이사 첫날. 유튜브가 추천한 4시간 51분 분량의 95개국 〈인터내셔널가〉 모음을 되는대로 틀어놓고 짐을 정리했다. 기운찬 떼창이 노동요로 제법 어울렸다. 진주는 파란색 칫솔, 니콜라이는 보라색 칫솔. 두 사람 다 치약 따위에 취향은 없어서 아무거나 싼 것을 함께 쓰기로 했다. 대충 청소가 끝난 건 밤 아홉시였고 앞집인지 아랫집인지 모르겠지만 누군가 연주하는 리코더 소리가 들렸다. 공짜 라이브 음악 오히려 좋아, 하면서 의자야 각자 가져온 것을 쓰더라도 인간적으로 식탁은 사서 놓자는 데 합의하였다. 오픈마켓을 검색해서 삼만구천원이라는 가격에 비해 괜찮아 보이는 작은 식탁을 찾아냈다. 짙은 갈색의 목재 상판에 검은 철제 다리 네 개가 달린 평범한 디자인이었다.

나흘 뒤 늦은 밤에 귀가했을 때 현관 앞에 묵직한 택배 상자가 놓여 있었다. 배가 고팠고 식탁에서 첫번째로 먹을 음식을 논의하며 상자를 뜯었다. 진주는 피자가, 니콜라이는 치킨이 먹고 싶었다. 이렇게 싸움이 시작되나 싶었지만 세상에는 '피자나라 치킨공주'라는 선택지도 있었다.

"피자나라 치킨나라도 아니고, 피자왕자 치킨공주도 아니고, 왜 피자나라 치킨공주인 거야?"

살다보니 이상한 곳에 도착한 치킨공주의 기분으로 두 사람은 유쾌해졌다. 피자와 치킨 세트의 도착 예정 시각은 오십 분 뒤였다. 식탁을 조립하고 걸레질을 하고 컵과 젓가락까지 놓기에 충분한 시간이었지만 계획대로 되지는 않았다.

"볼트가 왜 안 맞지?"

니콜라이가 옆으로 눕힌 식탁 앞에 쪼그려앉아 중얼거렸다. 다리 세 개는 상판에 조립했지만 나머지 하나가 문제였다. 볼트를 체결할 구멍이 잘못 파여 있었다. 힘으로 볼트를 돌려봐도 나사산만 상할 뿐이었다. 손바닥만한 조립 도면은 실제 식탁의 생김새와 미묘하게 달랐고 몇 줄 없는 설명은 중국어로 되어 있었다. 니콜라이는 남은 다리 하나를 어떻게든 붙여보려고 이리저리 대보다가 바닥에 털썩 앉았다.

"안 되잖아."

처음으로 함께 산 가구였다. 음식이 오고 있었다. '메이드 인 차이나'는 역시……라는 생각이 들었으나 대륙의 저편에 있는 금형 공장과 달아오른 기계, 기름때가 묻은 러닝셔츠를 입은 중국인 혹은 중국인이 아닌 누군가, 그가 점심으로 건져 올리는 이름 모를 하얀 국수가 떠올랐다. 젓가락을 쥔 손가락들을 상상하니 어쩐지 탓할 마음이 들지 않았다.

진주도 니콜라이 뒤에 쪼그려앉았다. 짧은 머리털이 까슬까슬 돋은 목덜미가 꼭 중학생처럼 보였다. 니콜라이가 공장에서 전동 드릴을 빌릴 수 있을 거라고, 내일 출근해서 알아봐야겠다고 중얼거렸다. 깔끔하게는 타공되지 않을 수도 있지만 교환보다는 빠를 거라는 이야기였다. 진주가 니콜라이의 등짝을 팡팡 치며 말했다.

"오늘은 바닥에서 먹으면 되지."

두 사람은 일어났다.

"혹시."

옆으로 누워 있던 식탁을 함께 들어서 세워봤다. 세 다리로

서는 듯……하다가 이내 한쪽으로 기울었고 그러면서도 쓰러지진 않았다. 두 사람은 눈을 마주쳤고 푸하하 웃었다. 종이상자와 포장 비닐로 어질러진 바닥. 기울어진 식탁 옆에서 스패너와 손걸레를 손에 쥔 채 껴안은 두 사람.

침대에 누워서가 아니라 일어서서 안은 건 처음이었다. 낯설고 새롭고 따뜻했다. 두 사람은 오래 미뤄둔 질문을 떠올렸다.

때로는 시시하고 때로는 끔찍했으며 결국에는 죄다 망해버린 연애들이 있었다. 초라하게 사라진 나라들조차 폐허 어딘가에는 영광을 남기는 것처럼 그 연애들에도 부정할 수 없는 순간은 있었다. 연애가 망하더라도 사랑은 망할 수 없는 것일지도 몰랐다. 하지만 이제는 저렴한 각본으로 사랑하느니 다른 이름을 붙이고 싶었다. 어차피 첫 단추부터 이상했으니까. 차라리 이것은…… 딩동. 음식 도착을 알리는 초인종이 울렸다. 두 사람이 잠정적으로 내린 결론은 이러했다.

"우리는 친한 사이야."

그 말은 두 사람만의 농담이 되었다. 즉석밥과 계란, 반창고와 감기약, 섬유유연제와 블루투스 스피커 등을 '친한 사이' 해버렸고, '도망가면 안 친한 사이'라며 대청소 날을 정해 손가락을 걸었다. 니콜라이는 누구도 근황을 모르는 앙맨에게 '맥주 가즈아아앙'으로 끝나는 메시지를 남겼고, 진주는 일년 넘게 업데이트가 없는 힝구의 채널에 '힝구야 안녕'으로 시작하는 댓글을 달았다. 둘 다 답장은 받지 못했지만 '좋은 친한 사이 시도'였다며 서로 칭찬했다. 공장과 마트 입구에서 붉은 조끼를 입은 아주머니 아저씨가 나누어주는 전단지를 받아와 함께 읽다가 사전을 검색했다. 정전을 계기로 앞집 부부와 배드민턴을 쳤다. 부부가 대접한 더운 나라의 음식이 입에 맞진 않았지만 접시를 비웠고, 그 집 꼬마가 리코더 연주를 뽐냈을 때 박수를 쳤다. 집에 돌아와 '우리 오늘 이웃이랑 친한 사이 해버림'이라며 하이파이브를 했다. 미래는 여전히 닫힌 봉투 안에 있었고 몇몇 퇴근길에는 사는 게 형벌 같았다. 미미하지만 확실한 행복을 주워 담았고 그게 도움이 안 될 때는 불확실하지만 원대한 행복을 상상했다. 보일러를 아껴 트는 겨울. 설거지를 하고 식탁을 닦는 서로의 등을 보면 봄날의 교무실이 떠올랐다. 어떤 예언은 엉뚱한 형태로 전해지고 아주 긴 시간이 지나서야 실현되는 것일지도 몰랐다.

보편
교양

종료령이 울리면 학생들은 교실을 빠르게 떠났다. 곽은 출석부와 태블릿 피시, 두세 권의 책, 황동 클립으로 묶은 학습지를 상아색 에코백에 넣었다. 두꺼운 직물을 단단히 박음질한 가방이었다. 그걸 구매한 런던의 고서점을 잠시 회상하면 교실이 텅 비었다. 몇몇 책상 위에는 수업중 배부한 학습지가 그대로 버려져 있었다. 그것들을 반듯하게 모아 교실 뒤편 분리수거함에 넣을 때면 가정통신문도 앱으로 배부되는 시대인데 자신의 수업은 너무 많은 종이를 소모하지 않나 고민했다.

복도는 이동하는 학생들로 소란스러웠다. 꼭 다음 수업 교실로 향하는 건 아니었다. 친구를 만나려고, 간식을 사 먹으려고, 혹은 그냥 움직이는 게 즐거워서 움직이는 듯 보였다. 곽은 좁은 계단을 내려가다 체육 수업을 마치고 올라오는 한 무리의 십대들 사이에 갇히고는 했다. 땀과 열기와 웃음 속에서 곽은 "실례합니다"라고 말하며 가방을 품에 안았다. 윤동주의 「쉽게 씌어진 시」 속 '늙은 교수'를 떠올린 날이 있었다. 현실과 괴리된, 정체된, 그래서 화자로 하여금 부끄러움을 느끼게 한다고 해설되는 이미지. 그 늙은 교수는 적어도 '노―트를 끼고' 강의에 출석하며 밤마다 육첩방에서 시를 쓰는 성실한 제자를 두었다. 나는 늙지도 않았고 교수도 아니다. 그렇게 생각하다 '늙지도 않았고' 부분의 판단은 유보했다.

수년 전 수업시간이었다. 시였는지 소설이었는지 기억나지 않지만 수능 대비 교재에 수록된 1970년대, 혹은 1960년대 작품이었다. 권력의 억압에 훼손된 개인의 자유를 형상화하며 반성과 실천을 독려하는…… 식의 설명을 마쳤을 때 맨 앞줄 학생이 질문했다.

"선생님도 민주화운동 했어요?"

곽은 학생이 박정희 정권 때 무엇을 해보았느냐고 묻는 건 아니며, 늦춰 잡아 전두환, 그러니까 1980년대쯤을 상상했다고 가정했다. 그 시대에 자신이 한 일이 있다면 하나, '태어나는 일'이었다. 곽은 자기가 그렇게 늙어 보이는지, 학생이 근현대사 연표 학습을 게을리한 것인지 잠시 고민했다. 지루한 수업 분위기가 전환되길 기대하며 분유나 기저귀 같은 단어가 포함된 유머로 대답했다. 주름 개선 화장품 2종을 추가해 피부 관리 루틴을 체계화했다. 가끔 혼자 재치 있는 대답을 만들어 보기도 했다. '독립운동을 했냐고 묻지 그래요?' 미시사를 포함한 세 권의 역사서를 읽고 '인간이란 자기가 살지 않은 과거는 뭉뚱그리는 관성이 있다'라고 메모했다. 세대론은 의심스러운 도구였지만 젊은 사회학자의 저서는 고등학생의 심성 구조를 상상하는 데에 도움이 되었다. 마흔이 된 지금, 곽은 '동시대'라는 단어에 소유권이 있다면 자신보다는 십대들의 지분이 크다는 걸 납득했다. 교사는 어린 학생들과 생활하며 유치해지기 쉬운 직업이라고들 했다. 퇴행보다는 조로早老가 나았다.

생각은 생각이고 시간은 시간이었다. 충분한 연금 수령액에 도달하려면 십오 년은 더 일해야 했다. 그 연금을 실제로 받으려면 이십오 년이 남아 있었다. 따지자면 곽은 교무실에서는 젊은 축이었다. 대표전화와 가깝고 방문자에게 등을 보이는 자리. 도서전에서 받은 머그잔과 저녁 산책을 하다 구입한 스투키 옆에 가방을 내려놓으면 힘이 빠졌다. 밀린 보직 업무를 시작하기 전, 의자에 몸을 묻고 수업을 돌아봤다. 연주하던 기타를 부수거나 관객에게 주먹을 날린 적이 있는 록 밴드들의 음악을 한두 곡 이어폰으로 들었다. 오아시스가 인터뷰에서 "우리는 예전에 끝났어"라며 위악적으로 남긴 말은 재미있었다. 그걸 이렇게 바꿔서 속으로 옮기도 했다.

'교육은 예전에 끝났어. 그러니까 엿같은 월급이나 내놔.'

냉소는 독이었지만 적당히 쓰면 자기 연민을 경계하는 데에 유용했다. 머그잔에는 『노인과 바다』의 문장이 새겨져 있었다. A man can be destroyed but not defeated. 인간은 파괴될지언정 패배하지 않는다. 탕비실에서 향 좋은 커피를 내리며 그 문장이 자신에게 사치라는 걸, 자신은 패배는커녕 파괴되지도 않았다는 걸 분명히 해두었다. 아쉬운 월급이었지만 임금노동자 평균 수입에 비하면 넉넉했다. 법으로 고용을 보장받았고 실적의 압박이 없으며 냉난방이 원활한 공간에서 일했다. 자잘한 연수나 업무가 있긴 해도 방학은 방학이었다. 일년에 두 달을 쉴 수 있는 직업은 많지 않았다. 균형감각, 계급의식, 뭐라고 부르든 견지해야 할 미덕이 있다면 푸념은 자제해야 했다. 게다가 한국은 대다수의 국민이 십 년 이상 공교육을 받는 선진국이므로, 명절의 친척집이든 독서 모임이든 포털 댓글난이든 모두가 학교와 교사에 대해 나쁜 기억 하나쯤은 있었다. 병원에 가봤다고 의사의 일을, 은행에 가봤다고 은행원의 일을 다 아는 건 아닐 텐데 다들 지나치게 비난한다는 의문이 들기도 했으나, 그만큼 지난 시대 교육이 남긴 상흔이 큰 탓일지도 몰랐다. 곽은 사람들에게 물을 따라주고 냅킨을 건넸으며 겸손하면서도 정직하고 싶어서 이렇게 말하고는 했다.

"교사는 감사한 직업이고, 가끔은 아주 감사한 직업이에요.

학생에게 뭘 가르치려고 하지 않는다면 말예요."

그래서 하늘이 맑고 바람이 따뜻하고 학생들이 잠드는 5월의 어느 날, 곽은 자신이 수업시간에 정치적으로 편향된 내용을 가르쳤다는 민원을 교장에게서 전해들었을 때 다소 놀랐다. 분노나 환멸보다 잃어버렸던 무엇을 찾은 듯한 반가움이 먼저였다. 곽은 곤란한 표정의 교장에게 이렇게 되물었다.

"제가 뭘 가르쳤다고 하던가요?"

'고전읽기'는 올해 처음 개설된 3학년 선택과목이었다.

곽의 또래들만 해도 정해진 시간표에 따라 종일 한 교실 한 자리에서 꼼짝없이 듣는 수업에 익숙했으므로, 곽이 요즘 고등학생들은 수강 과목의 절반 이상을 선택할 수 있다고 말하면 다들 신기해했다. 선택권을 주는 척만 하고 학교가 행정 편의에 맞춰 배정했던 과거와도 달랐다. '학생이 주체적으로 진로를 설계해 각자의 적성과 흥미를 계발하도록 수요자 중심의 교육과정을 운영할 것.' 그런 문장이 밑줄로 강조된 각종 지침과 사업 안내가 문서함에 끊임없이 하달되었다. 대입 종합 전형에서도 자기주도성, 전공적합성 같은 평가 요소가 부상한 지 오래였다. 학생이 무슨 과목을 택했는지에서부터 가늠되는 자질이었다. 있는 꿈도 없는 듯 주머니에 쑤셔넣고 문제집을 푸는 게 과거의 입시라면, 없는 꿈도 있는 듯 만들어서 스토리

텔링을 하는 게 지금의 입시였다. 곽은 경쟁은 여전히 경쟁이며 선택은 기만이 아닌지 의심하기도 했다. 그러나 학생 주체가 자신의 결정에 따라 배우고 성장할 가능성이 마련되긴 했다는, 그런 원론적인 차원에서 새 교육정책을 얼마간 환영했다.

심리학, 여행지리, 영상제작의 이해, 세계문제와 미래사회…… 선택과목 안내서를 보다보면 학생들이 부럽기도 했다. 수능 문제집이 가득한 바구니를 책상 옆에 두고 기계처럼 정답과 오답을 솎아냈던 고등학교 시절을 돌아봤다. 순수할 정도로 반복적인 문제 풀이도 나름의 근육을 남겼고, 드물게는 정서적 안정까지 제공했으므로 그 시절을 완전히 부정하고 싶지는 않았다. 그러나 졸업할 때까지 관심 분야의 책 한 권 편히 읽지 못하는 걸 '공부'라고 부를 수는 없었다. 동료들이 난색을 표했던 과목인 고전읽기에 곽이 자원한 건, 그 '공부'를 학생들과 해볼 수 있을지도 모른다는 호기심 때문이었다. 고전읽기의 '고전'은 「관동별곡」처럼 수능에 나올 법한 고전문학을 지시하는 게 아니었다. 동서고금의 명저 모두를 뜻했다. 곽은 '지문'이 아니라 '책'을 다루고 싶었다. 객관식 문제를 내기 위해 토막낸 소설이나 논문을 도식화하는 데에 학생들만큼이나 지쳐 있었던 것이다.

'인간으로서 갖춰야 할 보편적인 교양과 바람직한 인성을 형성하며, 학문이나 직업 활동에 필요한 문제 해결 능력을 갖

추고, 읽기는 물론 말하기와 글쓰기 등 통합적인 국어 능력의 향상을 꾀한다.'

그런 과목 취지와 성취 기준만이 존재할 뿐 교과서도 개발되지 않은 과목이었다. '고전을 통해 자아와 세계를 이해한다'는 식의 추상적 기준에 뼈와 살을 부여해야 하는 건 담당 교사의 몫이었다. 부담이 크다는 뜻이었지만 곽은 그 부담을 어떤 가능성으로 받아들였다. 새 학기를 앞둔 겨울방학을 수업 준비로 보냈다. 출근은 하지 않았지만 베이글에 바질페스토를 바르는 아침부터 싱잉볼을 문지르고 잠자리에 드는 밤까지 스스로 묻고 답하며 수업의 얼개를 정리했다.

첫째, 인류의 지성사와 예술사에서 고유의 좌표를 차지하는 열 권 내외의 도서를 선정한다. 각각 3차시 내외의 강의로 핵심 내용과 의의를 소개한다. 이러한 추천과 해설은 일종의 정전正典주의를 강화할 위험이 있으나 독서 경험이 얕은 학생들에게는 비계를 제공할 필요가 있다.

둘째, 학생들은 지망 전공이나 개인적 호기심에 따라 자유롭게 도서 한 권을 택해 읽는다. 추천 도서가 아니어도 상관없다. 실제로 책을 읽으며 꾸준히 독서록을 쓰는 시간을 마련한다. 2차 저작을 고를 수도 있고 발췌독을 해도 무방하다. 제한적으로 이해하더라도 한 권의 책을 손에 쥐는 경험은 유의미하다.

셋째, 최종적으로 학생들은 읽은 책을 인용하여 자신의 주장을 담은 글 한 편을 쓴다. 교사는 주제 탐색부터 개요 조직, 집필과 공유와 퇴고까지 지원한다. 학습이란 입력뿐 아니라 출력도 포함하며, 생각이나 감정을 표현하는 능력은 누구에게나 필요하다. 논지를 뒷받침하기 위해 오래 널리 읽힌 저작의 권위를 빌리는 것은 부끄러운 일이 아니다. 의지하기 위해서가 아니라 도전하기 위해 인용한다면 더 훌륭하다.

　먼저 추천 도서를 선정해야 했다. 곽은 현대문학 석사일 뿐인 자신의 독서 이력이 불충분하다고 느꼈다. 그러나 수학 교사가 인공지능을, 윤리 교사가 심리학을 담당하는 일도 흔해지고 있었다. 새 시대에 학생들이 요구받는 새 자질이 있다면 교사도 부담해야 할 몫이 있는 게 당연했다. 곽은 스스로를 고전읽기 수업의 첫 수강생으로 여겼다. 공립도서관에 출입했고 3층 창가의 채광이 공부하기에 좋다는 걸 발견했다. 수업에서 쓰지 않더라도 물질적이고도 정신적인 자산으로 남을 것이므로 삼십만원어치의 도서를 사비로 구입해 집에서도 읽었다. 그중 두 권은 겨울 휴가로 명명한 5박 6일의 싱가포르 여행에 동행했다. 새 과목에서 새 학생들과 읽을 책을 고르는 일이 마치 여행을 앞두고 차에서 들을 플레이리스트를 편집하는 듯 즐거웠다. 학생들이 각자의 희망 진로와 연관되는 책을 한 권쯤은 발견할 수 있도록 인문계, 사회계, 상경계, 예능계, 그리고 자연과학계까지 고루 배분해야 했다. 대입만을 위한 수업이 아니므로 학제 구분을 넘어 귀를 기울여볼 만한 책들도 포함시켜야 했다. 너무 두껍거나 어려워서 손도 대지 못할 정도는 아니어야 했는데, 그런 이유로 배제하기에 어떤 책들은 의의를 무시할 수 없어서 발췌역 문고판으로라도 다루기로 했다.

겨울방학의 절반이 지났을 무렵 아리스토텔레스의 『시학』과 밀의 『자유론』으로 시작해서 베케트의 『고도를 기다리며』로 끝나는 열한 권의 목록을 작성했다. 고르고 보니 『논어』를 빼면 전부 백인 남성들의 저작이었다. 슈마허의 『작은 것이 아름답다』를 카슨의 『침묵의 봄』으로, 카의 『역사란 무엇인가』를 네루의 『세계사 편력』으로 바꾸었다. 학습지와 PPT 슬라이드를 만들고 미디어 자료를 찾았다. 미리 받아둔 예산으로 전용 교실에 새 책장을 집어넣고 추천 도서 다섯 권씩을 비롯하여 연계 도서까지 백여 권을 채웠다. 큐레이션 메모를 컬러로 출력해 코팅해서 붙였다. 학생들이 서점이나 도서관에 갈 필요 없이 손만 뻗으면 책을 읽을 수 있어야 했다. 차분한 암녹색과 진회색으로 교실을 칠하고 타탄체크 커튼을 구매했다. 개학 전날 빈 교실에서 커튼에 핀을 꽂고 있을 때 지나가던 동료가 "정성이네, 정성이야" 하며 거들었다. 곽은 의자에 올라가 커튼을 달며 말했다.

"어때요? 막 책을 읽고 싶어지는 분위기 아니에요?"

3월 첫 수업. 곽은 아끼는 네이비색 재킷을 입었다. 한 번 접은 소매로 살짝 보이는 블루 스트라이프의 안감이 젊고 시원한 인상을 주길 기대했다. 교실에 들어서며 대다수 학생이 노트 한 권, 펜 한 자루 없이 나타났다는 것을 눈치챘지만 불길한 암시로 해석하지 않았다. 선입견을 경계해야 했다. 고전에 담긴 지혜와 아름다움은 닫힌 마음에 스며들 수 없었다. 그러한 조건을 곽 자신도 공평히 수용했다. 수강생들의 성적 자료도 열람하지 않았으며, 담임교사에게 평판을 묻지도 않았다. '학생'으로 통칭하며 '성적'이라는 가치로 파악하는 관성에서 벗어나야 했다. 호르크하이머와 아도르노가 『계몽의 변증법』에서 비판한 동일성 원리란 학교에서 그런 식으로 작동하는 것일 수도 있었다. 곽은 한 명 한 명의 개별성을 포착하기 위해 수강생이 스스로에 대해 기술할 수 있는 양식을 나누어주었다. 수강 신청 동기와 희망 진로, 관심 주제를 포함해 일곱 개의 물음을 담았고, 자유롭게 전하고 싶은 말을 쓰는 칸도 있었다. 대단치 않은 양식이었지만 곽은 그걸 '작은 노력'이라 불러보기로 했다.

동료들은 이미 퇴근한 저녁. 곽은 에너지 절약을 위해 자신의 책상을 밝힐 만큼의 형광등만 두고 나머지는 껐다. 머그잔에 따뜻한 홍차를 우리며 '작은 노력'을 천천히 넘겨보았다. 대다수는…… 빈칸이었다. 조금은 실망스러웠다. 하지만 자기 기술도 연습이 필요한 일이었다. 그동안 교육과정에서 자기 표현 기회를 가져본 적이 없었다는 방증일 수도 있었다. 적절한 빛깔로 우러난 홍차에서 티백을 빼고 한 모금을 마셨다. 수강 동기를 묻는 질문에는 '미적분이나 영어는 싫고 그나마 국어라서'라는 답변이 다수였다. 곽은 교육과정표를 꺼내봤고 맹점을 발견했다. 졸업 요건을 채우기 위해 과목을 조합하다 보면 3학년 때 '미적분'과 '진로영어', 그리고 '고전읽기'를 저울질하게 될 확률이 높았다. 학업 성취도가 높은 학생들은 이공계 진학을 선호하는 분위기라 대개 미적분으로 모였을 것이다. 대학 학과명에 '글로벌'이 붙은 지 오래였고, 근래에는 '세계시민' 같은 키워드도 인기이므로 인문사회계 진학 희망자에게는 '진로영어'가 유망해 보일 수 있었다. 즉 '고전읽기'에는, 고전을 읽고 싶다기보다 다른 걸 하기 싫은 학생들이 모이기 쉬웠다. 희망 진로 또는 지망 전공을 밝히는 칸에 내심 기대했던 문학이나 사회학은 한 손에 꼽을 만큼 드물었다. 뷰티 매니저, 게임 크리에이터, 실용음악 보컬…… 절반 이상은 '모름'이거나 빈칸이었다. 독서 욕구나 이해력을 지레짐작하는 것은 옳지 않았다. 고전읽기는 일하고 사랑하고 꿈꾸는 인간이라면 누구에게나 필요한 보편적 교양을 담은 수업이어야 했다. 그날 밤 곽은 사철 제본되어 펼침이 좋은 일기장에 이렇게 적었다.

'수업 첫날의 수강생은 교사의 책임이 아니다. 그러나 수업

마지막날의 수강생은 교사의 책임이다.'

3월이 지나며 곽은 수업중에 창밖을 자주 보게 되었다.

교실은 실명 공간이며 모두가 독자적 인격이라는 의미에서 매시간 출석을 부르려 했으나 제대로 되지 않았다. 곽이 교실에 들어서는 시점에 이미 절반은 엎드려 자고 있었다. 노트를 가져온 학생보다 베개를 가져온 학생이 더 많았다. "일어납시다"라고 한들 한두 명이 부스스 몸을 일으킬 뿐, 대개 깊은 잠에 빠져 이름을 불러도 듣지 못했다. 다가가서 깨우면 찌뿌둥한 얼굴로 겨우 일어났다가 곽이 돌아서면 다시 엎드렸다. 수업을 시작하기 전에 활기찬 음악을 틀어보기도 했으나 그런 꼼수도 두어 번이 한계였다. 유머러스한 사례나 시각 자료도 수면 앞에서는 쓸모가 없었다. 곽은 아무리 훌륭한 스탠드업 코미디언도 자는 관객을 웃길 수는 없다는 비유를 생각해냈다. 지적 호기심은커녕 생에 호기심을 잃은 듯한 학생들을 깨우다 지친 날. 사실 주체성이란 드문 자질이 아닌지, 인생을 더 나은 방향으로 영위하려는 꿈과 끼가 모두에게 잠재되어 있다는 믿음은 미신이 아닌지 의심했다. "인간은 굴종을 원해" 운운했던 영화 속 파시스트 악당들을 떠올리며 자신이 그런 의심을 했다는 사실에 죄책감을 느꼈다. 한번은 종료령도 듣지 못하고 잠든 채 교실에 남아 있는 학생을 흔들어 깨웠다. 새벽까지 게임을 하거나 유튜브를 봤을 거라 짐작하며 어제 무엇을 했길래 이렇게 자느냐고 물었다. 학생은 짜증내는 기색 없이 입가의 침을 훔치며 겸연쩍게 말했다.

"늦게까지 배달을 해서…… 죄송합니다."

사연을 물을지 고민하는 곽을 두고 학생은 목덜미를 긁으며 베개를 들고 교실을 떠났다. 곽은 스무 살도 안 된 아이를 밤마다 거리로 내모는 사회가 새삼 무서웠다. 각자의 삶에서 이 수업이란 전혀 중요하지 않으며, 차라리 오십 분의 숙면이 더 귀할 수도 있지 않을까. 그들을 교실에 가두는 것은 어른들의 욕심이 아닐까. 엎드린 이 학생, 그리고 저 학생도, 억압적인 제도 교육에 대하여 멜빌의 「필경사 바틀비」 속 바틀비처럼 "하지 않겠습니다"라는 메시지를 온몸으로, 그러니까 잠으로 표현하고 있는 것 아닐까.

깨어 있는 학생들 중 다수도 수업을 외면했다. 고전읽기는 수능 과목이 아니었다. 절대평가 과목이라 상당수의 대학은 내신 성적에 산입하지도 않았다. 담당 교사가 기술하는 특기 사항은 종합전형에 지원하지 않는다면 필요가 없었다. 맨 앞에 앉아서 이어폰을 꽂고 '확률과 통계' 문제집을 풀고 있는 학생을 제지할 수 없었다. 당사자에게는 긴급한 과제임을 곽도 이해했다. 물론 수업에서 소개하는 고전에 귀를 기울이는 게 장기적으로는 더 뛰어난 성취와 풍요로운 삶으로 이어질 거라고 믿었다. 그러나 그 학생의 문제집 아래 깔린 학습지에 곽 스스로 적어둔 것이 있었다. '밀은 『자유론』에서 개인의 행동이 설사 그 자신의 이익과 상충되는 듯 보이더라도, 그러할 자유를 보장하는 게 포괄적 공리에 부합한다고 여겼다.' 좋은 수업이란 훌륭한 예술품이 그러하듯 내용과 형식이 일치해야 했다. 충분히 이성적이지 못한 미성년자의 자유는 제한할 수 있다는 구절도 기억났으나, 밀이 같은 논리로 당시 식민지인에 대한 지배도 정당화했다는 점에 주의해야 했다. 3월이 끝나갈 무렵 곽은 주체, 타자, 대상화, 전유, 포섭, 폭력 같은 단어들이 섞인 일기를 이렇게 끝맺었다.

'……하지만 학생들은 나의 식민지가 아니다.'

4월이 되자 완연히 따뜻해진 날씨에 꽃나무들이 만개했다. 고전읽기 교실은 2층이라 창밖으로 손을 뻗으면 하얗고 부드러운 꽃잎들을 손으로 만질 수도 있을 듯했다. 교실 안으로 고개를 돌리면 엎드려 자거나 휴대전화를 보거나 다른 과목 문제집을 풀고 있는 학생들이 한가득 보였다. 곽은 참여하지 않는 학생들을 비난하기보다는 참여하는 학생들에게 감사하려고 했다. 네다섯 명은 곽의 설명을 듣고 텍스트를 읽고 학습지를 쓰고 있었으며 이따금 웃어주기도 했다. 은재도 그중 하나였다. 철학이나 사회학 전공을 고려하고 있다고, '수업 재미있게 해주세요'가 아니라 '열심히 공부하겠습니다'라고 정돈된 글씨체로 썼던 은재. 그렇다고 평가를 계산하며 요란하게 열심을 드러내는 것도 아니고, 단지 허리를 펴고 수업을 듣다가 종종 무언가를 끄적거리며 초연하게 앉아 있던 은재. 덕분에 창밖으로 뛰어내리지 않았다고 농담을 건네며 나중에 악수라도 하고 싶었던 은재.

민원을 넣은 건 은재의 아버지였다. 은재가 마르크스를 읽고 있다는 것이었다. 『자본론』은 수업에서 다루는 열한 권의 추천 도서 중 하나였다.

"그 집 아버지가 교양 없이 막 그런 사람 같진 않고……"

교장의 말에 따르면 은재의 아버지가 우악스럽게 항의한 건 아니었다. 구체적인 요구도 없었다. '걱정된다'는 의견을 전했을 뿐이지만, 대응에 따라서 문제가 커질 수도 있지 않겠냐는 게 교장의 입장이었다. 교장은 그간 곽의 성실한 근태와 안정적인 수업 운영을 몇 마디 치하한 뒤 조언했다. 삿되게 호들갑을 떠는 학부모에게는 비위를 맞춰주면 쉽게 합의점을 찾을 수 있다. 오히려 점잖은 쪽이 위험하다. 그런 치들은 조치가 취해지지 않으면 선택할 수 있는 다음 패를 지니고 있으며, 거기에는 법과 제도, 언론의 힘도 포함된다.

"자기 전교조는 아니더라고?"

그 말을 듣고 곽은 조합에 가입해둘 걸 그랬다는 생각이 들었다. 이런 민원으로부터 보호받으려면 조직이 있는 편이 나을지도 몰랐다. 전교조와 교총 등 모든 교원 조직 가입을 거절했던 이유를 돌아보고 있을 때 교장이 말을 이었다.

"다행이네. 전교조 교사, 수업중 마르크스 읽혀. 이런 기사라도 나봐. 작살난다."

기사에 달릴 댓글이 눈에 선했다. 전교조가 사상 교육으로 학생들을 세뇌하며 공교육의 저반을 흔들고 있다…… 노동조합에 대한 몰이해는 차치하고, 곽이 가늠할 때 조합에는 그런 영향력이 남아 있지도 않았다. 학생들이 들어줘야 세뇌를 하고, 조합원이 존재해야 저반을 흔들 것 아닌가. 전교조를 한국 교육에 암약하는 간첩 집단 취급하는 세계관은 황당하다못해 순진해 보였다. 하지만 광범위하게 실재하는 편견이기도 했다. 통제할 수 없는 채널과 연루되면 진의가 왜곡될 수도 있었다. 전교조가 내세우는 의제 중에는 완전히 동의하기 어려운 것도 있었고, 다른 조직도 마찬가지였다. 문제틀을 정확히 조각하기 위해서는 혼자 맞서는 편이 낫다는 결론을 내렸다. 그리고 '맞서다'라는 단어를 떠올린 자신에게 조금 놀랐다.

곽은 그 낯설고 활기찬 감정에 반항심이라는 이름을 붙여보았다. 명백한 수업권 침해였다. 수강생들이 수업을 외면할 수는 있지만, 누가 자신에게 무엇을 가르치거나 가르치지 말라고 지시할 수는 없었다. 이 민원은 나의 불가침한 권리를 파괴하려는 시도 아닌가. 게다가 학생이 까다로운 『자본론』에 관심을 보였다는데, 거기에는 반드시 보호하고 독려해야 할 지적 호기심이 있지 않나. 자신은 물론 학생의 권리를, 나아가 '사상의 자유'를 위협하는 민원이라 생각하자 반항심을 더 정당하다 여길 수 있었다. 삶에서 한 번은 맞닥뜨릴 거라 예감한, 파괴될지언정 패배해서는 안 되는 시험이 먼 길을 돌아 눈앞에 나타난 듯했다.

잘 수습하겠다고 말은 하고 교장실을 나왔지만, 물러서면 안 된다고 스스로를 북돋았다. '투쟁'이라는 단어가 떠올랐고 조금이라도 비슷한 경험을 돌아보려 했는데 쉽지 않았다. 대학 신입생 시절 등록금 동결을 요구하는 집회에 동원되었던 적이 있었다. 한낮의 태양이 뜨거웠고 구호를 따라 하기가 어색해 입을 벙긋거린 기억이 전부였다. 머리띠를 매고 팔뚝질을 하거나, 피켓을 들고 1인 시위를 하는 자신이 잘 그려지지 않았다. 말과 글을 가르치고 배우는 이곳에 더 적합한 방식이 있을 듯했다. 사실관계를 검토하고 논리를 구축하는 데에서부터 시작하기로 했다.

『자본론』의 역사적 의의는 분명했다. '개인적으로……' 같은 비겁한 서두도 불필요했다. 소개할 도서를 선정하며 초기에 한자리를 할당한 저작이었다. 특별한 애정이 있는 건 아니었다. 대학 시절 드물게 마르크스 읽기 모임이 있었지만, 학생회관 으슥한 곳에 녹슨 명패를 달고 있는 학회들을 일부러 찾아갈 이유는 없었다. 자신을 사회주의자라고 규정한 적도 없었다. 도리어 수업을 위해 마르크스를 급속으로 공부했다고 말하는 편이 정직했다. 학생들에게도 밝혀졌지만, 곽은『자본론』을 완독하지도 않았다. 제1권을 도서관에서 빌려 1장과 7장, 12장을 발췌해서 읽었을 뿐이었다. 단지 소개하기 위해 통독을 하기에는 시간이 부족했다. 입문서로 통용되는 2차 저작 두 권을 속독하고 교수 요소를 추출했다. 수업 목표는 소박했다.

첫째, 저술 배경. 초기 자본주의의 혹독한 노동환경을 가늠하기.

둘째, 핵심 내용. 잉여가치란 무엇을 의미하는지 개략적으로 이해하기.

셋째, 의의와 한계. 어떤 역사적 사건으로 이어져 무엇을 남겼는지 살펴보기.

인터넷 백과사전 수준 이상은 아닌, 두 장의 학습지로 진행한 두 시간의 수업과, 이해를 돕기 위해 약 삼십 분간 시청한 EBS 다큐멘터리가 전부였다. 곽은『자본론』이 특정한 정치적 실천을 요구하는 저작이기에 앞서 자본주의의 탄생과 운동 법칙을 연구한 학술서라는 점을 강조했다. 오늘날의 주류 경제학은 마르크스 경제학보다 풍부한 설명을 제공할 수 있다고도 덧붙였다. 학습지의 말미에 으레 들어가는 '생각해보기' 항목에 이렇게 적어둔 게 문제가 될 수 있을까.

"자본주의는 인간이 도달할 수 있는 최종적인 형태의 경제 체제일까? 아니면 다른 미래가 있을까?"

가능한 질문이었다. 가능하다못해 상투적인 질문이었다. 곽은 그 질문을 이해시키기 위해 이런 예를 덧붙였었다.

"지금으로서는 자본주의 이외를 상상하기 어렵지만, 삼백 년 전 저잣거리에서 어떤 노비가 이렇게 말했다고 칩시다. 언젠가 양반 상놈 구분 없이 평등한 세상이 올 거라고. 그럼 옆에서 다른 노비가, 헛소리하지 말고 짚신이나 만들라고 했겠죠? 지금 어떻게 됐지요?"

두 명쯤은 웃었다. 뒤늦게 생각해보니 지금도 정말 평등한 세상이라고 말하긴 어려우므로 허술한 비유였다. 자신이 마르크스와 『자본론』에 우호적인 태도였던 것 같기도 했다. 하지만 애초에 스스로 가치를 믿는 저작만 골랐으므로 당연했다. 왜 마르크스만 문제가 되나. 마르크스를 읽고 사회주의자가 되는 게 공자를 읽고 유교 원리주의자가 되는 것보다 위험한가. 따지자면 추천 도서 중에서 카뮈의 『이방인』이 제일 위험하지 않나. 학생이 자기 어머니의 기일을 기억하지 못하거나 대낮의 태양에 눈이 부셔서 아랍인을 총으로 쏠지도 모르니까.

곽은 은재가 어떤 동기로 마르크스를 읽고 있으며 아버지와 무슨 대화를 했는지 파악하기로 했다. 학습 주체로서 은재도 현재의 상황을 인지하고 원하는 바를 선택할 권리가 있었다.

종례 후 교정 한편의 벤치에 은재와 앉았다. 둘만의 대화는 처음이었다.

"읽어보고 싶어서요."

은재는 아버지가 전화까지 했다는 사실에는 조금 놀랐지만 어려워하지 않고 말했다. 2학년 '사회문화' 과목에서 마르크스와 베버를 배우며 관심이 생겼는데, 3학년이 되고 마침 고전읽기에서 기회가 생겨 『자본론』의 문고판과 2차 저작을 읽고 있다. 『공산당 선언』은 얇아서 완역본을 읽을 계획이다…… 평범한, 아니 모범적인 대답이었다. 과목 간 연계 학습이 이루어진 사례로 발표도 할 법했다. 고전읽기가 아니더라도 공인된 교육과정에 마르크스가 등장한다는 게 자신에게 유리한 사실임을 곽이 헤아리고 있을 때, 은재가 말했다.

"그리고…… 선생님 좀 진심이신 것 같았거든요."

"내가? 수업에, 아니면 마르크스에?"

"둘 다요."

은재는 마르크스를 주제로 기말 과제를 계속 준비하겠다고 말했다. 아버지가 사업만 하셔서 잘 모르고 성급히 전화를 했다는 것이었다. 자신이 해결할 테니 괜히 신경쓰지 마시라며, 죄송하다는 말까지 덧붙였다. 마르크스를 공부하다보면 다시 마주칠 수 있는 편견이므로, 은재 스스로 넘어서보는 것도 의미가 있었다. 하지만 '애가 빨간 물이 제대로 들었다'며 혀를 차는 완고한 중년남성이 아른거렸다. 은재에게 개인 휴대폰 번호를 알려주며 만약 어려움이 있을 경우 꼭 연락하라고 당부했다. 필요하다면 아버님과 직접 통화하겠다고 주지시켰다. 은재는 해사한 미소를 남긴 뒤 요즘은 보기 드문 커다랗고 무거운 가방을 등에 메고 떠났다. 작은 체구의 은재를 땅으로 끌어내리는 듯 보여서, 곽은 가방을 대신 들어주기라도 하고 싶었다.

그날도 다음날도 전화는 오지 않았다. 소문이 벌써 퍼졌는지 말을 얹는 동료들이 있었다. 짐작을 못한 바는 아니었지만 은재는 성적이 뛰어난 모양이었다. 전교에서 세 손가락에 들어서 서울대 추천을 두고 다툴 정도는 아니고, 유난스럽게 교사들을 따라다니는 유형도 아니어서 존재감이 약했을 뿐, 3학년 부장의 '관리 목록'에는 포함되었던 것이다.

"생기부에 사회주의 같은 거 적어도 괜찮을까? 사정관이 어떻게 볼지 모르잖아."

마르크스 읽었다고 떨어뜨릴 대학이면 안 가는 게 낫다고 대답했지만, 다른 의미로 걱정이 되긴 했다. 종합전형은 생기부의 모든 기재 내용을 총체적으로 평가했다. 붙고 떨어진 요인을 콕 집어 따지기 어렵다는 뜻이었다. 하지만 사후에 입시 사례를 분석하다보면 합격 요인과 불합격 요인을 지목할 수밖에 없었다. 말 많은 동료들이 "요새 최상위권 애들이 마르크스를 교과 활동에 쓰나? 괴델, 콰인, 그런 거 많이 갖고 오던데"
라는 식으로 얘기하면 불안해졌다. 곽은 단순한 문답을 되새
겼다. 학생이 마르크스를 공부하길 원하는가? 그렇다. 마르크
스는 공부할 가치가 있는가? 그렇다.

　일주일이 지나는 동안 은재는 전과 마찬가지로 평범히 수업
을 들었지만 곽은 은재 아버지에게서 전화가 올 거라는 예감
을 떨칠 수 없었다. 전화를 기다리다못해 기대하게 됐다. 정중
하면서도 비굴하지 않은 인사말을 상상했다. '아이고 아버님'
같은 실없는 넉살로 시작하진 않으리라 다짐했다. '은재가 훌
륭한 학생이라서 아버님은 어떤 분이실지 궁금했는데요' 정도
면 적절할 듯했다. 마르크스의 의의를 증빙하는 정보도 수집
했다. 영국 공영방송의 설문에 따르면 지난 천 년간 가장 위대
한 사상가 1위, 마르크스. 지난 천 년간 가장 큰 영향을 끼친
책 1위, 『자본론』. 국내 교수들이 뽑은 해방 이후 한국사회에
가장 큰 영향을 끼친 책 1위, 역시 『자본론』. 서울대학교 권장
도서에도 포함되어 있으며, '경제' '세계사' '사회문화' '윤리
와 사상' 과목의 교육부 인정 교과서에서도 지면을 할애하는,
전국연합학력평가 및 수능 연계 교재에도 지문으로 등장한 적
있는 마르크스. 이런 정보들은 마르크스를 공부하는 게 전혀
위험하지 않음을 지시했다. 자신이 마르크스를 긍정하려는 것
인지 부정하려는 것인지 혼란스럽기도 했지만 소구 대상을 고

려할 때 유효한 정보라는 것만큼은 분명했다.

전화는 민원으로부터 열흘 뒤, 수업은 끝났지만 근무시간은 남겨둔 때에 왔다. 곽은 은재 아버지가 세심히 때를 골랐을 거라고 짐작했다.

"학생들 가르치시느라 늘 고생이 많으십니다. 은재가 선생님 수업을 굉장히 좋아하더라고요."

상상보다는 덜 점잖은, 어딘가 영업 사원처럼 사근거리는 어조였다. 곽은 해명해야 할 잘못이 없으므로 조급해할 이유도 없다는 점을 상기하면서도, 전개에 따라 필요할 수도 있는 논리들을 정렬했다. 하지만 그 어떤 카드를 꺼내기도 전에 통화는 종료되었다. 은재 아버지가 "저 때 생각만 하다가 지레 걱정을" 했다며, "다망하실 텐데 신경쓰시게 해서 죄송"하다고 사과한 것이다. 앞으로도 좋은 수업 부탁드린다는 그의 말에, 곽도 은재에게 도움이 되도록 최선을 다하겠다는 말밖에 할 수 없었다. 싱겁지만 훈훈한 통화였다. 곽은 아버지와 대화하는 은재를 상상했다. 은재는 주어진 과제를 준수하게 수행하는 것을 넘어서, 과제 자체의 의의를 스스로 판단하고 주장하고 설득할 수 있구나. 그런 메타 인지 능력은 정량적 학업 성취도가 높은 학생 중에서도 '진짜'에게서만 발견할 수 있는 희소한 자질이었다. 곽은 은재가 자신의 수업을 좋아한다는 사실에 모처럼 보람을 느꼈다.

'진심인 것 같았다'라는 은재의 말을 곱씹으며 곽은 점점 진심이 됐다. 남은 추천 도서들을 다시 펼쳐봤고 새로운 의미를 발견하며 애정을 느꼈다. 해설을 더 정확한 문장으로 다듬었고 학생들의 경험적 삶과 고전의 의의가 맞닿는 사례를 찾으려 노력했다. 『고도를 기다리며』를 소개하는 시간. 곽은 럭키의 황당한 독백을 읽다가 웃음을 터뜨렸고 '둘은 그러나 움직이지 않는다'라는 마지막 지문에서는 목이 메어 말을 더듬었다.

"여러분도 늘 무언가를 기다리지 않았나요. 하교를 기다리고, 방학을 기다리고, 졸업과 합격을 기다리고, 성인이 되기를 기다리고…… 졸업하고 합격하고 성인이 되면 기다림은 끝일까요. 어쩌면 우리는……"

물론 그 말을 들은 학생은 은재를 비롯한 서너 명뿐이었다. 스무 명은 엎드려 자고, 다섯 명은 이어폰을 꽂고 인터넷 강의를 듣고 있었기 때문이다. 하지만 곽은 아무 제재도 하지 않았으며 모멸감을 느끼지도 않았다. 모두를 이해할 수 있었다. 이 수업을 듣지 않는 게, 혹은 어떠한 학교교육에도 참여하지 않는 게 부와 권력만을 추종하고 소수자를 배척하며 환경을 파괴하는 불량배로 성장할 거라는 뜻은 아니었다. 노동 착취에 시달리며 형벌 같은 생존을 이어가지만 어떤 비판 의식도 벼릴 수 없는 죄수가 된다는 뜻도 아니었다. 아무도 예단할 권리는 없었다. 학교에서 잘 배워야 훌륭한 시민으로 성장한다는 믿음은, 제도교육에서 '모범적인' 성취를 얻어서 삶의 기반을 마련한 자신 같은 교사들의 고정관념이었다. 공교육이란 중산층의 아비투스를 재생산하고 체제 유지에 기여하는, 필연적으로 보수적인 국가 장치 아닌가. 바른 자세로 수업을 경청하라는 지도는 규율화된 신체를 양산해 사회적 유용성을 극대화하려는 '학교-감옥'의 통치술 아니냔 말이다. 곽은 일리치, 부르디외, 푸코 등을 떠올리며…… 어떤 지도도 하지 않았다. 엎드린 학생들의 뒤통수를 애정어린 눈으로 보았다. 학생들이 버리고 간 학습지의 빈칸에 숨은, 자신이 모르는 언어로 된 가지각색의 목소리들을 상상했다.

은재가 기말 과제로 제출한 글은 이렇게 시작했다.

"사람들은 흔히 사회주의가 인간의 본성에 어긋나서 실패했다고 말한다. 인간이란 다른 인간보다 더 많은 것을 배타적으로 소유하고 싶어하며, 그러한 동기가 없다면 나태해진다는 것이다. 그러나 인간의 본성이 그렇게 쉽게 단정지어질 수 있다면 학교에서 배우는 온갖 사상이나 주의, 문학작품은 다 무의미할 것이다……"

그 글은 마르크스와 사회주의에 대한 흔한 편견, 결과적 평등을 실현하기 위해 모든 자원을 균등 분배하려고 했다는 등의 곡해를 지적하며 오늘날 자본주의의 병폐를 성찰하고 대안적 체제를 모색하는 데에 여전히 마르크스가 유효함을 주장했다. 생태와 젠더 등 동시대적 화두에 대해 마르크스의 유산에서 활로를 찾는 움직임을 소개하기도 했다. 엄정한 논증이라기보다는 일종의 학술적 에세이였지만 주제는 선명하고 내용은 풍부했으며, 구성도 문장도 안정적이었다. 무언가를 읽었고, 의견을 생성했으며, 그것을 설득력 있게 표현해낸 것이다. 수업의 목표를 완벽히 달성한 과제물이었다.

곽은 은재의 생기부에 교과 담당 교사로서 최선의 기록을 남겨주고 싶었다. 바른 자세로 수업을 경청하여 급우들에게 귀감이 되고…… 그런 상투적 상찬이 유효한 시대가 아니었다. 곽은 은재가 제출한 모든 학습지와 독서록을 다시 검토했다. 독서 이력과 습득 개념과 적용 사례, 최종 산출물의 탐구 목적과 방법, 수행 수준, 그 과정에서 드러난 협력적 학습 태도까지 구체적으로 기술하였다. '마르크스'와 '자본론'이라는 고유명사를 똑똑히 박아넣었다. 주관적 평가는 말미에 간결하지만 선명하게 남겼다. '……지적 탐구심, 비판적 사고력, 논리적 표현 능력 등 모든 면에서 동료 학습자 중 최고 수준의 학업 역량을 갖추었음.'

수험이 임박한 가을부터는 수능 과목이 아니면 자습으로 운영하는 게 암묵적인 합의였다. 수시 원서 작성이나 면접 스터디를 위해 어수선하게 움직이는 학생들, 또는 꼼짝없이 앉아 문제집을 풀며 수능을 준비하는 학생들도 있었다. 물론 입시

지옥이란 입시에 목매는 경우에만 지옥이므로, 다수는 여전히 잠을 자거나 게임을 했고, 아예 학교에 오지 않는 학생들도 많았다. 곽은 모두 각자의 스무 살을 향해 나름의 속도로 움직이고 있다고 여기며 마음속으로 응원했다. 그리고 겨울방학이 다가올 무렵, 은재가 서울대에 합격했다는 소식을 들었다.

수년 동안 전교 1등 한 명만을 추천전형으로 간신히 서울대에 보냈는데, 모처럼 은재까지 합격생이 두 명이 되어 교무실이 떠들썩해졌다. 추천이 아닌 일반전형으로 합격하는 건 드문 일이었다. 1학년 때부터 은재가 참여한 수업, 동아리, 교내 프로그램 등이 합격 요인으로 검토되며 고전읽기 수업도 재조명되었다. 민원 사건은 은재가 교내에서 입방아에 올랐던 최근의, 어쩌면 유일한 사건이었으므로 동료들은 지나가며 한마디씩 곽을 추켜세웠다.

"이제 애들 다『공산당 선언』읽히고, 머리에 빨간 띠도 매줘야 되는 거 아냐? 하하하."

3학년 부장이 호탕하게 웃었다. 교내 독서 인증 프로그램의 공식 추천 도서 목록이 업데이트되며『자본론』의 2차 저작 한 권과 마르크스 평전 한 권이 추가되었다. 연구부장의 부탁으로 곽은 교내 전 교원 연수에서 '전공별 심화독서 플랫폼 과목으로서의 고전읽기'라는 제목으로 십오 분 분량의 발표를 했다. 담임교사들이 우수한 학생에게 고전읽기 선택을 더 권하게 될지도 모른다고 기대했지만, 한편으로 곽은 모든 호들갑에 거리를 두고 싶었다. 여전히 '서울대 몇 명 보냈는지'로만 학교의 수준을 가늠하는 지역사회나 거기에 휘둘리는 관리자들에게 동조할 수 없었다. 은재는 읽고 생각하고 쓸 수 있었다. 인류의 정신적 유산을 흡수하며 성장할 수 있는 '지성'을 갖고 있었다. 곽은 자신이 알아본 은재의 역량을 대학에서도 알아보았다는 사실에 만족하면서도, 진정 귀한 것은 지성 그 자체이며 그에 비하면 대학 합격증은 일종의 운전면허증에 불과하다고 생각했다.

새파란 하늘에 산뜻한 햇살이 빛나는 졸업식 날. 곽은 소란함을 피해 고전읽기 교실로 향했다. 커튼을 걷어 침침한 실내를 밝혔다. 겨울 오전 열시의 햇살과 부유하는 먼지와 가만히 놓여 있는 서른 개의 책걸상. 비밀스러운 숲이 그러하듯, 찾아올 누군가를 기다리지 않아도 그대로 평화로운 풍경.

신청자가 늘어나 새 학기에는 두 개 반이 편성될 예정이었다. 곽은 교실을 쓸고 닦고 유명 서점에서 출시한 디퓨저를 비치했다. 대문호들의 초상을 작은 흑단 액자에 넣어 벽에 걸었다. 물러나서 보다가 문학적 위상을 고려해 서너 번 위치를 바꿔 걸었다. 창밖 교정에서 졸업을 만끽하는 웃음소리가 간헐적으로 들렸다. 새로 주문한 도서로 가득한 상자를 열었다. 저작 자체의 성격과 수업에서의 용도를 고려해 책장에 배치해야 했다. 노크 소리가 나고 미닫이문이 천천히 열렸다. 교복을 단정히 입은 은재가 혼자 들어섰다.

"잠깐 도와줄래?"

곽은 은재와 함께 도서를 정리했다. 『도련님』은 우측 중단에, 『수레바퀴 아래서』는 중앙 상단에, 『도덕적 인간과 비도덕적 사회』는 트롤리에 두고 『시민의 불복종』은 좌측 하단에, 『노인과 바다』는…… 자신의 손에서 은재의 손으로, 은재의 손에서 자신의 손으로 건네지는, 함부로 펼친 적 없는 새 책들의 반듯함. 축하의 말과 감사의 말. 요즘 어떻게 보내느냐는 물음에 은재는 마르크스의 초기 저작부터 순서대로 읽고 있다며, 「포이어바흐에 관한 테제」의 마지막 문장이 인상 깊었다고 말했다. 곽은 그 문헌을 읽지 않았지만 마지막 문장은 알고 있었으므로 공감을 표했다. 이제는 해프닝이 된 민원 전화를 돌아봤다. 그때 아버님이랑 대화를 잘해서 다행이라고, 어떻게 말씀드렸던 건지를 물었다.

"컨설턴트 선생님이 아버지께 전화드렸어요. 마르크스 전혀 문제없고 고전읽기 수업도 괜찮다고. 아버지도 좀 물어보고 전화를 하시지."

은재가 가방에서 네모난 상자를 꺼내어 곽에게 건넸다. 소수의 수집가들을 위해 공들여 만든 양장본처럼 섬세하면서도 단단한 상자였다. 가름끈을 연상시키는 리본 장식 아래에 백화점에서 몇 번 지나쳤던 고급 파티스리의 이름이 각인돼 있었다. 은재는 별건 아니지만 성의로 받아달라고, 또 찾아뵙겠다며 허리를 숙여 인사하고 떠났다. 곽은 빈 교실에서 상자를 열었다. 작고 예쁜, 틀림없이 달콤할 것들이 가지런히 놓여 있었다. 동봉된 카드에는 고등학교 생활중 선생님의 고전읽기 수업이 가장 즐거웠다고 깨끗한 필체로 쓰여 있었다.

창밖에서 "하나, 둘"이라거나 "한번 더"처럼 한 무리의 학생들이 단체 사진을 찍는 소리가 들렸다. 곽은 상자 속에 있던 피낭시에, 혹은 다쿠아즈나 비스코티일 수도 있는, 유럽 어느 언어로 된 이름이 분명한 디저트를 하나 입에 넣었다. 역시 달콤했다. 경박한 단맛이 아니라 깊이가 있고 구조가 있는, 하지만 묘사해보려고 하면 이미 여운만 남기고 사라져서 어쩐지 조금 외로워지는 달콤함. 사람을 전혀 파괴하지 않고도 패배시킬 수 있는 달콤함.

곽은 한 발 물러나 조금 전 정리한 책장을 봤다. 벽면을 가득 채운 동서고금의 명저들. 유서 깊은 출판사가 기획하고 석학들이 감수한 지식교양총서와 세계문학전집. 하나하나는 알맞게 배치했지만 전체적으로는 조화롭지 않아 보이기도 했다. 그 불만족을 해석할 언어를 구성할 수 없었다. 넘친 자리가 있었고 빈자리가 있었다. 고전의 의미를 제한적으로만 설정하고 동시대 지식사회의 논의를 반영하지 못한 게 문제일 듯도 했다. 인터넷 서점의 장바구니에 넣어둔, 아직 읽지는 못한 이름들을 떠올렸다. 스피박, 버틀러, 아감벤, 랑시에르, 라투르, 브라이도티, 차크라바르티, 마사타케, 휜테게르키, 량밍쉬고우, 음뚜아스부이…… 하지만 자신이 뷔페식 속류 인문학을 좇는 게 아닌지도 의심했다. 딜레탕트라는 호명의 모욕적 뉘앙스와 단순한 지식에 대한 아도르노의 비판적 견해와 박사과정 진학에 필요한 시간과 비용을 저울질했고, 모든 사유의 방황이 어디에서 시작되었는지 거슬러올라가 은재와 은재 아버지와 교장과 동료들의 언사에서 사실과 의견을 분리하였으며, 고전읽기 수업을 포함하여 읽고 쓰고 생각하고 가르치는 삶 전반에서 자신의 패착을 검토했다. 이 세계와 학생들과 부분적으로는 자기 자신까지 더 정교하게 이해하고 설명하고 변호할 필요가 있었다. 그리고 다음과 같은 결론에 닿았다.

'나는 『자본론』을 제대로 읽지도 않고 수업을 했다.'

그러므로 『자본론』의 서문으로부터 다시 시작해야 했다. 교실에 앉아 대표적인 석학이 몇 해 전 내놓은 전면 개역판 세트를 검색했다. 부담되는 가격은 아니었고 쌓아둔 포인트가 넉넉했으며 '지금 주문하면 오후 여덟시까지 배송'이었다. 귀가하면 서재부터 정돈해야겠다고 마음먹으며 곽은 교실 전등을 끄고 문단속을 했다. 한결 한적해진 복도를 가벼운 발걸음으로 걸었다. 와르르 웃는 소리가 났고 꽃다발을 들고 사진을 찍던 세 학생과 마주쳤다. 빨간 머리가 곽에게 함께 사진을 찍자고 졸랐다. 옆에서 쌍꺼풀과 후드가 거들었다. 곽은 졸업을 축하한다고 말하며 셋의 이름을 정확히 불렀다. 셋은 놀라며 '대박'이라는 단어를 사용했다. 곽은 세 학생 다 일 년 내내 잠만 잤는데 왜 자신과 사진을 남기려는지 의아했고 그래서 주춤거렸다. 왼쪽 가장자리 혹은 오른쪽 가장자리. 손으로는 브이, 하트, 엄지 또는 주먹. 빨간 머리가 "선생님 고장났다" 하면서 웃었다. 곽은 그들이 성인의 삶을 어디에서 어떻게 시작하게 되었는지 궁금했지만 불투명한 상황이라면 실례일 수 있으므로 아무것도 묻지 않았다. 셋은 다음으로 생물실로 갈지 음악실로 갈지를 떠들고 서로 때리고 쫓기도 하며 사라졌고 곽은 빈 복도를 한번 돌아본 뒤 퇴근했다.

로나,
우리의
별

＊

우리는 가능하다.

 이십 년 전 한여름의 금요일 밤, 중학교 2학년이었던 외다
리비둘기는 〈모두의 스타〉를 보자는 친오빠의 성화에 텔레비
전 리모컨을 넘겨줬다. 거실에서 무슨 프로그램을 볼지 가족
간 합의가 필요한 시절이었다. 당시만 해도 대국민 오디션은
참신했다. 엔터테인먼트 업계에서 공격적으로 확장을 꾀하던
MKTV는 채널의 명운을 걸고 〈모두의 스타〉에 대규모의 자본
을 투입했다. 음악성과 대중성 양면에서 인정받은 유명 가수
들이 심사위원과 트레이너로 동원되었다. 우승자에게는 상금

으로 일억원, 부상으로 고급 세단이 주어지며, 음반 발매까지 약속되었다. "그게 어쨌다는 거야"라며 외다리비둘기는 심드렁하게 소파에 기대 선풍기 바람을 쐬고 있었다. 곧 화면에 교복을 입고 기타를 멘 참가자가 등장했다. 화장기 없는 얼굴과 뒤로 묶은 머리가 자연스럽다기보다는 자연인스러웠다. 조끼에 박음질된 명찰에는 '오로나'라고 쓰여 있었다.

로나는 무덤덤하게 자신은 고등학교 1학년이며, 아침에 무궁화호를 타고 서울 오디션장으로 왔다고 말했다. 그녀는 '노래를 찾는 사람들'의 〈내 눈길 닿는 곳 어디나〉를 부르겠다고 했다. 선글라스를 쓴 심사위원이 "노찾사 때 태어나기는 했었나요"라며 호기심을 보였다. 로나는 숨을 고른 뒤 기타로 반주를 시작했다. 그녀의 입에서 첫 소절이 흘러나올 때, 외다리비둘기는 자세를 고쳐 앉았다. 소파 위에 누워 있던 오빠가 "쟤 좀 예쁘지 않냐"라고 말했다. 외다리비둘기는 '예쁘다'라는 단어의 협소함을 깨달았다. 그날부터 로나는 외다리비둘기의 언니가 되었다.

로나는 십이 주간의 치열한 서바이벌에서 한 번도 울지 않았다. 우승자가 발표된 뒤, 스노볼처럼 컨페티가 흩날리는 가운데 눈물 한 방울이 뺨에 흐르는 장면은 프로그램의 절정이었다. 컨페티가 입에 들어가서 울다 웃는 얼굴까지 포함해서 말이다. 변변찮은 동네에서 태어나 자신이 무엇을 가졌는지도 모르고 살아가다 요정들의 도움으로…… 같은 신데렐라 스토리는 엔터테인먼트 역사에서 반복되어왔다. 현실세계의 요정은 작고 빛나는 날개가 아니라 전용기로 날아다니고, 이슬이 아니라 위스키를 마신다. 업계를 좌지우지하는 '거물'들의 탐욕과 오만을 새삼 설명할 필요는 없다. 로나가 대국민 오디션인 〈모두의 스타〉로 데뷔하였다는 사실이 자랑스러울 뿐이다. 그녀에게 유리 구두를 신긴 건 요정도 왕자도 거물도 아니고 '사람들'이었다. 힘든 한 주를 보낸 금요일 밤, 조금은 홀가분하게 거실 텔레비전 앞에 앉는 평범한 사람들 말이다. 로나를 우승으로 이끈 백삼십이만 건의 유료 문자 중에는 외다리비둘기가 오빠와 엄마까지 동원한 세 표가 포함되지만, 똑딱이단추나 아로미처럼 비밀스럽게 한 표를 보탠 경우도 많다. 〈모두의 스타〉가 시청률 하락 끝에 시즌 4에서 종영하고, 그뒤로 비슷한 오디션 프로그램이 숱하게 등장했지만 그 어떤 우승자도 로나만큼 득표하지 못했다. 우리는 자신 있게 강조한다. 대한민국 연예계에서 최초이자 최고의 '선출직 스타'는 로나다.

혼자 해낸 우승이 아니라고 생각해요. 응원해주신 분들,
그리고 지켜봐주신 분들이 더 행복해지도록 '모두의 스타'
가 되겠습니다.

　　　　　　　　　　　　　—〈모두의 스타〉 우승 소감 중에서

정식 데뷔는 사 개월 뒤였다. 오디션 참가자에서 엔터테이너로 훈련되기에는 짧은 시간이었다. 팝펑크풍의 데뷔곡 〈컨버스 걸〉은 주요 차트에 진입했으나 우승 당시의 화제성에 비하면 실망스러운 성적을 거두었다. 댄스가 주류였던 가요계에서 모처럼 록에 기반을 둔 신인이었기에 일부 평론가들이 호응했다. 그렇지만 기존 록 팬들의 지지를 받기에는 간주의 안무가 우스웠다. 외다리비둘기는 로나를 따라 척 테일러 1970 클래식 하이를 신고 끈을 늘어뜨렸지만, 메탈 키드였던 제플린88의 눈에 〈컨버스 걸〉은 록에 대한 모독으로 보였다.

〈컨버스 걸〉은 유행을 어설프게 의식한 프로듀서의 실책으로 이해됐다. 하지만 근래 넷플릭스에 공개된 〈오로나〉, 더 앞서 VH1에서 방영된 〈RISE—로나〉에 따르면 로나는 초기부터 셀프 프로듀싱에 적극적이었다. 기획사는 장기적인 관점에서 잠재력을 계발하려고 그녀에게 신인치고 큰 재량을 부여했다. 프로듀서였던 이현영의 회고이므로 완전히 신뢰할 수는 없다. 하지만 로나가 여러 번 우스개로 밝혔듯 최소한 안무는 자신의 아이디어였다. 그 어설픈 춤이 발굴되어 '댄싱 로나 챌린지'로 소비되고, 제플린88도 카메라 앞에서 기꺼이 어깨춤을 추는 건 먼 미래의 일이다.

시행착오를 겪은 로나는 일 년의 준비를 거쳐 첫 미니 앨범을 발표했다. 타이틀인 〈너의 하루와 세상의 우연〉은 전작처럼 록에 뿌리를 두었지만 발라드풍의 서정미가 가미된 곡으로, 고등학생이라고 믿기 힘든 호소력 짙은 보컬이 돋보였다. 음반의 시대는 끝났고 굿즈의 시대는 오기 전이었지만 이례적인 판매량을 기록했다. 처참한 음 이탈을 각오하고 중고등학생부터 중년의 회사원까지 모두가 노래방에서 "알고 싶어"로 시작하는 후렴을 열창했다. 로나는 고등학교도 졸업하기 전에 한 시절을 대표하는 유행가를 보유하게 됐다. 싱어송라이터로서 정체성을 확립했다는 점에서도 유의미한 성공이었다. 깁슨의 어쿠스틱기타로, 체리선버스트 색상의 단풍나무 보디에 피크가드에는 비둘기 문양이 박힌 '붉은 도브'를 든 것도 이때부터다. 아로미는 동갑인 로나에게 고무되어 패스트푸드점 아르바이트로 돈을 모아 첫 기타를 샀다. 깁슨은 아니고 국산 보급형 브랜드였지만 붉은색은 같았다.

아로미가 간호대를 졸업하고 직장인 밴드에 들어가 십이 개월 할부로 진짜 깁슨을 살 때까지 로나도 성공 가도를 달렸다. 정규 1집 'Twenty'의 타이틀이었던 〈Sugar Crash〉는 발매 첫주에 지상파 3사 음악 방송에서 1위를 차지했다. 젤리, 탄산음료, 청바지, 화장품 등 광고 시장에서 러브콜이 이어졌다. 〈모두의 스타〉를 만든 MKTV가 그러했듯, 자본은 때때로 자신이 무엇을 잉태하는지도 모르고 질주한다. 조지 오웰의 『1984』를 차용해, 가상의 전체주의국가에서 붉은 도브를 든 로나가 해방의 노래를 퍼뜨린다는 통신사 광고는 지금 돌이켜보면 의미심장하다.

로나는 작사·작곡을 넘어 앨범 전체의 기획을 주도하는 아티스트로 성장했다. 연애 감정보다는 보편적인 꿈과 용기를 주제로 삼은 정규 2집 '목련'은 전곡을 주요 음원 차트에 줄 세웠다. 한국대중음악상에서 '올해의 음반'을 수상하며 대중성과 예술성 양면에서 인정받는 뮤지션으로 입지를 굳혔다. 해외에서의 성과는 예상 밖이었다. 케이팝이 세계적으로 저변을 넓히고 있었지만 솔로 싱어송라이터가 성공한 사례는 없었다. 길은 의외의 방식으로 열렸다. 세 명의 오디션 심사위원 앞에 선 날부터 상암 월드컵경기장에 모인 육만 명 앞에서 노래할 때까지의 역사를 2분 55초로 압축한 클립이 갑자기 미국에서 알고리즘의 축복을 받았다. 영상을 편집해서 업로드한 똑딱이단추도 예상하지 못했지만, 성공 신화에 대한 미국인들의 취향을 제대로 저격한 것이다. 스포티파이에서 로나의 곡들이 스트리밍됐고 세 달 후 〈새터데이 나이트 라이브〉에 초대받아 한국어로 〈목련〉을 불렀다. 그 무대는 사천만 회 이상의 조회수를 기록했고, 가사를 하나도 알아듣지 못했지만 눈물을 흘렸다는 댓글이 이어졌다. 성급한 평론가들은 키가 오 피트를 조금 넘는 이 극동 아시아 출신 싱어송라이터가 얼래니스 모리셋이나 켈리 클라크슨, 테일러 스위프트의 뒤를 이을지 점쳤다.

미국 진출에는 행운이 따랐지만 모든 성장 과정을 요약하자면 새롭게 보이지 않을 수 있다. 노래 잘하는 국민 여동생에서 조금은 의뭉스러운 스무 살 아가씨로, 그리고 꿈과 용기를 주는 만인의 뮤즈로…… 적절한 시기의 이미지 전환이 대중 가수의 수명 연장에 필수적이라면, 로나는 그 일을 능숙히 수행하고 있었다. 우리는 그녀가 어떤 콘셉트로 커리어를 이어나갈지 기대했다. 가죽과 금속의 여전사, 붉은 입술의 팜파탈, 황금 망토를 두르고 다이아몬드 왕관을 쓴 디바, 새하얀 원피스를 입고 맨발로 양떼 사이를 거니는 여신…… 로나는 스물여섯 살에 불과했고 그녀가 원한다면 무엇이든 될 수 있었다.

솔직히 저는 돈을 많이 벌었어요. 그리고 유명해졌지요. 돈과 유명세는 많은 일을 가능케 해요. 나쁜 쪽이든 좋은 쪽이든요.

—〈영월에서 영원으로〉 3회 중에서

한동안 방송 출연이 없었던 로나는 2015년 단독 예능 〈영월에서 영원으로〉로 복귀한다. 강원도 영월군의 외딴 기와집에서 로나가 혼자 생활하는 하루하루를 느린 호흡으로 담은 프로그램으로, 〈모두의 스타〉 조연출 중 하나였던 장수민 피디와의 친분이 출연 결정에 유효했다. 밭에서 뜯어온 야채를 씻거나 성냥으로 모닥불을 피우며 로나는 소박하고 진솔한 일면을 드러냈다. 그녀는 빌보드와 할리우드와 타임스스퀘어에 취하지 않은 듯 보였다. 아침 점심 저녁으로 똑같은 밥그릇과 국그릇, 수저를 씻어서 사용했다. "촬영 끝나고 집에 가면 에르메스 찻잔을 쓰겠지"라고 비웃는 사람도 있었지만 목련러너는 〈영월에서 영원으로〉를 계기로 쇼핑을 줄였다. 이것과 저것 중에 무엇을 살지 고르는 시간을 줄이니, 가족과 친구들의 안부와 동네 풍경의 변화를 더 살필 수 있었다. 목련러너는 칫솔살균기와 은하수 무드등, 자동 핸드워시 디스펜서를 장바구니에서 삭제했지만 로나의 새 앨범 '홈 레코딩'은 주문했다. 앨범은 자원 소모를 줄인다는 취지에서 미니멀한 포장을 추구했다. 디스크 자체를 제외한 모든 부가물이 재생지로 제작되었다. 가격이 인하된 건 아니었지만 우리는 기꺼이 구매했다. 로나가 추구하는 가치에 동의한다는 의사표시였다.

우리에게 화답하듯, 로나는 무대 바깥에서도 존재감을 키워갔다. 산불이나 수해, 혹한과 같은 재난이 생길 때마다 억대의 기부 소식이 들려왔다. 2016년, 배부른소크라테스가 하교 후에 세계문학전집을 읽으며 마음을 달래던 마을 도서관이 폭우로 침수되었다. 로나의 기부금으로 도서관은 복구되었고, 장서는 전보다 두 배로 늘었다. 배부른소크라테스는 고등학교를 졸업하기 전에 톨스토이와 헤밍웨이뿐 아니라 랭스턴 휴스나 고바야시 다키지를 읽을 수 있었다. 그는 위키에 '로나/기부 활동' 항목을 만들어 제1 기여자가 되었다. 그 페이지는 강원도 치악산의 꿩 개체수 보존부터 폐광 지역 환경 개선과 재한 고려인 아동 지원까지 포함하며 점점 길어졌다.

'영 앤드 리치'라면 호화로운 파티와 일회성 염문, 간헐적인 기행이나 공공연한 약물복용으로 사생활을 장식하기 쉽다. 대중과 언론은 집요하게 기대했고 파헤쳤지만, 로나는 소란스러운 가십을 생산한 적이 없었다. 그녀는 자신이 '선한 영향력'을 발휘할 수 있다는 사실을 똑똑히 인식했다. 플라스틱 쓰레기를 줄이려고 촬영 현장에 텀블러를 들고 다녔고, 동물실험을 하지 않은 화장품으로 메이크업을 했다. 일거수일투족이 기사화됐으므로 이러한 태도는 자연스레 많은 이에게 전해졌다. 음악 방송의 불공정한 관행이나 기자들의 허위 왜곡 보도를 거침없이 꼬집는 용기를 보이기도 했다. 소신 있는 행보는 그녀를 성공한 뮤지션에서 라이프 스타일 아이콘으로 격상시켰지만, 스스로의 활동을 제약하기도 했다.

진부한 악과 싸우는 일보다는 감춰진 위선을 폭로하는 일이 자극적이다. 어떤 이들은 로나가 광고하는 의류 브랜드가 방글라데시에 염색 공장을 짓고 강물을 오염시키고 있음을 지적

했다. 레드 카펫 사진을 낱낱이 뒤져 로나가 들었던 파우치가 소가죽 제품임을 밝혀냈다. 때로는 팬을 자처하는 이들이 더욱 날카롭게 광고 상품의 생산과정과 음악적 동료들의 언행과 신곡 가사의 함의를 따졌다. '개념 연예인'이나 '소셜테이너' 딱지를 달았던 스타들이 오랫동안 사랑받지 못한 데에는 이유가 있다. 진정성을 검증하는 눈이 많아지면 행동반경이 좁아진다. 로나는 급기야 잠시 상업광고 출연을 중단하겠다고 선언했다. 이조차 돈을 벌 만큼 벌었느냐는 비아냥을 샀다. 우리는 로나가 불필요하게 소모되기보다는 음악에만 집중하길 바라기도 했다. 그러나 그녀는 잠시 위축되었을 뿐, 우리보다 멀리 가고 있었다.

이런저런 구설 때문에 저에게 흠집이 나더라도 괜찮다는 생각에 닿았어요. 저는 완벽하지 않아요. 하지만 할 수 있는 일을 하고, 결과를 만드는 게 더 중요하죠.
—『코스모폴리탄』 2018년 4월호 중에서

그때 로나의 삶에 등장한 인물이 데릭 윤이다. 그는 하버드에서 경영학과 컴퓨터공학을 전공한 한국계 미국인으로, 월스트리트를 떠난 뒤 대학 동기들과 '메리멘 인터내셔널Merry Men International'이라는 사회적 기업을 이끌고 있었다. 로나는 몇몇 배우나 스포츠 선수와 데이트 사진을 찍힌 적이 있었지만 공식적으로 교제를 인정한 첫 대상은 데릭이었다. 로나는 스물아홉 살이었고 유사 연애로 소비될 단계는 진작 초월했지만, 데릭은 팬들에게 환영받지 못했다. 로나보다 열 살이나 많은 나이나 두 번의 이혼 경력을 문제삼는 건 분명 부당했다. 리바이스 후드티를 입지만 손목에는 파텍 필립을 찬 이 기업가가 로나를 어떻게 망칠지, 많은 이가 은밀히 기대했다.

우리는 로나의 행복을 기원했지만 데릭이 벌이는 투자 설명회 따위에 그녀가 동행할 때마다 불길함을 느꼈다. 상업광고를 재개하겠다고 발표했을 때의 반응은 예상했던 바였다. 돈이 떨어지니까 기어나온다, 남자한테 빠져서 소신을 잃었다…… 물론 절대다수의 대중은 여전히 호의적이었고 국내 연예계를 통틀어 로나만큼 해외 인지도를 가진 스타는 손에 꼽았다. 마케터로 일하던 사촌A는 자사의 비건 밀키트 광고를 제안하며 로나의 공식 계정에 '오로나'로 삼행시를 남겼다. 대기업들의 공개 구애 메시지는 그 자체가 한바탕의 유희로 회자되었으며 로나의 굳건한 파급력을 방증했다. 반년이 지나 국내외에서 플래그십 휴대전화, 고급 스포츠 세단, 여행 예약 플랫폼, 디자인 안마 의자, 빙과와 비건 밀키트에 이르기까지 다수의 광고가 공개되었다. 사람들은 '오로나는 메로나'라는 무성의한 카피를 비웃으면서 메로나를 집어들었다. 비건 밀키트의 판매량은 육백 퍼센트 이상 증가했고 사축A는 승진했다. 단 일 년 동안 일련의 계약으로 로나가 얻은 수익은 약 백칠십 억원으로 추정되었다.

메리멘 인터내셔널은 나이지리아의 수상 빈민가인 마코코에 병원과 학교, 하수처리장을 짓고, 선별된 오천 가구에 가정용 발전기 및 천오백오십 달러의 현금을 지급하는 총 이천만 달러 규모의 구호사업을 발표했다. 데릭은 『포브스』와의 인터뷰에서 "기존의 구호사업이 얼마나 비효율적인지 알면 놀랄 것"이라며, 자사의 AI인 '로빈 후드'를 홍보했다. 건강, 교육, 여가, 재생산 등 아홉 가지의 인간계발지수로 구성된 함수에 마코코의 경제와 지리, 문화적 보정치를 적용하여 AI가 손실은 최소화하고 효용은 최대화하는 구호 방식을 도출했다는 것이다. 기사는 '이타적 야망과 기술로 무장한 이 젊은 사업가가 세상을 더 나은 곳으로 만들 수 있을까'라는 코멘트로 끝났다. 하지만 최적의 효율로 돈을 나눠주는 '로빈 후드' 말고, 부자들의 주머니에서 돈을 가져오는 진짜 '로빈 후드'는 누구였나. 회계 내역과 사업보고서에는 초기 자금의 상당량을 로나가 부담했다는 사실이 담겨 있었다.

로나는 돈을 훔치지 않았다. 그녀는 유력 기업들의 동의를 얻어, 아니 기업들로 하여금 줄을 서서 돈을 바치도록 했다. 추정치에 따르면 그녀는 수입의 구십 퍼센트 이상을 메리멘에 기부했다. 아브라함은 전리품의 십분의 일을 주님에게 바쳤지만, 로나는 십분의 구를 세계에 나누어주었다. AI가 정량적으로 도출한 효율성에 따라 르완다에서는 토지 개간이, 과테말라에서는 문맹률 개선 사업이, 케냐에서는 무조건적 현금 지원이 이루어졌다. 특히 무조건적 현금 지원은 핀테크 기업들의 관심을 끌 수 있으며 실행 비용이 낮다는 점에서 메리멘이 선호하는 방식이었다. 이쪽 주머니에서 저쪽 주머니로 돈을 옮기는 일련의 과정은 아무도 피해 입지 않는 기묘한 절도였다. 사람들은 범죄 영화를 즐긴다. 로나가 어디에서 얼마나 훔칠지 주목받으면서 부수적인 광고효과도 발생했다. 기업으로서는 마다할 이유가 없었다. 심지어 그녀를 모델로 내세우는 것만으로 자사의 사회 공헌 이미지를 향상시킬 수 있었다. 시리아에 지어진 학교 앞에서 로나가 한 금융사를 대신해 '안전'과 '신뢰'를 말할 때, 해당 금융사가 국내에서 전개하던 취약 계층 장학 사업은 절반으로 축소됐다는 걸 누가 알겠는가. 까망쥐는 장학금 덕분에 무탈히 고등학교를 졸업했지만, 까망쥐의 동생은 학원에 함께 다니자는 친구들에게 거짓말을 해야 했다. 데릭의 관점에서는 어쩔 수 없는 일이었다. 절도-기부 모델은 완벽해 보였고 실제로 서너 해는 잘 작동했다. 메리멘의 사업 규모와 광고주의 매출과 소비자의 정서적 만족감이 모두 증대되었다. 이 매끄러운 흐름 뒤에서 스스로를 소모해 무언가를 정말로 기부하고 있던 사람은 로나뿐이었다.

로나는 삼십대에 들어섰고 백화점 매대처럼 상품을 갈아치우는 엔터테인먼트 업계에서 자기 좌표를 재설정해야 했다. 퍼포먼스와 비주얼라이징을 골자로 하는 케이팝의 인기는 정점이었고, 스포트라이트는 대형 기획사의 노하우가 집약된 젊은 아티스트들에게 옮겨가고 있었다. 물론 로나는 여전히 고척 스카이돔 정도는 매진시킬 힘이 있었다. 히트곡을 모아 VIP석부터 B석까지 차등 책정된 티켓을 팔며 투어만 돌아도 어지간한 이는 평생 구경도 못하는 돈을 벌 수 있었다. 선배들의 사례를 살펴볼 때 신곡은 잊히지 않을 만큼만 발표하면 그만이었다. 십오 년 차 아티스트로서 친근한 어조로 '힘 빼고 즐기자'고 권하는 노래, 또는 '아직 내가 최고'라고 존재감을 과시하는 노래, 아니면 '목련'과 '홈 레코딩'의 주제의식을 심화해 '인생을 성찰'하는 노래를 부르며 자연스럽게 '전설'로 자리잡으면 그만이었다. 그녀를 데뷔시킨, 언젠가 유행이 돌아올 오디션 프로그램의 심사석에 앉아 '마스터' 같은 칭호를 달고 신인들에게 독하지만 유효한 조언을 하며 제2의 캐릭터를 얻을수도 있었다.

돔페리뇽과 캐비어, 실리콘밸리의 밀리어네어, 넌 내게
세계를 누비는 기분이 어떻냐고 물어, *But where is the*

world, Seriously where is the world……

—〈We Are Not The World〉 중에서

    명망 있는 아티스트라면 클럽을 달구는 젊은 육체나 이만 달러짜리 흑단 테이블, 페라리와 마세라티가 늘어선 차고보다 커다란 것을 노래하는 법이다. 존 레논은 〈Imagine〉을, 마이클 잭슨은 〈Heal The World〉를, 서태지는 〈발해를 꿈꾸며〉를 불렀다. H.O.T.는 〈아이야!〉에서 "누구나가 다 평등하게 살아갈 때 모두 다 자기 것만 찾지 않을 때"에 "밝은 내일"이 온다고 노래했다. 손짓 하나까지 정해진 안무 위에 얹었더라도, 보이 밴드조차 그런 메시지를 공중파 무대에서 외치는 시대가 있었다. 다만 몇몇 사례는 섬세하게 다듬어진 메시지가 더 잘 수용됨을 보여준다. 2003년 마돈나는 〈American Life〉의 뮤직비디오에서 이라크전쟁을 패션쇼에 비유했고 객석에 앉은 조지 W. 부시의 대역에게 수류탄을 던졌다. 이는 9·11 테러를 잊지 않은 미국인들의 분노를 샀고 결국 뮤직비디오를 수정해야 했다. 같은 해 발표된 블랙 아이드 피스의 〈Where Is The Love?〉도 반전의 메시지를 담았지만 마돈나의 곡보다 널리 사랑받았다. 무슨 차이일까. 존 레논의 〈Power To The People〉은 왜 〈Imagine〉처럼 올림픽 폐막식에서 울려퍼지며 세계인이 합창하는 클래식이 될 수 없었을까. 당장right on 인민

로나, 우리의 별 195

에게 권력을power to the people 내놓으라는 요구보다는, 언젠가 someday를 상상imagine해보라는 권유가 받아들이기 쉽긴 하다.

로나는 아티스트로서의 영혼까지 기부하지는 못했다. 2022년, 34세에 발매한 앨범 'We Are Not The World'는 쉬운 길을 가지 않겠다는, 조로早老를 거부하겠다는 선언과도 같았다. 실재하는 빈곤과 착취, 폭력과 차별을 강렬한 록 사운드로 타격한 이 문제작은, 마이클 잭슨과 라이어널 리치의 〈We Are The World〉에 대한 냉소적 재해석으로 들렸다. 두루뭉술한 인류애로 도피하지 않고 구체적인 언어를 사용한 만큼 숱한 논란을 낳았다. 수록곡인 〈Womb Bomb Tomb〉에서는 가자 지구를 "자궁과 무덤 사이에 지은 지상 최대의 감옥"으로 표현했다. 하마스의 테러는 지적하지 않았다는 이유로 적지 않은 유대인 팬들이 로나를 비난했다. 〈124793〉은 산업재해로 목숨을 잃은 노동자를 화자로 취했다는 이유로 '좌파' 논란에 휩싸였다. 평소 애국 보수를 자처하던 한 베스트셀러 자기계발서 작가가 '감성팔이도 지겹다'고 글을 올렸고 수천 명이 '좋아요'를 눌렀다. 〈124793〉을 듣고 로나의 팬이 된 잉맨은 그 글에 '화나요'를 누르고 "시발 감성팔이 정도면 무죄지, 사람도 파는데"라고 댓글을 달았다.

사축A가 추진한 로나의 대체육 광고는 임원 회의에서 모델을 문제삼아 반려되었다. 광고주들은 전성기가 지난데다가 정치적 부담까지 있는 로나를 꺼리기 시작했다. 노출과 은둔을 반복하며 이미지 소모를 최소화하고, 모난 데 없는 캐릭터를 유지하는 게 광고 모델로서 가치를 관리하는 전략임을 로나가 몰랐을 리 없다. 데릭이라면 그런 식으로 생애 소득을 극대화해 더 많이 기부하는 삶을 권했을 것이다. 그녀 스스로 깨닫지 못했다고 한들, 'We Are Not The World'를 작업하며 로나는 이미 데릭과 다른 길로 가고 있었다.

'이거 나만 이상해?'라고 묻고 싶을 때가 있잖아요. 거창한 계획이나 사상 이전에, 그냥 세상이 이해가 안 돼서 참을 수 없는 거죠.

— 『르몽드 디플로마티크』 2022년 8월호 중에서

메리멘은 로나의 기부액에 영향받지 않을 만큼 사세가 확장되어 있었다. 저개발국의 넘쳐나는 인구와 모바일 결제 시장에 관심을 둔 실리콘밸리의 IT 공룡들로부터 이억 달러에 가까운 투자액을 유치한 것이다. 데릭은 자회사인 메리멘 인베스트먼트를 설립하여 본격적인 자산 운용을 시작했다. 중국의 한파와 콩고민주공화국의 텅스텐 광산과 애플이 개발중인 공간 컴퓨팅 기기가 맺는 관계, ELW와 FX 마진, CD, CP, BW 따위의 의미, 그것들로부터 수익이 발생하는 원리는 복잡했지만, '기부액을 금융 상품에 투자하여 증식시키면 더 큰 규모의 구호사업이 가능하다'는 요점은 많은 이를 설득했다. 이제 기부는 곧 투자였다. 데릭은 더 많은 투자자를 설득하기 위해 런던 교외의 저택을 사천만 파운드에 매입해 콘퍼런스 홀로 개조했다. 용역업체에서 파견한, 아마도 유럽 변방 출신 이민자일 유지 보수 직원들은 저택으로부터 팔백 미터 떨어진 별관에서만 휴식할 수 있었다. 그 별관이 본래 마구간이었던 건물이며 냉난방 장치도 없음을 알고, 로나는 데릭에게 "이거 나만 이상해?"라고 물었을 수도 있다.

데릭은 "그녀는 이상주의자였다"라고, 로나는 "많은 것을 배운 시간이었다"라고 짤막한 코멘트를 남겼을 뿐, 결별의 내막은 양측의 합의에 의해 알려지지 않았으나 사람들은 자연스럽게 받아들였다. 〈Anti Capitalism Superstar〉 같은 곡을 노래하는 뮤지션이, 월스트리트 출신 금융 기술자와 한때나마 동반자였다는 사실이 신기할 따름이었다.

평론가들은 로나의 결기를 높이 샀지만 음악적으로는 새로울 게 없다고 박한 평가를 내렸다. 이념에 경도되어 예술성을 잃어버린 사례로 몇몇 작가와 뮤지션, 영화감독 들이 무덤에서 끌려나왔다. 방송 관계자들 역시 대개의 곡들이 지나치게 냉소적이고 공격적이라고 판단했다. 음반이나 음원 성적도 예전 같지 않았다. 공식 팬카페 회원수는 이십 퍼센트 이상 줄었고, 새 글도 전처럼 활발히 올라오지 않았다. 비극적으로 여길 필요는 없었다. 전성기는 무한히 지속될 수 없으며, 때로 아티스트는 대중의 외면을 스스로 가속시키는 법이다.

　　하지만 가장 실망스러운 게 뭔지 아세요? 세상이 안 변했다는 거예요. 꼭 이번 앨범 얘기가 아니라, 그동안의 모든 일과 관련해서요. 아니, 더 나빠졌나.
　　　　　　　　　　　　　—『롤링스톤 코리아』 2023년 2월호 중에서

　　인터뷰를 끝으로 어떤 활동도 없이 한 해가 지나갔다. 2024년 1월 1일, 붕어싸이코는 다세대주택의 옥상에서 일출을 봤다. 서로 전깃줄로 얽힌 낡은 벽돌 건물들이 하얗게 눈에 덮여 있었다. 붕어싸이코는 새해에는 야근을 줄이고 기타를 배우겠다고 다짐했다. 이른 아침부터 당근마켓을 보다 눈에 익은 기타를 발견했다. 일 분 전에 올라온 매물이었다. 체리선버스트 보디에 하얀 비둘기가 있는 '붉은 도브'였다. 판매가는 천만원으로 책정되어 있었고, 설명은 "천만원짜리 기타"가 전부였다. 붕어싸이코는 즉시 판매자인 빵또아에게 연락했다. 사십 분 뒤 근처 근린공원의 시소 옆에서 두 사람은 만났다. 빵또아는 초등학교 3학년이었다. 붕어싸이코는 어디서부터 설명할지 난감해하다가 물었다.

"떡국은 먹었니?"

하루 전인 2023년 12월 31일 밤, 눈송이가 하나둘 내려앉기 시작할 때 빵또아는 할머니의 리어카를 밀고 있었다. 집 앞 비탈은 짧았지만, 리어카를 끌고 오르는 건 척주관협착증을 앓는 할머니에게 쉽지 않았다. 빵또아는 고물상에 다녀오는 할머니를 종종 마중나와 도왔다. 이날은 고물상이 문을 닫아서 팔아넘기지 못한 폐지가 실려 있었다. 아마도 쏜살배송으로 받은 크리스마스 선물 상자, 유명 제과점의 케이크 상자, 산타모자를 쓴 아이돌이 웃고 있는 피자 상자……

"그때 어떤 아줌마가 나타났어요."

'아줌마'는 리어카에 손을 보탰다. 리어카를 비탈 위로 올리고 그녀는 마스크 속으로 한숨을 쉬었다. 등에 메고 있던 커다란 가방을 벗어 빵또아에게 줬다. 버리려고 했는데 잘됐다고 할머니에게 말하고는, 빵또아에게 이런 귓속말을 남기고 가던 길로 사라졌다.

"천만원 밑으로는 팔지 마."

붕어싸이코는 빵또아에게 당근마켓에서 기타를 내리고 아무에게도 팔지 말라고 손가락까지 걸어 약속을 받아낸 뒤, 우리의 작은 팬 채널에 인증과 함께 글을 올렸다. 우리는 붉은 도브가 로나에게 되돌아가길 바랐다. 로나가 은퇴를 원한다면 어쩔 수 없지만, 그 기타에 담긴 사랑과 영광이 어느 수집가의 유리 상자에 가둬져서는 안 됐다. 자비로 매입해서 로나에게 돌려줄 테니 연락처를 달라는 이가 제법 있었다. 몇몇이 경매처럼 더 높은 가격을 부르기도 했다. 차익을 노리는 되팔이꾼일 수 있으므로 붕어싸이코는 쉽게 결정하지 못했다. 당근도기립하시오가 제안했다.

"천 명이 만원씩 모아보는 거 어때요?"

붕어싸이코와 당근도기립하시오가 주도한 모금은 두 시간 만에 목표 금액을 달성했다. 빵또아는 약속을 지켰고, 회수된 붉은 도브는 엽서들과 함께 로나의 에이전시로 전달되었다. 할머니는 협착증 수술을 받았고, 빵또아의 이름으로 적금을 들었다.

로나가 처음부터 붉은 도브를 경매에 부쳤다면 어땠을까. 열 배의 판매금으로 열 명의 빵또아를 도왔을지 모른다. 하지만 눈 내리는 12월 31일, 로나가 진부하지만 엄연한 가난 앞에 발걸음을 멈췄을 때부터, 천 명의 손을 거쳐 붉은 도브가 제자리로 돌아갈 때까지의 이야기에는 효율성만으로 설명할 수 없는 메시지가 있다.

그동안 제가 무엇을 이룰 수 있는지만 집착했을지도요. 여러분들과 함께라면, 여러 사람과 함께라면 더 멋진 일이 가능하다는 영감을 얻었어요.

— 〈로나 통신〉 2024년 1월 7일 중에서

한 명이라도 나쁜 마음을 먹었다면 이루어지지 않았을 미담을 끝으로 이 글을 마칠 수도 있었다. 그 평행 세계에서 로나는 압제를 조소하고 자유의 의미를 묻는 한 명의 뮤지션, 아스팔트의 예술가로 남는다. 우디 거스리와 피트 시거, 정태춘과 빅토르 초이, 존 바에즈와 레이지 어게인스트 더 머신……로나는 그들처럼 실패하겠지만 그들만큼 성공한다. 퍼블릭 에너미는 미국 의회도서관에 영구 등재되었고 밥 딜런은 노벨문학상을 탔다. 로나는 더이상 샤넬이나 까르띠에를 위해 포토라인에 설 수 없고 서지 않겠지만 유니세프나 앰네스티 홍보대사라면 기쁘게 수락한다. 오드리 헵번처럼 말년을 자선과구호 활동으로 원숙하게 보낸 뒤, 로나의 이름을 딴 상이 만들어진다. 우리의 상상은 기껏해야 그 정도였다.

지금, 우리는 로나의 창당 선언과 마주하고 있다.

몇 달 전부터 유력 정당이 인재 영입 후보로 검토하고 있다는 보도가 없진 않았지만 모두 헛소리로 치부됐다. 노래할 수있는 모든 땅이 로나의 의회요, 기타가 곧 의사봉인데, 왜 그녀가 정치인들의 힘을 빌려 여의도의 '작은 돔'에 갇힌단 말인가. 우리의 비웃음은 절반은 맞고 절반은 틀렸다. 로나는 스스로 길을 닦아 의사당으로 행진하려 한다.

로나의 선언은 처음에 일종의 기행으로 받아들여졌다. 카네이 웨스트가 '생일이당Birthday Party'을 만들어 2020년 미국 대선에 출마한 것처럼 말이다. '핵나라당'이나 '결혼미래당'처럼 창당 준비 단계에서 좌절된 이색 정당들과의 비교는 양반이었다. 불심으로 대동단결을 꾀한 김길수나 공중 부양과 축지법을 한다는 허경영까지 회자되었다. 로나가 직접 작성한 정강 초안이 발표되자, 이 36세의 뮤지션이 진지하다는 걸 알아차린 사람들이 진지한 비난을 시작했다. 로나는 급진주의자일까. 2021년, 미국에서 도널드 트럼프의 지지자 수천 명이 국회의사당을 무력 점거했고 그 과정에서 다섯 명이 사망했다. 2023년, 브라질에서 보우소나루의 지지자들이 대통령궁과 국회의사당과 대법원을 박살냈고 이천여 명이 체포됐다. 우리는 그런 세계에 살고 있다. 어떤 급진주의자가 법률에 따라 창당하여 선거로 의회에 진입한다는 계획을 세울까.

창당이란 이백 명 이상이 등록한 발기인 대회를 거쳐 중앙당창당준비위원회 결성 신고를 한 뒤, 다섯 개의 시·도당에서 각 천 명 이상의 당원을 모아야 최소 조건이 마련된다. 그 자체로도 쉽지 않으며 모든 비판과 의심과 조롱은 덤이다. 창당에 성공해도, 다가오는 총선에서 비례 1석이라도 차지하려면 정당 득표율 삼 퍼센트 이상을 얻어야 한다. 약 백삼십만 표다. 이십 년 전과 달리, 로나가 '모두의 스타'라고 생각하는 사람은 거의 남아 있지 않다.

세상은 정치적인 음악가에게는 약간의 존경을 적선하지만, 정치하는 음악가에게는 무자비하다는 걸 우리는 목도하고 있다. 언론은 정치에 발을 들였던 예술가들의 궁색한 말로와 군소정당의 반복적 실패를 부각중이다. 호사가들은 로나의 선언을 유력 정당 공천을 유리한 조건에 받기 위한 포석으로 폄하하고 있다. 가장 가슴 아픈 사실은, 팬들조차 그녀가 '순수함'을 잃었다고 손가락질한다는 것이다. 그러나 무대 또는 아스팔트에 있어야만, 허락된 자리에 머물러야만 보존되는 '순수함'에 우리는 동의하지 않는다.

한 보수 신문 주필이 빈정거렸듯 로나는 "기타를 든 좌파 메시아"일까. 차라리 로나는 여전히 "가고 싶은 곳으로, 찾고 싶은 꿈으로"라고 노래하는 '컨버스 걸'이다. 조금은 좌충우돌했고 때로는 모순적이었던 지금까지의 길을 계속 걸을 뿐이다. 언젠가 그곳에, 그 꿈에 닿을 수 있을까. 로나가 할 수 있을까. 이후의 역사는 그녀에게만 달린 게 아니므로 질문을 수정해야 한다.

우리가 할 수 있을까.

우리는 외다리비둘기이며 아로미이다. 제플린88과 똑딱이단추, 배부른소크라테스와 목련러너, 까망쥐, 잉맨, 사축A, 빵또아, 붕어싸이코, 당근도기립하시오이다. 이름이 알려지지 않은 친구와 연인, 추종자이자 소비자, 감시자와 연구자 또는 변호사였으며, 이제 로나의 동지가 되려 하는 사람들이다. 로나는 모두의 스타가 아닐지언정 우리의 별이다. 우리는 '모두'가 아니므로 당신의 하루를 모른다. 하지만 알고 싶다. 로나가 질문했듯, 만약 당신이 단지 생존하기 위해 그렇게나 일하는 데에 지쳤다면, 더 많은 삶을 사랑하고 창조하는 데에 쓰고 싶다면, 자신이 자유로운 인간인지 의심해본 적이 있다면, 당신은 우리다. 머지않은 창당 대회, 서로 얼굴을 알아보지 못할지라도 우리는 붉은 도브의 연주에 맞춰 같은 노래를 부를 것이다. 우리의 별, 로나가 예고한 대로 그 노래의 제목은 '우리는 가능하다'이다.

태엽은
12와
1/2바퀴

휴게소에서 고속도로로 진입해 속력을 높일 때였다. 조수석에서 근육질이 말했다.

"소시지가 없어."

운전대를 잡은 곱슬머리가 근육질의 손에 들린 핫도그를 흘끗 봤다. 막대기에 꽂힌 빵에서 하얀 치즈가 늘어지고 있었다.

"치즈 핫도그 아니야?"

"그건 그런데, 절반은 소시지일 줄 알았지."

근육질은 남은 핫도그를 욱여넣고 막대기를 부러뜨리더니 실망스럽네, 실망스러워, 하고 우물거렸다. 곱슬머리는 전방을 주시하며 컵 홀더에서 차가운 아메리카노를 집어 빨았다. 근육질이 넌 춥지도 않니, 하며 무릎 위에 올려놓은 도넛 상자를 뒤적거리다 외쳤다.

"통감자!"

곱슬머리가 왜 뭐 왜, 묻자 근육질이 머리 위를 보며 말했다.

"통감자, 지붕 위에 뒀는데."

곱슬머리가 두 손을 운전대에 둔 채, 차 밑으로 빨려들어가는 전방의 도로를 보며 말했다.

"그러니까 지금 이 차 지붕 위에 통감자가 있다고?"

"아직 있을까?"

"희박하지. 있다고 한들 여기서 차를 세우는 건 위험하고, 오히려 관성 때문에 통감자가 떨어질걸. 관성 말이야. 보드가 모래에 박힐 때 몸이 앞으로 확."

"그럼 어떡해? 통감자 버려?"

"아니 통감자가 문제가 아니고……"

"왜 문제가 아니야. 아깝잖아."

"아까운 것보다 이런 일을 상상해봐. 통감자가 떨어져서 통통 튀다가 뒤차에 부딪치는 거야. 야무진 감자라면 전조등쯤은 깰 수도 있겠지. 운전자가 놀라서 핸들을 꺾거나 브레이크를 밟으면 사고가 날 수도 있다고."

근육질이 도넛 상자를 닫고 한숨을 쉬었다.

"통감자가 사람을 죽인다는 거야? 결국 나 때문이라는 거지?"

"아니 미친놈아 그게 아니라……"

차는 계속 달리고 있었다. 조수석 차창의 서핑하는 고양이 스티커가 숲과 구름 사이로 미끄러졌다. 풍절음이 통감자가 덜덜 떠는 소리처럼 들렸다. 근육질이 "이런" 하고 뱉자 곱슬머리가 "젠장" 하고 받았다. 두 사람은 킥킥 웃었다.

괘종시계는 게스트하우스 1층 구석에 서 있었다.

들어오는 이에게도 나가는 이에게도 눈에 잘 띄는 위치는 아니었다. 굳이 바다를 등지고 앉아 시선 둘 곳을 찾던 사람이라면 괘종시계를 발견했을 수도 있다. 짙은 빛깔의 목재 케이스는 어지간한 어른 키 높이였고 황동색 시계판을 얼굴처럼 달고 있었다. 유리문 안 배꼽께에서는 둥글고 묵직한 시계추가 좌우를 오가며 철컥, 철컥, 침착한 소리를 냈다. 눈썰미가 좋은 손님은 나름 멋을 부려 양각된 덩굴식물과 새 두 마리를 찾아냈을지도 모른다. 몇 발짝 다가섰다면 유리에 희미하게 남은 금빛 글자를 읽을 수도 있었을 것이다. 그러나 전체적으로는 이렇다 할 특색이 없어서 관공서 로비나 학교 중앙 현관, 종친회 사무실 같은 데 서 있는 것들과 다르지 않았다. 그것들이 덩치에 비해 눈길을 끌지 못하고 풍경에 녹아 있듯 그 시계도 마찬가지였다. 삼십 년이 넘도록 어느 손님도 시계를 멋지다고 칭찬하지 않았고 낡았다고 흉보지도 않았다. 가끔 이렇게 말하는 사람들이 있을 뿐이었다.

"이 시계 맞는 거예요?"

이제 각자 휴대전화를 꺼내면 되는 시대이므로 그런 질문도 오래전의 일이었다. 말 많은 손님들이 객실의 외풍이나 초라한 해변 산책로에 대해 떠들다 지적하는 경우는 있었다.

"이 시계 안 맞네."

태엽이 풀릴수록 시계는 조금씩 느려졌다. 기계식 시계는 원래 그렇다고 했다. 그는 세탁물을 옮기고 쓰레기통을 비우다가 십오 분쯤 느려진 시계가 눈에 띄면 태엽을 감고 시곗바늘을 옮겨줬다. 그러면 한 달쯤은 또 무리 없이 작동했다. 몇 년 전부터는 그조차 대수롭지 않게 지나치다 시계가 아주 죽어버리는 경우가 간혹 있었다. 그는 게으름을 경계하며 살아왔다고 자부하였으나 예순이 다 되어서인지 깜빡 잊는 것들이 늘어나고 있었다.

길고 추운 겨울의 어느 새벽, 창밖은 아직 깜깜했다. 그는 두꺼운 점퍼에 팔을 꿰며 잠기운을 떨치다 괘종시계 앞에 멈췄다.

시침과 분침은 엇갈린 채 지난밤의 한 지점을 가리키고 있었다. 움직임이 없는 초침. 가만히 늘어진 시계추. 또군, 또야. 근래에는 숙박객이 도무지 없었으므로 긴장이 사라진 탓이라 자책하며 그는 시계의 유리문을 열고 태엽 열쇠를 꺼냈다. 쇠

붙이는 차가웠다.

시계판에는 두 개의 태엽 구멍이 있었다. 왼쪽은 시곗바늘
을, 오른쪽은 타종을 작동시키는 태엽이었다. 숙면중에 종소
리를 듣고 싶어하는 숙박객은 없었으므로 언제나 왼쪽 태엽만
을 감았다. 시계가 느려졌을 때는 대여섯 바퀴쯤 돌리면 그로
서는 정확히 알지 못하는 장치가 제동을 걸었다. 시계가 완전
히 멈춘 경우에는 열두 바퀴였다. 언젠가 그것을 한 바퀴, 한
바퀴 세어본 적이 있었다. 그는 태엽 열쇠를 왼쪽 구멍으로 가
져갔다. 침침한 눈 때문인지 시린 손 때문인지 구멍 근처를 몇
번 긁었다.

하나…… 둘…… 셋…… 톱니바퀴들이 조여드는 금속질
의 소리와 손끝의 반동.

열두 바퀴를 돌렸는데 느낌이 없었다. 힘을 주어 열쇠를 비
틀어보니 반 바퀴가 더 돌아갔다. 태엽이 톱니에 걸리는 작은
소리. 더이상은 돌아가지 않았다.

분명 예전에는 열두 바퀴였다고 생각했다.

휴대전화를 가져와 확인하니 아침 여섯시를 조금 넘긴 때였
다. 괘종시계의 시침과 분침을 각각 위치에 맞춘 뒤 묵직한 시
계추를 한 번 밀었다. 철컥거리는 익숙한 소리를 내며 시계추
는 왼쪽으로…… 오른쪽으로…… 또 왼쪽으로……

그는 1층과 2층을 돌며 모든 객실 문을 열었다. 어제도 숙

박객은 없었다. 밤사이 빈방에서 무슨 일이 생기진 않았겠지만 아침마다 문을 열어 눈으로 확인하는 습관이 들었다. 한여름이라면 간혹 죽은 벌레가 눈에 띄기도 했으나 대개 원래 있던 것들이 있어야 할 자리에 그대로 있었다. 그럼 그는 얼마간 안도하며 창문을 열었다. 공기가 오래 고이면 침구며 벽지에 퀴퀴한 냄새가 배어들어 매일 환기해줄 필요가 있었다. 오늘도 8인실인 101호부터 2인실인 208호까지 열두 개의 방을 확인했고, 다시 101호부터 돌며 창문과 방문을 닫았다.

한 시간이 지나는 동안 시침도 한 시간을 이동해 있었다. 분명히 열두 바퀴였다고 생각했지만 별수없었다. 계단을 몇 번 오르내리는 것으로 시큰해지는 무릎처럼 시계도 어딘가 헐거워졌을 법했다.

수평선 너머가 밝아왔지만 구름이 껴서 해는 보이지 않았다. 잿빛 하늘 아래 검푸른 바다와 부서지는 하얀 포말. 그는 게스트하우스 입구를 쓸다가 잠깐 허리를 펴고 고개를 들었다. 잠시 후 양철 소반에 차린 간소한 아침상을 들고 계단방으로 들어가며 중얼거렸다.

"눈이 온다, 눈이 와."

정오가 되는 동안 눈송이는 굵어졌다. 그는 전등도 켜지 않고 1층 테이블에 앉아 있었다. 텔레비전 속 먼 도시의 뉴스와

214

코미디언들의 재담을 흘려들으며 창 너머로 가끔 지나치는 자동차들에 눈길을 줬다. 게스트하우스와 바다 사이 차도에 희끗하게 눈이 쌓이기 시작했다.

내일은 은혜가 오기로 되어 있었다.

명절도 생일도 기일도 아니었다. 그애가 취업한 뒤로는 자연스럽게 그런 날에만 만나게 되었다. 자주 왕래하기 어려운 거리였다. 딸이 아버지를 방문하는 데 이유가 필요한 건 아니겠지만, 며칠 전 은혜에게서 연락이 왔을 때 그는 무슨 일이 있는 거냐고 물었다. 은혜는 별일 없다며 출발할 때 다시 연락하겠다고 말했다. 그는 운전을 조심하라고만 답했다. 운전하지 않는다면 서울에서 열차로 두 시간, 다시 시외버스로 한 시간, 그러고도 이십여 분을 걸어야 하는 번거로운 길이었으나 그는 딸의 운전이 미덥지 않았다. 몸집도 작은 애가 도로에서 시비라도 붙을까 걱정이었다. 시비로 그친다면 다행이지만 눈이 내려 미끌거리는 길에서는 더 큰 사고가 날 수도 있었다.

은혜는 경차를 몰았다. 취직하고 얼마 지나지 않아 덜컥 차를 사겠다고 했을 때 그는 딸의 씀씀이를 나무랐다. 어깨를 움츠리고 운전대를 쥔 그애를 여러 밤 상상하다 차라리 돈을 보태줘서 준중형차라도 사게 했어야 한다고 후회했다. 굶지만 않는 형편이었지만 몇백만원쯤은 변통할 수 있었을 것이다. 사실 그랬다 하더라도 그 돈을 은혜가 받았을 것 같지는 않았다. 그전부터 조금씩 저축해온 돈을, 오래 모았다고 하기에는 많지 않은 돈을 은혜의 전셋값에 보태려 했을 때도 그애는 이렇게 거절했다.

"등록금까지 내줬잖아. 아빠가 해줄 건 다 해줬다고 생각해."

그날 밤 그는 불을 끄고 누워 멀리서 들려오는 파도 소리에 이런 말을 얹었다.

"은혜가 다 컸네."

뉴스에서는 청년들의 취업난이 심각하다거나 취업을 안 하려고 한다고 떠들었지만 은혜는 졸업하고 금방 회사에 들어갔다. 기업들이 물건을 잘 팔 수 있도록 인터넷으로 뭘 홍보해준다는, 딸의 말에 따르면 '아빠는 잘 모르는' 회사였다. 딸이 건넨 명함을 보니 회사 주소는 서울에서도 부촌으로 유명한 곳이었다. 그 비싸다는 땅에 있으면 허술한 회사는 아니겠거니 믿었다. 삼 년 동안 은혜가 별달리 문제를 토로하지 않았고 벌이도 괜찮은지 명절이면 얼마간 용돈도 주고는 했으므로 그는 마음을 놓았다.

이제는 은혜가 아니라 이쪽 사정이 문제였다. 겨울이라지만 이 주째 숙박객이 없었다. 오늘도 내일도 예약 목록은 비어 있었다. 오랜만에 딸이 머무는데 손님이 없는 게 편하긴 했다. 일단 이번주, 아니 겨울 뒤로 걱정을 미뤘다. 은혜는 또 202호에서 지내겠다고 했다. 편하기로는 1층이 편할 텐데 왜 202호를 좋아할까. 전망이 제일 예쁘다고 그애가 말한 적이 있지만 그렇다면 나란히 붙은 201호나 203호와 다를 것은 무엇일까. 모두 같은 바다 방향으로 같은 크기의 창을 낸 네모난 방이었다. 나무나 가로등, 전깃줄 따위가 더 가리고 덜 가릴 전망도 아니었다. 사소한 각도 차이야 있겠지만 그게 그애에겐 보이나. 내 아이지만 별나다니까. 어쨌든 내일 은혜가 오기 전에 202호를 청소하고 침구도 새것으로 갈아놔야겠다고 생각하던 때였다. 한 늙은 남자가 현관문을 열고 들어섰다.

어디서부터 걸어왔는지 낡은 검은색 패딩 점퍼에 눈송이들이 축축이 달라붙어 있었다. 구부정한 자세였지만 키는 컸고, 팔다리까지 길어서 어쩐지 사마귀를 연상시켰다. 목까지 여민 점퍼 위로 삐죽 솟은 얼굴에는 주름이 가득했다. 그 부자연스러운 주름 탓인지 나이가 많다기보다는 노동의 더께가 쌓여 일찍 늙어버린 사람처럼 보이기도 했다. 평온한 표정이었으나 검푸른 낯빛 때문에 인상이 좋다고는 할 수 없었다. 여행객은 아닌 느낌에 그는 사마귀에게 이렇게 묻게 되었다.

"어떻게 오셨어요?"

사마귀는 목을 빼고 실내를 훑어보며 대답했다.

"여기 예전에 여관 아니었습니까?"

1980년대 후반에 동해안이 피서지로 개발되었을 때도 이

해변이 중심지는 아니었다. 수심이 깊고 파도가 높아 해수욕장으로는 적절하지 않았고 특출난 경관도 없었다. 이름난 해변에서 방을 구하지 못해 떠밀린 가족들, 남의 시선을 피해 숨어든 연인들, 홀연히 나타나 혼자 갯바위에 앉아보는 사람들이 드나들었다.

그때 이곳은 은혜장이라는 이름의 여관이었다.

장사가 제법 되던 때도 있었으나 십수 년이 지나며 관광객은 줄어들었다. 특별히 볼거리도 먹을거리도 이야깃거리도 없는데다가 사람들은 더이상 '둘러보거나 헤매다가' 차에서 내리지 않았다. 재주 좋게 무슨 음식이며 거리를 내세워 유명해진 도시와 도시 사이, 여기는 그렇게 지나치는 곳이었다. 민박이나 식당, 건어물가게 따위를 운영하던 주민들이 하나둘 생계를 위해 내륙으로 이주했다. 그는 주저했다. 결혼했을 때부터 아내와 일군 여관을 헐값에 넘기고 싶지 않았다. 망설이다가 때를 놓쳤고 그때부터는 경기 호전이라거나 고속철도 부설 같은 막연한 낙관을 주워섬기며 버텼다.

상상했던 형태는 아니었지만 변화가 생겼다. 서핑을 한다는 젊은 애들이 여관으로부터 백여 미터 떨어진 윗목에 드나들기 시작한 것이다. 처음 사오 년은 몇몇이 모여 노는 것으로밖에 보이지 않았으나 곧 형형색색으로 칠한 서핑숍과 술집이 들어섰고 여름이면 젊은이들로 부글거리게 되었다. 성수기에는 그의 여관까지 숙박객이 밀려왔다. 그는 파도란 배를 뒤집거나 사람을 삼키는 것으로만 알았고, 그렇게 영영 사라진 누구네 삼촌들의 성씨를 기억했다. 파도가 돈이 되리라는 생각은 해본 적이 없었다. 물이 들어올 때, 아니 파도가 들어올 때 노를 저어야 할 것 같았으나 정확히 무엇을 해야 할지는 알 수 없었다. 그때 고등학생이었던 은혜가 비타민 캔디를 와그작 씹으며 말했다.

"솔직히 여관은 좀 그래."

부족한 게 많았을 텐데도 내색 않고 자라준 아이였다. 저애의 똑똑함은 이 벽지에서는 귀하다고, 저 동그란 머리 안에는 제 엄마로부터 물려받은 작고 빛나는 무언가가 있다고 그는 자주 느꼈다.

"대학생들은 게스트하우스에 많이 간대. 유럽이든 어디든 말이야."

게스트하우스라는 단어 자체가 생소했지만 하루가 다르게 펍이며 라운지 같은 낯선 이름의 가게들이 들어서고 있었다. '장'보다는 '게스트하우스'가 그것들과 어울려 보이긴 했다. 오래 거래한 신용금고를 찾아갔다. 쉽지 않은 절차를 지나 그는 막 사원이 된 듯한 젊은 남자 앞에 앉았다. 그 청년이 깨알 같은 글씨로 가득한 서류를 내밀며 이곳과 저곳에 서명하라고 했다. 은혜가 보여주는 사진을 참고하고 업자를 섭외해 실내 공사를 시작했다. 공임도 아낄 겸 인부들과 부지런히 움직이며 오래된 가구를 들어내고 묵은 벽지를 뜯어내는 동안 설레기도 했다. 은혜는 '앤티크'해서 좋다며 괘종시계는 계속 두자고 했다. 그는 괘종시계를 처분할 생각은 해본 적이 없었다. 이건 시계고 아직 시간을 잘 표시하지. 가끔 품이 들 뿐. 아내도 이 시계를 엉뚱한 곳으로 보내는 걸 원하지 않을걸. 1층 구조를 바꾼 탓에 시계 위치가 마뜩지 않았고 결국 전보다도 더 눈에 안 띄는 구석에 세워야 했다. 빈 공간을 채우는 데는 요긴했다.

실내외를 그럴듯하게 꾸미는 건 차라리 쉬웠다. 영업 방식도 바꿔야 한다는 게 난관이었다. 시외버스 터미널이나 면사무소에 비치된 관광지도를 펼쳐서 전화를 거는 사람은 이제 없었다. 예약 시스템이 포함된 홈페이지를 지인 몇을 건너 알아낸 업체에 의뢰했다. 사기가 아닌가 의심스러울 정도로 비싼 값이었다. 은혜가 홈페이지를 보고 끄덕거렸다.

"없는 것보다는 낫지."

그렇게 은혜장은 은혜 게스트하우스가 됐다.

처음 삼사 년은 호조였다. 공사비를 회수하고 서울로 대학을 간 은혜의 등록금과 방세를 댔다. 늦은 여름 은혜가 대학 친구 다섯을 데리고 온 적이 있었다. 아이들은 위쪽 해변에서 서핑을 배우다 해질녘에 모래를 묻히고 돌아왔다. 여자애들과 남자애들이 각자의 방에서 씻는 동안 그는 드럼통에 숯을 깔고 불을 피웠다. 고기와 술을 먹고 밤의 해변으로 나가는 아이들. 타들어가는 불꽃을 손에 쥐고 밀고 뛰고 흩어졌다 모이며 터뜨리는 웃음. 바닷바람이 그가 서 있는 창가까지 웃음소리를 실어날랐고, 그날 밤 그는 오래전 잊었던 여행의 기분으로 잠에 들었다.

은혜를 뒷받침해야 하는 고비를 넘긴 게 다행이라면 다행이었지만, 해가 갈수록 숙박객은 조금씩 빠져나갔다. 해변은 오히려 더욱 붐볐다. 더 많은 서핑숍과 카페, 술집과 숙박업소, 간판만으로는 무슨 업종인지 알기 어려운 건물들이 들어섰다. 쿵쿵거리는 음악과 색색의 네온, 밤도 없이 환해진 해변에서 그의 게스트하우스에는 불 꺼진 방이 늘어났다. 비싼 돈을 준 홈페이지에도 방문자 수가 눈에 띄게 줄었다.

"이제 홈페이지가 아니라……"

은혜가 사진을 더 편하게 올릴 수 있다며 휴대전화에 무언가를 깔아주고 사용법을 알려줬다. 그는 눌러야 하는 것과 누르면 안 되는 것을 구분하기 어려웠고 나중에는 그냥 알아들었다는 시늉을 했다. 취업해서 바쁠 은혜에게 계속 기대기도 어려웠다. 결국 기본적인 정보만 올려둔 채 방치하게 되었다. 그는 뭔가를 찍어보려고 인조가죽 케이스를 열고 휴대전화 카메라를 켤 때가 있었다. 빈방에 스며든 아침햇살. 반짝거리는 모래에 반쯤 파묻힌 불가사리. 빗물이 흘러내리는 유리창으로 보이는 바다. 깊은 밤 가로등 아래에 앉은 새. 옥상에서 스티로폼 상자에 담아 키우는 채소들. 해변을 오가는 헐벗고 분방한 젊은이들이 좋아할 만한 게 무엇인지 알기 어려웠다.

게스트하우스에서 걸어서 오 분 거리에 있던 집을 판 것은 재작년이었다. 쑥색 페인트는 벗겨졌고 빗물받이에는 녹이 슬었지만 그가 아내와 살림을 차리고 은혜를 낳아 키운 집이었다. 서울에서 왔다는 예의바른 청년은 후한 값을 불렀다. 리모델링을 해서 카페를 열 거라 했다. 선뜻 계약서를 쓰지 못하고 고민하다 어렵게 은혜에게 말을 꺼냈을 때 전화기 너머에서 그애는 말했다.

"아빠 집이니까 아빠 편한 대로 해."

그는 세간을 다 처분했다. 냉장고도 세탁기도 게스트하우스에 있는 것을 쓰면 그만이었다. 누비이불과 목침, 플라스틱 행거, 아내가 화장품을 담아두던 작은 협탁은 게스트하우스 계단방으로 옮겼다. 2층으로 올라가는 계단 밑 유휴 공간에 가벽을 쳐서 만든 방으로, 본래는 창고였으나 이제 그의 집이었다.

십여 년 전까지 여관이었다는 그의 대답에 사마귀가 말했다.

"사장님도 그때 바뀌었나봅니다."

그는 여관일 때부터 자신이 영업을 해왔다고 말했다. 사마귀는 의아한 눈치였다. 언제 방문했었느냐고 묻자 사마귀는 구체적인 연도를 댔다. 이십 년도 훌쩍 지난 과거였다. 당시라면 서너 개의 여관이 듬성듬성 있었다. 비슷비슷한 콘크리트 건물이었으므로 그는 사마귀가 다른 여관과 혼동하고 있으리라 생각했다.

"신혼여행이었습니다. 늦었습니다만……"

무엇으로부터 늦었다는 것인지 알 수 없었으나 이삼십 년 전에는 동해안으로 신혼여행을 오는 일이 흔했다. 웨딩카도 없이 한복을 입은 채로 시외버스에서 내리는 부부들. 형편이 좋은 이들은 관광호텔로 갔겠지만 대개는 여행 자체가 호사인 시절이었다. 간혹 땀에 젖어 커다란 가방을 입구에 내려놓으며 멋쩍어하는 신혼부부들이 있기는 했다. 저희가 막 결혼식을 하고 왔거든요. 그럼 그는 남아 있는 방 중에서 좋은 방을 줬다. 먼저 말해오기 전까지는 숙박객이 무슨 사이인지 알수 없었고 묻지도 않았다. 지폐 몇 장을 받고 열쇠를 줄 뿐이었다. 아무도 모르게 밤을 지내고 떠난 부부도 많았을 것이다. 눈앞의 늙은 남자가 그중 하나였다고 해서 이상한 일은 아니었다.

"204호였을 겁니다. 가능하면 같은 방에 하루 묵고 싶습니다."

게스트하우스로 구조를 바꾸며 방 번호도 다시 붙였다. 그는 기억 속의 계단을 오르고 복도를 둘러보았다. 왼쪽으로 첫 번째, 두번째. 사마귀가 말하는 204호는 지금의 202호였다. 그걸 구구하게 설명해야 할까. 방 내부의 가구며 장식은 전부 변했고 바다 쪽으로 창이 난 사각형의 방이라는 것은 202호나 204호나 마찬가지였다. 애초에 사마귀가 지냈던 여관이 정말 여기였는지도 불분명했다. 사마귀가 기억하는 게 단지 숫자일 뿐이라면 그냥 204호를 주는 게 매끄러웠다. 게다가 202호는 은혜에게 예약된 방이었다. 은혜는 내일 오지만 그애의 몫으로 비워두고 싶었다.

그는 카운터에서 204호 열쇠를 꺼냈다.

"그때랑은 방이 다르긴 할 거예요."

사마귀는 현금으로 하루치 숙박비를 치렀다. 열쇠를 들고 계단을 오르는 사마귀의 등에 투박한 가방이 메여 있었다. 학생들이 멜 법한 책가방으로 늙은이에겐 어울리지 않았다. 어깨를 짓누르는 모양새가 꽤나 무거워 보였다. 그는 어쩐지 측은함을 느끼면서도 은혜가 오기 전에 사마귀가 떠나기를 바랐다.

그리고 종일 사마귀를 다시 볼 수 없었다. 근처 식당에 대해 물어오지 않았고 수건이나 일회용품을 요청하지도 않았다. 그는 2층에 올라가 복도를 걷다가 슬쩍 204호 문 앞에서 귀를 기울여봤으나 어떤 소리도 들을 수 없었다. 그가 주방에서 냉장고를 뒤적거리고 마른반찬으로 요기를 하는 동안 사마귀가 나갔다 들어왔을지도 모를 일이긴 했다. 그는 제집의 방 한 칸에 알지 못하는 손님이 들어앉아 알지 못하는 짓을 하고 있는 듯 불편했다. 하지만 여관으로부터 게스트하우스까지 삼십 년 동안 모든 손님은 모르는 사람이었다. 여관 주인한테 불청객이 어디 있담. 나이가 드니 별게 다 민감해지는군. 그는 고개를 저으며 주방에 서서 생닭에 칼을 찔러넣었다.

은혜는 토막낸 닭과 몇 가지 푸른 야채를 끓여 소금과 후추로만 간을 한 음식을 잘 먹었다. 아내가 즐겨 하던 요리였다. 아내는 그것이 닭곰탕도 닭백숙도 하얀 닭볶음탕도 아니라고 했다. 내일 저녁은 닭이야, 하면 그 요리였다. 뽀얗고 뜨끈한 국물을 먹으면 속이 따뜻해졌다. 아내가 누워서 지내게 된 뒤로는 그가 요리했다. 은혜는 쪼로록 국물을 마시고는 말했다.

"꽤 비슷한데?"

보는 것만으로 포근해지는 그 요리를 만들기 위해서는 끈적한 지방덩어리가 들러붙은 닭의 사지를 썰고 핏물을 빼야 했다. 그는 누군가를 먹이려면 피를 봐야 한다는 사실을 도마 앞에 서서 뒤늦게 배워갔지만 그 기분이 싫지는 않았다. 어린 시절 지냈던 포구를 떠올리면 비릿한 피 냄새. 해진 운동화 밑에서 미끌거리던 생선 내장. 줄지어 앉아 묵직한 칼로 생선을 내리치던 어른들. 그 많은 생선 대가리는 어디로 갔는지 모를 일이었다.

손질한 닭에 밑간을 해 냉장고에 넣고 보니 창밖이 어둑했다. 한겨울 일찌감치 불이 들어온 가로등 아래로 굵은 눈송이들이 가라앉고 있었다. 스노체인을 감은 빨간 지프차가 쌓인 눈을 밟으며 천천히 지나갔다. 카 오디오의 둥둥거리는 소리가 위쪽 해변을 향해 멀어졌다. 겨울에는 큰 파도가 여름보다 많이 왔다. 풍랑주의보가 발령되면 입수 신고서를 내야 했다. 기꺼이 위험을 감수하는 구릿빛 얼굴의 젊은이들이 있었다.

그가 틀어놓은 일일연속극 화면 하단에 지역 방송국에서 내보냈을 자막이 흘렀다. 해양 활동에 주의하시길 바랍니다. 그리고 음식을 가득 차려놓은 식탁에 둘러앉은 삼대. 한 시절 육체파 미남이었으나 이제는 사생아를 둔 회장님을 주로 연기하는 배우. 가업의 승계를 두고 고심중인 그 할아버지가 하는 말. 식사들 하자.

그는 테이블 맞은편 빈자리를 봤다. 내일 저기에 은혜가 앉아 있겠지. 나를 놀래줄 이야기를 할지도 몰라. 그애도 이제 서른이 코앞인걸. 연속극이 끝난 뒤 이어진 뉴스를 보다가 텔레비전을 껐다. 적막한 실내. 철컥거리는 시계추. 시침은 열시에 닿기 전이었고 2층에서는 아무 기척이 없었다. 그는 계단방으로 들어가 잠을 청했다.

혼몽한 가운데 계단을 내려오는 발소리가 들렸다.

그는 누운 채로 귀를 기울였다. 발소리는 방문을 지나 1층 복도로 멀어지다가 멈췄다. 머리맡에 둔 휴대전화를 보니 자정이 못 된 때였다. 그는 추위를 느끼며 조심스레 방문을 열고 나왔다.

어둠 속에서 사마귀가 우두커니 괘종시계를 보고 있었다. 좁은 어깨에 앙상한 다리. 러닝셔츠와 사각팬티만 입은 모양새가 자기 집 거실에 서 있는 사람처럼 보여 도리어 이쪽에서 자리를 피해줘야 할 듯했다.

"여기가 맞습니다."

괘종시계의 초침이 눈금에서 눈금으로 떨어지는데 사마귀가 말했다.

"그때도 이 시계를 봤습니다. 이파리와 새 두 마리 그리고……"

사마귀가 유리 위 글자를 가리켰다.

"축 결혼."

그 글자들이 반짝거렸던 시절이 있었다. 사마귀는 어떤 생각에서인지 도리질을 하고는 계속 말했다.

"그때는 이게 우연 같지 않았지요. 잘될 것 같았고, 잘할 수 있을 것 같았습니다. 초침처럼 한 칸 한 칸, 시계추처럼 침착하게 살 거라고요."

그는 대꾸를 해야 할지 망설여졌다. 섣불리 무엇을 물었다

가 어둠 속에서 속옷만 입은 타인의 사연으로 초대받고 싶지
않았다. 우물쭈물하고 있을 때 사마귀가 으흐흐, 하고 웃더니
고개를 돌려 그를 보며 물었다.

"딸이 있지 않으십니까?"

그의 잠이 달아났다.

"어떻게 아셨죠?"

곧바로 그는 후회했다. 없다고 대답하는 편이 좋았을 듯했다.

사마귀가 "기억이란 게 신기하네요" 하며 느릿느릿 운을 떼
는 동안 그는 은혜가 이런저런 심부름으로 여관을 드나들던
날들을 떠올렸다. 가끔이지만 카운터 옆에 앉혀놓고 밥을 먹
이거나 늦게까지 숙제를 봐주는 날도 있었다. 오가며 마주친
손님들이 있을 법했다. 사마귀는 빙글거리며 말을 이었다.

"괜한 기분에 시계를 보고 있는데 누가 뒤에서 아저씨, 하고
부르는 겁니다. 열 살이나 됐을까 싶은데, 야무져 보이는 여자
애였지요. 제게 말하기를……"

자정이 되어 시침과 분침, 초침이 한자리에 모였다.

"아저씨, 그 시계 안 맞아요."

맨살을 드러낸 늙은 사내가 흉내내는 열 살 여자애의 목소리.

"아저씨, 그 시계 안 맞아요…… 으흐흐."

종소리도 없이 시곗바늘들이 다시 각자의 속도와 거리로 미
끄러졌다.

그는 깜깜한 방으로 돌아와 눕고 나서도 한참 깨어 있었다. 규칙적인 움직임으로 좌우를 오가는 시계추를 떠올리면 잠이 올 것 같았으나 도리어 철컥거리는 소리가 크게 재생되곤 했다. 기억이란 한번 열쇠를 꽂고 태엽을 감으면 줄줄이 흘러나오는 것일지도 몰랐다. 축 결혼. 축 결혼. 신혼여행은 서울이었다. 63빌딩이 개장되고 얼마 지나지 않은 한여름. 바닷가 사람이 무슨 수족관 구경이냐 싶었지만 아내는 살아서 헤엄치는 색색의 물고기들을 신기해했다. 생선이랑 물고기는 다르다고 말했던가.

전망대에서도 그 사람은 창 앞에 오래 붙어 있었다. 아내는 이렇게 높은 데에 언제 또 올라오겠냐며 사진을 찍자고 했다. 카메라를 목에 건 사진 기사들이 명소마다 어슬렁거리던 시절이었다. 눈감으면 코 베이는 곳 같은 말을 여러 번 들었기 때문에 내키지 않았다. 돈만 받고 사진을 보내주지 않으면 그만 아닌가. 밥이나 먹으러 가자고 아내를 타박했다. 그때는 그게 현명하다고 생각했고, 서울 공기가 좋지 않아서 아내가 기침을 하는 줄 알았다. 그리고…… 차창 밖으로 멀어지는 63빌딩을 보며 그 사람은 이렇게 말하지 않았나.

"63빌딩. 기도하는 손처럼 생기지 않았어?"

아내는 정말 높은 곳으로 갔다. 은혜가 아홉 살 때였다. 그런데 아내가 정말 그런 말을 했던가. 그는 이불 속에서 뒤척거리던 몸을 다잡아 반듯하게 누웠다. 두 손을 가슴과 배꼽 사이에 가지런히 포갰다. 온기 한 줌이 두 손 아래로부터 뱃속으로 퍼졌다. 관에 누워 잠든 사람에게도 그만큼의 온기는 있을 거라고 믿어야 했다.

"오늘은 눈이 왔지."

돌아보면 우스운 일이 있었고 울적한 일이 있었다. 정말 있었을까 싶은 일과 정말 없었을까 싶은 일, 이제는 물어볼 사람이 없는 일이 있었다.

"내일은 은혜가 온대."

기억인지 꿈인지 모를 잔상이 흩어지는 사이 밤이 갔다.

괘종시계는 여섯시를 가리켰다.

그는 101호부터 208호까지 문을 열고 방을 살피고 환기를 했다. 사마귀가 묵고 있는 204호는 열 수 없었다. 문 너머는 고요했다. 해가 뜨기도 전이었으나 그는 2층 복도를 오가며 기척을 냈다. 사마귀의 잠을 깨우고 이 집에서 내보내고 싶었다. 퇴실까지 네 시간은 남아 있었지만 그는 1층에 앉아 텔레비전을 크게 틀고 계단을 흘끔거렸다. 아침 방송 출연자들은 손뼉을 치며 웃었다. 손수건으로 눈물을 닦았다. 시뻘건 매운탕을 떠먹고 감탄사를 뱉었다. 세상에는 여러 일이 일어났고 방문을 열었을 때 무엇을 보게 될지는 알 수 없었다. 이를테면 허공에 매달려 시계추처럼 흔들리는 몸뚱이. 삼십 년 동안 객실에서 자살한 손님은 없었다. 생각해보면 꽤 운이 좋았다.

창밖이 밝아왔다. 눈은 그쳐 있었다.

사마귀는 어제와 같은 차림으로 계단을 내려왔다.

"잘 있다가 갑니다."

현관을 나서는 사마귀의 등에 대고 그는 안녕히 가시라고 말했다. 곧바로 2층으로 올라갔다. 204호 문은 닫혀 있었다. 그는 차가운 문고리를 잡았다.

방은 깨끗했다.

반듯하게 개어놓은 침구. 가지런히 묶인 커튼. 리모컨도 옷걸이도 제자리에 있었다. 휴지통조차 비어 있었다. 난방도 하지 않았는지 방금까지 사람이 지냈다기에는 냉기만 감돌았다.

그리고 창가 탁자 위에 화분처럼 놓여 있는 검은 비닐봉지.

아무 가게에서 아무것이나 담아줄 법한 평범한 비닐봉지였다. 축구공만한 크기였는데 주둥이를 단단히 조여 매서 안에 무엇이 들어 있는지는 알 수 없었다. 별다른 냄새도 나지 않아 내용물을 확인하려면 봉지를 찢는 수밖에는 없어 보였다. 숙박객이 쓰레기를 방에 남기는 경우는 흔했지만 그 봉지는 께름칙했다. 매듭을 쥐고 조심스레 들어올렸다. 보기보다 묵직했고 물기가 있는 듯 아래가 살짝 출렁거렸다. 그는 그것을 반드시 돌려주고 싶어졌다.

그는 봉지를 든 채 현관을 뛰쳐나갔다. 밤사이 쌓인 눈으로 온통 하얬다. 아무도 없는 집에서 가구들을 덮는, 혹은 죽은 사람의 표정을 감추는 하얀 천. 멀리 아래쪽 해변을 향해 갓길을 걷는 사마귀의 뒷모습이 보였다. 따라잡으려고 그는 뛰었다. 슬리퍼를 신은 발이 눈밭에 빠졌다. 축축해지는 양말은 개의치 않았으나 봉지가 터지지 않도록 조심했다. 손님. 가쁜 숨을 뱉을 때마다 하얀 입김이 피어올랐다. 잠깐만요. 사마귀가 걸음을 멈추고 뒤를 돌아봤다. 그는 숨을 고르며 봉지를 내밀었다.

사마귀가 잠시 봉지를 보다가 말했다.

"저는 가져가지 않을 겁니다."

그는 자기가 제대로 들었는지 혼란스러웠다. 사마귀가 머리 하나 위에서 그를 내려다보며 말을 이었다.

"만약에 말입니다. 제가 정말 가져갈 생각이 없다면, 그래서 받아들지 않는다면, 그걸 어떻게 제게 주시겠습니까?"

검푸른 얼굴에서 주름들이 파도처럼 깊은 고랑을 만들며 물결쳤다. 웃음 짓는 입술 사이로 삐뚤삐뚤한 치열이 드러났다. 제멋대로 박힌 이의 군데군데가 갯바위처럼 까맣게 썩어 있었다.

그는 반문하려 했으나 무슨 말을 해야 할지 알 수 없었다. 사마귀가 점퍼 주머니에 감춘 두 손을 빼지 않는다면, 빼더라도 꼭 쥔 주먹을 펼치지 않는다면, 혹은 반대로 모든 손가락을 뻣뻣하게 펼쳐버린다면, 무슨 수로 이 봉지를 쥐여줄 수 있단 말인가.

그를 두고 사마귀가 돌아서며 말했다.

"깜빡한 거라고 쳐주십시오."

머리카락이 듬성듬성한 뒤통수가 멀어졌다.

그는 자신의 손에 매달린 검은 비닐봉지를 봤다. 그리고 발치에서 눈에 묻혀 있는 벽돌 하나를 봤다. 뒤통수를 후려치기. 눈밭에 피를 조금 튀기면 저 검은색 패딩 점퍼와 왠지 어제보다 홀쭉해진 가방을 빼앗을 수도 있었다. 주둥이를 벌리고 썩지 않은 치아를 뽑아버릴 수도 있었다. 하지만 가져가지 않겠다는 봉지를 사마귀에 손에 돌려줄 방법은 없었다.

사마귀의 구부정한 등이 새하얀 풍경 속으로 희미해졌다.

냉장고에 넣어둔 닭을 꺼내야겠어. 한 시간은 기름기를 걷으며 끓여야 하니까. 야채의 흙을 씻어내고 먹기 좋은 크기로 썰어 넣어야지. 먼저 202호에 가습기를 가져다놓고 보일러를 켜둘까. 그전에 은혜에게 전화를 걸어서 언제 출발하는지 물어야겠는데. 하지만 아직 자고 있을지도 몰라. 아무래도 양말부터 갈아 신는 게 좋겠지.

하늘이 맑았다. 눈밭은 하얬고 바다는 파랬다. 음식냄새를 피우고 이야기를 나누고 싶은 날이었다. 미안한 일에 사과하고 고마운 일에 인사하기. 마주앉아 밥을 먹고 나란히 서서 사진 찍기. 그러려면 때맞춰 울리는 알람이 필요하다는 느낌. 한시에는 한 번, 열두시에는 열두 번의 종소리가 울리도록. 돌아가면 오른쪽 태엽을 감아보고 싶었다. 열두 바퀴든 열두 바퀴 반이든. 그때 잘못 셌거나 지금 잘못 셌거나. 아니면 그때는 열두 바퀴였는데 이제는 열두 바퀴 반이거나. 시계판 뒤에 무슨 장난과 음모가 있든 살아야 할 시간이 많았다. 어쩌면 서핑을 배울 수 있을 만큼 긴 시간이 있을지도 몰랐다. 왜 시도도 안 해봤을까. 나도 파도를 탈 수 있지. 그래, 나는 파도를 탈 수도 있어.

그는 그런 생각을 하며 검은 비닐봉지를 들고 눈 쌓인 갓길에 서 있었다. 나직한 바람에 봉지의 표면이 파르르 떨렸다.

서핑슈트를 머리까지 뒤집어쓴 근육질과 곱슬머리가 눈밭을 걸었다. 넘실거리는 바다를 몇 미터 앞에 두고 두 사람은 서핑보드를 내려놨다. 근육질이 무릎을 꿇고 두 손을 모으더니 무언가 중얼거렸다. 곱슬머리가 뭐하느냐고 묻자 근육질이 눈을 감은 채 답했다.

"기도."

곱슬머리가 어깨를 돌리고 허리를 좌우로 까딱거리며 말했다.

"차라리 스트레칭을 하는 게 좋을걸."

근육질이 두 손을 한 번 맞부딪치고 결연히 일어나며 "넌 너무 건방져"라고 투덜거렸다. 곱슬머리가 근육질에게 장갑 낀 손을 내밀며 말했다.

"내가 파도에 휩쓸리면 네가 그분의 힘으로 날 구해. 만약 네가 위험해지면 내가 스트레칭의 힘으로 널 구할게."

근육질이 곱슬머리가 내민 손을 잡았다.

"오케이."

두 사람은 악수를 마치고 보드를 들었다.

"그런데 저 사람은 뭐하냐?"

멀리 길가에 검은 봉지를 들고 서 있는 노인이 있었다. 그는 두 사람을 보고 있는 것 같기도, 바다를 보고 있는 것 같기도 했다.

"몰라."

높다란 파도들이 정연한 주름을 이루며 밀려오고 있었다. 두 사람은 파도를 향해 성큼성큼 걷기 시작했다.

무겁고
높은

땅에 붙인 두 발바닥. 그것이 시작이다.

바벨을 쥘 때는 엄지를 먼저 감고 나머지 네 손가락으로 감싼다. 무게가 실리면 엄지가 짓눌리지만 그래야 더 꽉 쥘 수 있다. 놓치는 것보다는 아픈 게 낫다. 다음은 무릎의 각도. 허벅지와 허리의 긴장. 그리고 등을 잡을 것. 다른 사람의 등이라면 붙잡을 수도 밀칠 수도 있겠지만 자신의 등을 어떻게 잡을까. 말로는 못해도 몸으로는 해내야 했다.

송희는 고개를 들었다. 목과 등, 허리의 자연스러운 정렬을 깨지 않는 범위에서 약간 위를 보는 게 좋다. 역도는 위로 솟는 운동이니까. 앉아서 시작하고 일어서서 끝낸다.

시선이 닿는 곳, 건너편 시멘트 벽 위에 붉은 문장이 있다.

오늘의 무게가 내일의 영광.

송희는 가장 간결하고도 견고한 움직임을 상상했다. 날아오를 듯 두 발로 바닥을 밀어낼 것. 그 힘으로 몸뚱이 대신 100킬로그램의 바벨을 쏘아올리면 된다. 대회가 일주일 뒤였다. 송희는 3학년이다. 고등학교 선수로서는 마지막, 아니 그냥 마지막 대회일지 모른다고 생각했다. 생각이 너무 길면 좋지 않다고도 생각했다. 호흡을 삼키고 복부를 단단히 잠갔다.

발바닥으로 지면을 누르며 바벨을 땅에서 떼는 순간, 송희는 이미 무언가 잘못되었음을 느꼈다. 무게 밑에서 무너지는 자세. 빠져나오는 게 늦으면 팔이 부러질 수도 있다.

지켜보던 코치가 가방을 챙겨 나가며 말했다.

너무 열심히 하지 마. 다친다.

토요일 훈련은 오후 네시까지였다. 다른 부원들은 어느새 역도화를 벗고 스트레칭을 하고 있었다. 아이들이 갈 곳과 먹을 것에 대해 떠드는 사이, 송희도 허기를 느꼈다. 송희는 올초 64킬로그램급에서 59킬로그램급으로 체급을 내렸다. 선수가 겹쳐서 누군가 아래 체급으로 나가야 했다. 코치는 송희에게 감량을 지시했다. 졸업하면 실업팀을 소개해줄 테니 걱정 말라는 말을 덧붙였다. 아는 감독님이랑 얘기가 다 됐다며. 무슨 뜻인지 송희도 알았다. 메달 하나 딴 적 없는 자기는, 끼워파는 과자 같은 선수라는 걸.

나는 덤이 아니야.

그때는 그렇게 말하고 싶었다. 하지만 시간이 지날수록 선택지는 분명해졌다. 덤이 되거나, 아무것도 못 되거나. 그걸 선택이라고 부를 수 있다면.

송희는 방금 가슴에 얹지도 못하고 떨어뜨린 바벨을 봤다. 100킬로그램. 한 번도 머리 위로 들어보지 못했다. 사실 든다고 해도 그 정도로는 입상이 불투명했다.

송희는 역도장 뒷정리를 자청했다.

모두가 나간 뒤, 송희는 다시 역도대 위에 올라섰다. 딱딱한 바닥 위에서 역도화의 나무 굽이 둔탁하지만 튼튼한 소리를 냈다. 꼭 광부들의 작업화 소리처럼 들렸다.

송희는 그 소리를 이 동네 학생이라면 으레 서너 번쯤 견학하는 석탄박물관에서 들었다. 언젠가 탄광문화체험관으로 이름이 바뀌었지만, 동네 사람들은 모두 박물관이라고 불렀다. 기록 영상 속에서 광부들은 갱도 입구를 향해 주저 없이 걷고 있었다. 그 흑백 화면은 너무 거칠었고, '광부'라는 단어는 종종 '전사'나 '백정'처럼 아득하게 느껴졌다. 하지만 그렇게 오래전도 아니었다. 그 화면 속에서 젊은 시절의 아버지를 찾아보려고 한 적도 있었으니까.

광부들은 송희가 태어날 때쯤 광부가 아닌 무엇이 되기 위해 대개 어디론가 떠났다고 했다. 남은 광부들도 모두 작업화를 벗었다. 아버지도 그중 하나였다. 어떠냐, 양복 입으면 나도 폼나지. 아버지는 그렇게 말했지만 송희는 아버지에게 양복이 어울린다고 생각한 적이 없었다. 특히 구두도 아니고 구두 모양을 흉내냈을 뿐인 그 싸구려 캐주얼화는 어떻게 보아도 어설펐다. 술에 취한 아버지가 대충 벗어 던져놓은 신발. 여러 번 꺾어 신어 주름진 뒤꿈치를 볼 때 송희는 이렇게 말하고 싶었다.

왜 이 모양이야.

송희는 쓸데없는 생각은 그만두기로 했다.

100킬로그램의 바벨은 그냥 그 자리에 놓여 있었다.

산지의 가을은 서둘러 추워졌다. 송희는 서늘한 공기를 마시며 역도장 문을 닫았다. 교정은 적막했다. 교사 외벽을 장식한 벽화만 알록달록했다. 아무도 없는 운동장의 인조 잔디는 지나치게 파랬다. 그 현란한 색상들이 송희에겐 예뻐 보이지 않았다. 학교는 학습 만화 표지처럼 명랑하게 채색되어 있지만, 교문 밖으로 몇 발짝만 걸어도 여기가 어떤 동네인지 알 수 있었다. 해가 기우는 산등성이로 카지노가 보였다. 먼 나라의 성처럼 과장된 모양의 끄트머리는 근방 어디서든 눈에 띄었다.

용감하면 카지노 손님이 되고, 똑똑하면 카지노 직원이 된다.

이따금 교사들조차 그렇게 말했다. 용감하지도 똑똑하지도 못한 대부분의 동네 사람들이 무엇을 하는지는 송희도 알고 있었다. 그들은 무엇이든 팔았다. 밥을 팔고 술을 팔고. 어떤 사람들은 모두가 쉬쉬하는 것을 팔았다.

송희는 술집과 전당포, 모텔과 마사지숍 사이를 걸었다. 아직 초등학생 티를 벗지 못한 애들 서넛이 편의점 앞에서 휴대전화를 들여다보며 상스러운 말을 떠들었다. 카지노 자살자를 위한 기도회 현수막은 수년째 같은 자리에서 낡아가고 있었다. 누군가 부임했다거나 당선되었다는 현수막은 늘 새것이었다. 간판 너머의 간판. 현수막 너머의 현수막. 배달 음식 전단지 같은 풍경.

돈이 되지 않을 뿐, 아직 석탄이 많이 묻혀 있다고 했다. 송희는 땅 밑 깊이 퍼진 검은 광맥들을 상상해본 적이 있다. 상상 속에서 누군가 불을 놓았다. 땅을 뚫고 솟는 불길. 통째로 폭발하는 마을.

가끔 송희는 끊어진 철조망을 지나 길이 아닌 곳으로도 걸었다. 잡초가 무성한 공터에는 버려진 자동차들이 많았다. 주인도 찾아가지 않고 어디에 팔리지도 못한 것들. 먼지가 쌓인 차창에는 '병신'이나 '섹스' 같은 낙서. 밤이 되면 문이 열리는 차 안으로 숨어드는 아이들이 있었다. 송희도 그랬던 때가 있다. 이제 그런 짓은 유치하지만, 공터를 지나 닿는 오래된 철교는 여전히 좋아했다.

검붉게 녹슨 철교 아래로 강이 흘렀다. 저무는 해가 탁한 녹색 물결에 빗살무늬를 만들었다. 시든 나뭇가지와 스티로폼 뭉치가 드문드문 무늬를 흐트러뜨렸다. 송희가 어렸을 때만 해도 어른들은 철교 위로 열차가 다녔던 시절을 이야기했다. 석탄을 그득 실은 열차가 하루에도 몇 번씩 달렸다고. 그때는 학교에서 그림 그리라고 하면 강을 검은 크레파스로 칠했어. 그렇게 이야기하는 어른들의 얼굴만은 여전히 석탄처럼 까맸다.

누가 또 뛰어내렸다는데.

요즘은 열차 이야기보다도 그런 이야기가 자주 들렸다. 이 동네에 사람 안 죽어나간 데가 있나. 거기서 뛰어내려선 죽지도 못하지. 그런 말이 이어졌다.

철교에 올라서자 강바람이 살갗에 닿았다. 땀이 식어서인지 송희는 약간의 오한을 느꼈다. 오십여 미터가 채 안 되는 철교의 중앙에 사람이 있었다. 그 여자애라는 걸 송희는 알아봤다. 버스가 오지 않는 빈 정류장, 뼈대만 남은 비닐하우스, 누군가 마른 덤불을 모아 불을 붙인 공터에서 그애는 혼자 서성거렸다. 모두가 누구의 친구이거나 적인 동네에서 송희는 그애가 누구인지 알지 못했다. 자기와 비슷하거나 조금 큰 키, 어깨에 닿는 늘 젖은 머리를 기억할 뿐.

철교는 두 사람이 말없이 지나치기에 충분히 넓지만, 송희는 그애가 자기에게 말을 걸어올 것을 알았다. 늘 그랬으니까.

그애가 언젠가 송희에게 처음 건넨 말은 이런 질문이었다.

너는 역도를 왜 해?

송희는 그때 이렇게 대답했다.

그냥.

송희가 역도를 시작한 건 중학교 2학년 때였다. 중학교라고
는 해도 지금 다니는 고등학교와 같은 교문으로 들어가고 같
은 운동장을 사용했다. 소각장에서는 어른들의 눈을 피해 여
러 일이 일어났다. 송희는 그게 조금 지겨워지고 있었다.

소각장에 가려다 괜히 샛길로 들어섰던 날이었을 것이다.
어디서 둔중한 소리가 들렸다. 무거운 것이 높은 곳에서 떨어
져 땅에 부딪치는 소리. 역도장 문은 열려 있었다. 훈련중인
아이들이 보였다. 다부진 몸의 아이들이 바벨을 머리 위로 들
어올리고 꼿꼿하게 섰다. 그리고 바벨을 바닥에 던져버렸다.
내려놓는다기보다는, 내던졌다.

나중에 안 사실이지만, 역도에 내려놓는 동작은 존재하지
않았다. 들었다면 그것으로 끝이기 때문에 그대로 바닥에 버
렸다.

송희는 들어보고 싶다기보다 버려보고 싶었다.

역도장 구석에 서 있던 빈 봉을 처음 잡았을 때, 송희는 이

미 무겁다고 느꼈다. 검은 때가 잔뜩 밴, 길이 201센티미터, 무게 15킬로그램의 쇠막대. 아직 광택이 살아 있는 봉은 '에이스'들의 것이었다.

무게는 다 똑같아.

코치는 말했다. 송희는 그 사실이 왠지 마음에 들었다. 손가락을 감아 봉을 쥐었다. 서늘하고 단단한 금속의 느낌이 나쁘지 않았다.

빈 봉을 쏘아올리며 한 계절을 보냈다. 손바닥에 굳은살이 박였다가 뜯어지고 다시 박일 때쯤 봉이 울리는 소리를 들을 수 있었다. 하체의 힘이 봉에 제대로 전달됐을 때 울리는, '탕' 하는 경쾌한 소리. 뒤따라 손안에서 느껴지는 봉의 떨림. 아무도 없을 때는 더 작은 소리들도 들을 수 있었다. 진동하는 봉 안에서 작은 링과 티끌 같은 것들이 구르며 내는 메아리. 쌀알을 부어넣은 페트병, 아버지가 흔드는 은단통, 혹은 수학여행지의 바다에서 들었던, 파도가 쓸어가는 굵은 모래 소리.

왜 하필 몸 쓰는 일이냐?

아버지는 불쾌한 얼굴로 말했다. 요즘 세상에 누가 몸으로 돈 버니. 아빠 때나 배운 게 없으니 막장 가서 몸으로 때웠지 이젠 막장도 없어요. 운동? 운동판도 잘되려면 다 돈이고 인맥이다……

돈과 인맥. 아버지가 자주 하는 말이었다. 아버지는 돈과 인맥을 위해 술도 마시고 카지노도 다닌다고 호기롭게 주장했지만, 송희는 그 말을 믿지 않은 지 오래였다. 아버지는 종종 석탄박물관에 딸린 기념회 사무실로 출근했다. 정확히 어떤 일을 하는지는 알 수 없었다. 무슨 위원이라는 아버지의 명함을 봐도 마찬가지였다. 충분하다고는 할 수 없는 생활비를 불규칙적으로 송희에게 주긴 했다.

오래전, 아버지가 몸집은 작으나 힘이 세기로 유명했다는 이야기를 옆집 할머니에게 들었다. 탄광이 이미 기울었을 때지만, 고등학교도 마치기 전부터 남들보다 석탄 두 배를 캐고 세 배를 날랐다고. 마지막 파업에서도 젊은 아버지가 궂은일을 했다고. 그러니 카지노도 들어오고 이만큼 사는 거라고. 이따금 아버지의 옛 동료들이 술 취한 아버지를 방에 밀어넣으며 송희에게 오천원짜리 만원짜리를 쥐여주고 갔다. 아버지의 표현에 따르면 '이제 카지노에서 청소나 한다는' 근육 아저씨도 그중 하나였다. 아저씨는 까만 얼굴로 '그래도 네 애비가 애 많이 썼다' 같은 말을 남기고 겸연쩍게 대문을 나섰다. 그랬을까. 파업이란 것은 어떻게 이기고 지는 것일까.

어머니는 카지노가 들어서고 얼마 지나지 않아 집을 나갔다고 했다. 송희는 어머니의 얼굴을 기억하지 못했다. 아버지는 망할 년이 헛것을 자주 보더니 예수쟁이가 됐다고 말했다. 옆집 할머니는 니 애미한테는 신기가 있었다, 기도라도 해야 살지 안 그러면 못 살았다, 그렇게 말했다. 송희는 '주님의 영광' 같은 말로 끝나는 어머니의 편지를 받은 적이 두 번 있었다. 어머니가 지낸다는 기도원의 풍경은 아름답게 묘사되었으나 정작 발신자 주소는 없었다. 기회를 보아 아주 태워버리려고 편지를 서랍 속에 넣어뒀다. 그대로 몇 년이 지났다.

세상이 그렇게 반듯하지가 않아. 사기꾼 놈들이 얼마나 약았는데. 그래서 정보가 중요하다고, 정보.

아버지가 냄새나는 양말을 벗으며 설교했다. 아는 누구의 아들이 유도를 해서 대학까지 갔는데, 돈 없고 빽 없어서 심판 놈들이 어떻게 판정으로 장난을 쳤는지 아니. 말짱 헛심 뺀 거야. 세상이 그래.

송희는 역도로 대학에 가거나 무엇을 얻겠다는 계획까지는 세우지 않았다. 하지만 아무리 생각해도, 역도는 아버지가 말하는 그런 건 아니었다.

들면 되잖아.

아버지가 의아한 얼굴로 뭘 들어, 하고 되물었다.

내가 들면 되잖아. 심판이든 누구든, 든 걸 어떻게 못 들었다고 해.

그때 다짐한 것만큼 무엇을 많이 들지는 못했다. 송희는 아버지를 대회에 부른 적이 없었다. 가끔 아버지는 역도 잘되냐, 라고 물었다.

역도를 시작하고 송희는 거울 속의 몸을 더 오래 보게 되었
다. 허벅지와 어깨에서 뚜렷해지는 근육들. 바벨에 수없이 긁
혀 흉터가 생긴 정강이나, 무게에 눌려 멍든 쇄골도 어쩐지 싫
지 않았다.

무거운 걸 들면 기분이 좋아?

그렇게 묻는 남자애가 있었다. 들지 못하던 것을 들면 물론
기뻤다. 하지만 버리는 기분은 더 좋았다. 더 무거운 것을 버
릴수록 더 좋았다. 온몸의 무게가 일시에 사라지는 느낌. 아주
잠깐, 두 발이 떠오르는 것 같은. 송희는 그 느낌을 비밀로 남
겨두었다.

나는 너무 마른 여자애들은 싫어.

공터에 버려진 차 안에서 그 남자애는 송희를 만졌다. 송희
는 그냥 내버려뒀다. 그애가 떠드는 멍청한 소리를 듣는 것보
다는 나을 것 같았다. 남자애가 성급히 움직이는 동안 송희는
차 주인이 카지노에 걸었던 것과 잃었던 것을 생각했다. 다 잃
었을 때 그 사람은 홀가분했을까. 오래된 카시트에서 일어나
는 먼지. 밋밋하고 물렁한 몸뚱이. 무엇을 하긴 했다고 쳐야
할지. 머쓱해하는 그애를 두고 차에서 나올 때 송희는 녹슨 문
에 무릎을 긁혔다. 차라리 그것이 선명한 감각으로 남았다.

버리려면 들어야 했다. 버리는 것과 떨어뜨리는 것은 아주

달랐다.

　해마다 한 번씩은 단출한 취재팀이 찾아왔다. 전교생이 반
의반으로 줄어든 산골 학교에 역도부가 남아 있다는 것은 꽤
이야깃거리가 되었다. 무슨 기금인가 지원 사업 덕분이라고.
그것도 다 카지노 돈이다, 라고 아버지는 말했지만 방송에서
그런 내용은 다루어지지 않았다. 푸른 산 아래 교정에 들어서
며 리포터는 늘 '평화로운 학교, 이곳에 구슬땀을 흘리는 아이
들이 있다는데요'라고 말했다. 곧 아이들이 내는 기합소리와
바벨이 떨어지는 굉음으로 가득찬 역도장 풍경. 그즈음 메달
을 딴 부원과 교장이 짧은 인터뷰를 했다. 송희는 배경에서 바
벨을 짊어지고 앉았다 일어났다 하는 아이들 중 하나였다. 방
송은 삼십 년 전 아시안게임에서 동메달을 땄다는 어느 선배
의 자료 화면을 보여줬고, 항상 이런 자막으로 끝났다.

　오늘도 미래를 듭니다.

　미래의 자리에는 꿈이나 희망이 오기도 했고, 그러다 다시
미래가 오기도 했다.

　내가 그런 걸 들었나.

　송희도 처음엔 국가대표라거나 체육대학 같은 미래를 그려
봤다. 그런 상상은 답장을 보낼 수 없는 먼 곳을 닮아 있었다.
운동을 게을리한 건 아니었다. 게으르지 않았기 때문에 대회
를 몇 차례 치를수록 상상조차 쪼그라들었다. 어떤 시점에서

송희의 목표는 그냥 100킬로그램이 되었다.

왜 하필 100킬로그램이야?

젖은 머리가 그렇게 물어본 적이 있었다. 그것은 세 자리고…… 100은 100이기도 하고…… 100퍼센트의 100 말이야. 그런 생각이 들긴 했지만 이유라고 하기에는 부족했다. 굳이 이유를 대자면, 내가 그렇게 정했기 때문이야. 그건 더이상은 어길 수 없는 약속 같은 것이었다.

송희는 100킬로그램을 드는 자신을 여러 번 상상했다. 제자리를 찾아가는 듯 머리 위에 도착하는 바벨. 힘과 기술, 속도와 균형. 모든 게 제대로라면 일 초도 걸리지 않을 것이다. 점수 같은 건 없다. 들었거나 들지 못했을 뿐. 심판들이 깃발을 들겠지만 사실 판정을 기다릴 필요도 없다. 받아내는 순간 알수 있다. 선수 자신이 가장 먼저.

나는 그 100킬로그램을 오래 들고 있을 거야. 심판들이 원하는 것보다 더…… 내가 그걸 곧 버릴 거라는 걸, 버릴 수 있다는 걸 자랑할 거야. 그리고 다들 봤다 싶으면 내던질 거야. 망설임 없이, 부술 듯이 말이야.

젖은 머리가 그다음은 뭔데, 하고 되물었다.

몰라. 소리라도 지를까.

그렇게 마음먹은 지도 긴 시간이 지났다. 감량 탓만을 하기도 어려웠다. 송희의 기록은 반년 넘게 96킬로그램에 멈춰 있었고, 그것조차 때때로 떨어뜨렸다.

대회가 사흘 앞으로 다가왔다.

컨디션 관리를 위해 훈련은 일찍 종료됐다. 역도장 문을 닫
아버렸으므로 송희는 그냥 걸었다. 먹구름이 가득했다.

이 근방에서 카지노를 제외하면 가장 높은 건축물은 고가도
로였다. 송희는 거인의 다리처럼 튼튼하고 단호해 보이는 그
콘크리트 기둥을 좋아했다. 그 아래의 딱히 이름 붙일 수 없는
공간. 개천과 덤불 사이의 버려진 의자에 앉으면 어쩐지 있어
야 할 곳에 있다는 편안한 기분.

송희에게는 언제나 고가도로의 아랫면만이 보였다. 이따금
고가를 지나는 자동차 소리가 스쳤다. 그 도로가 어디로 이어
지는지 송희는 알지 못했다. 정비용 철제 사다리는 아득히 높
은 기둥 위로 뻗어 있었다.

나는 다이빙을 하고 싶어.

젖은 머리가 말했다.

빙글빙글 도는 거 말고. 아주 똑바로. 아주 오래.

이런 이야기는 처음이 아니었다. 송희가 대꾸했다.

해봐.

젖은 머리가 송희를 보며 말했다.

너도 같이해주면.

송희는 아주 어렸을 때 동네 아이들에게 이끌려 계곡을 헤집고 다닌 여름날을 기억했다. 뒷산 깊숙이 들어가면 동네 교회의 십자가만큼 높은 바위가 있었다. 바위 아래는 깊고 차가운 물이었다. 버짐이 핀 아이들은 거기에서 뛰어내리는 것으로 누가 더 '사나이'인지를 가렸다. 여자애들은 물가에서 구경하며 속닥거렸다. 송희는 뛰어내리는 쪽을 택했다.

기억에 남은 건 따가운 햇살이 시야에 맺혀 만드는 하얀 반점들. 귀가 먹먹해지는 매미 울음소리. 풍덩. 검푸른 물속으로 가라앉는 잠시. 그 잠시 동안의 적막. 바닥을 찾지 못하는 발.

뜨겁게 달아오른 바위 위에서 콜록거리며 몸을 말릴 때, 앞으로, 뒤로, 돌면서, 몇 번이고 더 뛰어내렸던 애들. 물 밖으로 나온 얼굴에 어린, 방금 자신이 증명한 것에 대한 자부심.

바보 같아.

송희가 말했다. 젖은 머리가 자기도 안다는 듯 대답했다.

그럼 역도는 뭐.

개천은 흐른다기보다 고여 있었다. 수면에 점점이 떨어지는 빗방울들. 풍덩. 고가도로 위에서 무언가를 버린다면. 바닥으로, 혹은 하늘로. 그럼 영화처럼 다른 세계로 가는 문이 열릴지도 몰랐다. 어머니가 말한 영광이 있는.

빗방울이 섞인 찬바람이 불었다. 곧 쏟아질 것 같았다.

녹슨 대문을 열고 마당에 들어서자 나무 평상에 드러누운 아버지가 있었다. 양복 재킷은 보이지 않고 셔츠 자락이 다 삐져나왔다. 술냄새가 지독했다. 송희는 그대로 지나쳐 들어가려다 돌아섰다.

아빠. 비 와.

아버지가 뒤척이며 뭐라고 웅얼거렸다. 몸을 일으키는가 싶더니 다시 평상 아래에 주저앉았다. 색색. 아버지의 숨소리가 들렸다. 빗방울이 굵어지고 있었다.

아버지의 몸집은 만만해 보였다.

많이 나가봐야 70킬로그램 정도일 거라고 짐작했지만, 어깨에 걸어보려고 해도, 등으로 짊어지려고 해도 아버지의 몸은 자꾸만 흘러내렸다. 그 와중에 아버지는 띄엄띄엄 사기꾼 새끼들이……라거나 너 엄마가 옛날에…… 킥킥, 하고 중얼거렸다. 송희야, 하고 부르기도 했다.

아빠. 가만히 좀 있어봐.

차라리 아버지를 봉에 매달아놓는다면 쉽게 들 수 있을 것 같았다. 마당에서 방까지 끌다시피 아버지를 옮기며 송희는 생각했다. 자기가 역도를 하며 70킬로그램, 80킬로그램을 어렵지 않게 들어올릴 수 있는 건, 오직 바벨이 바벨의 모양이기 때문임을.

불 꺼진 방에 아버지를 눕히고 나올 때였다. 아버지가 또 송희야, 하고 불렀다. 송희는 문간에서 아 왜, 하고 대답했다. 아버지가 눈을 감은 채 중얼거렸다.

역도 잘되냐.

송희는 마땅히 할말이 없었다. 아버지는 내 딸 아니랄까봐 힘을 쓴다고…… 하며 돌아누웠다. 잠깐의 침묵. 송희는 아버지의 등을 보며 말했다.

토요일에 대회야.

아버지는 대답이 없었다. 낮은 숨소리. 코를 고는 것도 같았다. 송희는 작은 목소리로 난 얘기했어, 라고 덧붙이고 문을 닫았다.

송희는 다른 부원들과 함께 코치의 승합차를 타고 삼십여 분을 달렸다. 차창 밖으로 커다란 카지노 광고판 몇 개가 지나갔다. 대회가 열리는 모 군도 송희가 사는 곳과 그리 다르지 않은 풍경이었다. 통유리로 외관을 장식한 체육센터는 주변과 어울리지 않았다.

체육센터에 들어서자 가설된 경기대가 보였다. 경기대 앞에는 심판석과 귀빈석, 그리고 관중들을 위한 파란 플라스틱 의자가 네다섯 줄 놓였다. 관중석 뒤쪽으로 비어 있는 공간에는 농구대와 탁구대, 배드민턴 네트 따위가 적당히 접혀 있었다.

가로 사 미터, 세로 사 미터의 경기대 한가운데에 바벨이 놓였다.

조금씩 바벨이 무거워지는 동안 나타났다가 사라지는 선수들. 선수가 바벨을 잡으면 들거나 떨어뜨리기 전에는 모두 조용히 할 것. 어차피 금방 판명되는 일이었다.

송희는 1차 시기에서 94킬로그램을 들었고, 2차에서 96킬로그램을 떨어뜨렸다. 덜 펴진 왼팔과 밀린 발바닥. 송희는 거짓말을 했다. 느낌은 나쁘지 않았다고. 더 올려보고 싶다고. 코치는 팔짱을 낀 채 말했다.

그래, 졸업하기 전에 한번 해봐야지.

최종 3차 시기를 100킬로그램으로 신청했다. 송희는 몸이 식지 않도록 커다란 수건으로 어깨를 감쌌다. 대기장에 설치된 현황판을 봤다. 100킬로그램을 들어도 우승은 할 수 없었다. 안경은 1차 시기부터 110킬로그램을 신청했다. 금메달을 딴 저번 대회보다도 2킬로그램을 늘렸다. 무게순으로 진행하기 때문에 다른 애들이 시합을 거의 마친 다음에야 경기대에 오를 것이다. 대기장 한쪽에서 안경은 몸을 덥히고 있었다. 정확한 궤적으로 떠오르는 바벨. 무수히 상상했던 깨끗한 움직임. 꽂힌 원판을 세어보니 이미 100킬로그램이었다.

3차 시기를 위해 복도를 걸으며 송희는 '마지막'이라는 단어를 떠올렸다. 오늘 역도대에 오른 건 이십여 명. 그중 십수명은 역도화를 벗게 될 것이다. 송희는 자기가 그 십수 명 중하나라는 걸 받아들일 준비를 했다. 다만 바벨을 떨어뜨리고 끝내고 싶진 않았을 뿐.

송희는 경기대 앞 풍경을 눈에 담았다. 세 명의 심판 뒤로 양복 입은 아저씨들 몇이 귀빈석에 앉아 있었다. 관중석은 듬성듬성했다. 처음 보는 단체복을 입은 대여섯 명의 아이들. 보행기를 의자 옆에 둔 백발의 할아버지와 할머니. 또 이런저런 어른들. 자신이 들거나 들지 못하거나 별로 상관없는 사람들. 혹은 실패하기를 바랄 수도 있는 몇 명. 이 사람들이 증인이구나. 송희가 100킬로그램의 바벨로 다가설 때, 허겁지겁 장내에 들어서는 익숙한 사람.

아버지가 팔을 뻗어 손을 흔들었다.

송희도 얼결에 한 손을 들어 답했다.

아버지가 관중석 앞쪽으로 걸어왔다. 송희가 바벨을 감아쥘 때, 아버지는 귀빈석 언저리에서 누군가를 발견하고 악수를 청했다. 양복 어른이 엉거주춤 일어나 악수를 받았다. 유난히 아버지의 양복이 구겨져 보였다. 송희는 발바닥과 무릎과 허벅지와 등에 집중하기 위해 노력했다. 아버지는 송희를 가리키며 양복에게 무어라 말했다. 움직이거나 말소리를 내고 있는 게 자기뿐이라는 걸 모르는 채. 진행 요원이 아버지에게 다가가고 있었다. 송희는 눈을 감았다.

아빠. 가만히 좀 있어봐.

여기에는 바벨만이 있다. 나는 그걸 든다. 그리고 버린다.

버린 바벨 앞에서 나는 선 채로 경기를 끝낼 것이다. 송희는 그렇게 다짐하고 눈을 떴다.

대회가 끝나고 익숙한 동네로 돌아와, 포일을 깐 불판 너머로 송희는 아버지를 봤다. 아버지는 소주부터 한 잔 들이켠 뒤, 비계가 많은 삼겹살을 덜 달구어진 포일에 놓으며 말했다.

거의 다 들었는데. 아깝다, 그치?

송희는 별다른 대꾸를 하지 않았다. 거의 다 드는 건 없다. 그냥 떨어뜨린 것이다. 아버지는 과장된 웃음을 지었다.

울겠네 울겠어. 한잔할 테냐?

송희는 오늘 경기장에서 운 유일한 아이를 떠올렸다. 1차 시기에서 110킬로그램을 든 안경은 2차에서 114킬로그램도 성공해 금메달을 확정 지었다. 그대로 시합을 끝내도 되지만 안경은 혼자 3차 시기도 치르기로 했다. 119킬로그램. 성공한다면 십이 년 만에 경신하는 고등부 동체급 신기록이었다.

자기가 아니라 남이더라도, 바벨을 떨어뜨리는 건 어쩐지 보기 싫었다.

대기장에서 송희가 짐을 다 쌌을 때, 3차 시기를 마친 안경이 눈이 빨개져서 돌아왔다. 그쪽 코치가 기록은 대학부에 가서도 얼마든지 세울 수 있다고 다독였다. 대기장의 역도대 위에서 녀석은 끝내 울음을 터뜨렸다. 송희는 떠나기 전 그애 앞에 멈추어 섰다.

그만 울어.

안경을 벗고 울던 그애가 흐릿한 눈으로 송희를 봤다. 송희
는 다시 말했다.

넌 잘했어.

아버지가 소매를 걷어올리고 고기를 집게로 뒤적거렸다. 옛
날에는 목구멍에 탄가루 씻는다고 이 비계를 먹었단 말이지.
이게 적당히 먹으면 건강에 좋아. 체력을 키워서 다음엔 이겨
야지, 같은 말을 늘어놓고 있었다. 송희는 역도에 이기는 게
있었는지 생각했다. 축구나 격투기라면 '이겼다' '졌다'고들
하지만…… 따지자면 나는 94킬로그램만큼 이겼고 100킬로
그램만큼 졌지. 안경은 114킬로그램만큼 이겼고, 119킬로그
램만큼 졌어. 더 무거운 걸 버릴 때 더 기쁘다면, 더 무거운 걸
떨어뜨리면 더 화날까.

역도 그만할까봐.

송희가 말했다. 아버지가 충분히 익지도 않은 고기를 송희 앞
으로 밀어놓았다. 자기도 집게로 한 점을 집어 입에 욱여넣었
다. 뜨거운 고기를 씹느라 볼을 실룩거리며 아버지가 말했다.

아까 군청 사람을 만났는데 말이야.

아버지는 소주를 들이켜며 말을 이었다. 가족끼리도 카지노
에 놀러간다는 먼 나라. 늘어나는 관광객들을 위해 지어질 도

로와 호텔. 동네가 탄광문화관광촌으로 개발되면 치솟을 땅값. 국회의원으로부터 도의원, 군의원 들로 이어지는 낯선 이름들. 결국 군청의 아무개 계장이 아버지와 몇 촌이며 항렬이 어떻게 되는지. 그래서 송희 너는 앞으로 무엇을 배워두면 좋은지……

송희는 아버지의 야윈 팔뚝을 보았다. 검댕이 묻은 작업복을 입고 작업화를 신었던 옛날. 저 팔뚝으로 정말 깜깜한 땅속에서 돌덩이를 내리쳤을까. 탄차를 밀고 포대를 짊어지고 어머니를 안았을까. 그리고 나를 들어올렸을까. 송희는 눈앞의 사람이 버린 것과 버리지 못한 것을 가늠해보았다.

송희는 물었다.

근데 아빠는 몸무게가 몇이야?

송희가 그날로 역도를 아주 그만둔 것은 아니었다. 대회 후에도 송희는 매일의 훈련에 성실히 참여했다. 감량은 더이상 신경쓰지 않았다. 기록은 늘지 않았지만 들 수 있는 만큼 들고 버릴 수 있는 만큼 버렸다. 입김이 나오네, 하다가 길에서 어묵을 사 먹고 자신에게 목도리를 선물했다. 기온이 영하로 떨어졌던 어떤 날에는 아버지를 들어 옮기는 더 효율적인 자세를 알아냈다. 취업률이 좋다는 광고를 보고 가까운 전문대학에 지원해 합격했다. 인원 미달이었다.

바벨을 마지막으로 잡은 건 졸업식을 앞둔 겨울방학의 어느 날이었다. 눈 내리는 오후. 부드럽지만 미약한 빛이 아무도 없는 역도장에 스며들어 있었다.

송희는 역도대 위에 가만히 두 발바닥을 붙였다.

빈 봉을 몇 차례 쏘아올렸다. 원판을 하나둘 꽂았다. 금속이 울리는 소리가 맑았다. 몸이 가벼웠다. 원하는 만큼 빠르게, 원하는 만큼 강하게 움직일 수 있을 것만 같은 느낌. 침침한 벽에 기대어 젖은 머리가 말했다.

방해하는 사람은 없어.

그래. 사실 언제나 없었지. 적어도 역도대 위에서는 아무도 나를 괴롭히지도 말리지도 않았어. 송희는 그렇게 생각했다. 내가 들었거나, 내가 들지 못했을 뿐.

이상하게 말이야.

송희는 그렇게 말하며 바벨에 원판을 더 꽂았다. 그것은 100킬로그램이 되었다.

이제 아무도 밉지가 않아.

송희는 바벨 앞에 섰다. 창밖에서 떨어지는 굵은 눈송이들이 시멘트 벽면에 점점이 그림자를 만들었다. 천천히 내려앉는 것들. 그리고 아주 오래 그곳에서 조금씩 바랜 문장.

오늘의 무게가 내일의……

송희는 단호해졌다. 아니. 이건 영광이 아니야. 이건 미래도 아니고 꿈도 희망도 아니야.

그럼 뭐야?

젖은 머리가 물었다. 송희도 알 수 없었다. 다만 변하지 않는 것. 흥하지도 망하지도 않는, 값이 오르지도 내리지도 않는, 운이 좋아도 나빠도 그대로인 것. 어떤 비유도 아니고 상징도 아닌, 말하자면 그냥 100킬로그램의 손때 묻은 쇳덩이.

나도 몰라. 어쨌든 들 거야.

송희는 바벨을 쥐었다. 딱딱하고 차갑다. 하지만 내 손안에 있는 내 것. 내 몫의 약속.

등뒤에서 젖은 머리의 목소리가 또렷하게 들렸다.

그럼 내가 증인이 될게.

다시 땅에 붙인 두 발바닥. 송희는 두 발 아래 깊이 묻혀 있는 검은 돌들을 떠올렸다. 시간과 열기와 압력 속에서 태어나 빚어진 것들. 그로부터 시작된 분화. 아득히 오래전부터 솟구친 힘이 마침내 도착하는 정확한 자리. 송희는 숨을 참았다. 굳게 잠긴 복부 안에서 작고 단단한 무엇이 만들어지고 있었다. 뜨거워. 나 지금 뜨거워.

쇳덩이를 쥐고 두 발로 바닥을 밀어내는 순간.

눈 내리는 겨울 오후의 고요. 산등성이의 헐벗은 자리. 교정의 새파란 인조 잔디. 철교와 고가도로. 박물관 앞에 전시된 녹슨 탄차. 모텔과 마사지숍의 현란한 입간판. 주인 없는 자동차들. 모두가 공평하고도 아늑하게 하얀 눈에 덮여서, 미처 닿지 않는 그늘에서도 단정한 마음으로 목도리를 여밀 수 있었던 날. 왼발 오른발을 눈밭에 디디며 빙판과 진창의 시간을 예비하던 긴 겨울의 한가운데.

그날이 송희가 정말로 역도를 그만둔 날이었다.

팍스
아토미카

나는 문 앞에 서 있었다. 깊은 밤이었다.

평범한 디지털 도어록이지만 안쪽을 이루는 전자회로며 톱니바퀴에 대하여 나는 아는 게 없다. 사람은 모르는 물건을 잘도 쓴다. 비밀번호를 잊은 건 아니다. 나는 집안에 있었다. 내 구두며 운동화가 놓인 내 신발장 옆에 서서 내 현관문을 보고 있었다. 당장 눈을 감아도 여섯 시간을 못 자고 출근할 형편이었다. 돌아서서 침대로 가면 그만이었다. 하지만 문을 떠나기 힘들었다. 한 가지 의심이 되풀이됐다.

내가 문을 닫았나.

나는 문 앞에 서 있었다. 깊은 밤이었다.

문과 문틀은 맞닿아 있다. 철사나 복사 용지, 이웃의 한숨소리가 비집고 들어올 만한 물리적 간격은 존재하겠지만, 맨눈으로 볼 때는 틈이 없다. 도어록 본체의 수동 개폐 레버는 '잠김'을 가리켰다. 제대로 닫히지 않았다면 도어록은 거슬리는 경고음을 낸다. 전에 실험해본 적이 있다. 음향 장치를 작동시킬 전력이 건전지에 남아 있지 않다면 붉은 경고 램프가 점멸한다. 까다로웠지만 그것도 실험해본 적이 있다. 하지만 경고 램프를 작동시킬 만큼의 전력도 남아 있지 않다면…… 도어록이 작동하지 않더라도 닫힌 문은 닫힌 문이었지만, 아무나 열 수 있는 문은 곧 열린 문 아닐까. 바람에 열릴 가능성이 있을까. 그건 실험해본 적이 없다. 맞닿은 문과 문틀을 위에서 아래로, 아래에서 위로 훑어보고, 문을 가상으로 삼등분해서 상단과 중단과 하단의 닫힘을 따로 판단해보다가, 아무래도 닫힌 게 맞다고 여기며 돌아서면 의심이 들었다.

내가 정말 문을 닫았나.

문이 닫히지 않았다고 가정해보자. 이 오피스텔은 카드키로 출입이 통제되므로 신원이 불분명한 자가 출입하기 어렵지만, 누군가 솜씨 좋게 침입하여 범죄 의도를 갖고 헤매다 13층 복도 끝에서 열린 문을 발견한다면 곤란했다. 날붙이나 둔기를 든 상대가 잠든 내게 접근하면 속수무책이다. 운좋게 침입의 기미에 눈을 떴더라도 나는 신장이 평균에 겨우 미치고 골격 근량은 확실히 평균 미만인 남성이다. 침대 밑에 묵직한 삼단 호신봉을 두었지만 전기 충격기는 누전으로, 가스총은 폭발로 화재를 일으킬까봐 구비하지 못했다. 나는 살해당할 만큼 원한을 산 일이 없고, 아마도 없고, 범죄자라면 전당포나 환전소나 무인 아이스크림가게를 노리는 게 이롭다. 현실적인 위험은 파리나 바퀴벌레 따위가 들어오는 일이다. 내가 자는 동안 내 침대로 기어오를 작고 검고 다리가 많은 것을 상상하면 불쾌했다. 하지만 벌레가 날 죽이지는 않는다.

여러 위험을 평가해보면 문을 열어두고 잔다고 아침을 맞이하지 못할 확률은 극히 낮았다. 낮음과 없음은 다르다. 낮음은 없음이 아니다. 그러나 '극히 낮음'은 '없음'으로 여겨야 정상적인 사고다. 정상적인 사고라는 말은 무섭다. 무서워서 문을 닫고 싶었다. 문을 닫아야 했다. 이런저런 이유가 없더라도 문이라는 장치의 기본값은 닫힘이다.

그런데 내가 정말 문을 닫았나.

나는 문 앞에 서 있었다. 깊은 밤이었다.

문 앞에서 밤새 서 있을 것이다. 아니 평생 서 있을 것이다. 세 달 가까이 약을 먹었지만 효과가 없었다. 책임 소재를 분명히 하자면 나는 약의 보조를 받고서도 사고와 행동을 전혀 개선하지 못했다. 신경이 곤두서는 데에도 한계가 있다. 정신이든 육체든 무엇이든 곧 뒤틀리고 끊어지고 폭발한다는 예감 속에서…… 나 자신에게 마지막으로 건네는 부탁처럼, 소리 내어 한 문장을 말했다.

"나는 문을 닫았다."

내 머리통 안에 뇌라는 게 들어 있다고 한다.

성인이라면 부피는 가로 십오 센티미터, 세로 십오 센티미터, 높이 이십 센티미터 전후, 무게는 천사백에서 천육백 그램 사이다. 나의 뇌가 얼마나 작거나 크거나 가볍거나 무거운지는 알지 못한다. 뇌는 밝혀진 것만 백여 종인 호르몬의 균형을 맞추고 육백 개가 넘는 근육을 감독하며 천이백팔십억 개의 신경세포를 하나의 연결망으로 묶는다. 하버드 의대에서 근무하는 리사 펠드먼 배럿 박사의 『이토록 뜻밖의 뇌과학』에서 읽었다. 세포체, 수상돌기, 축삭, 시냅스, 세로토닌, 도파민, 노르아드레날린…… 이런 것들을 이해하는 건 무리였다. 박사는 전 세계 항공 시스템을 상상해보라고 권했다. 직항과 경유, 허브와 클러스터, 증설과 폐쇄. 끊임없이 신호를 실어나르며 때때로 기후에 영향을 받는 가변적인 복잡계 네트워크. 비유는 유용하다.

항공기 추적 서비스인 FlightRadar24.com에 따르면 전 세계에서 하루에 이십만 회 이상의 비행이 일어난다. 지금 이 순간 하늘에 떠 있는 항공기만 만사천 대가량이다. 실시간 비행현황을 보면 세계지도 위에서 노란 항공기 아이콘 만사천 개가 아무렇게나 우글거리고 있지만, 확대하면 각 항공편이 지정된 노선을 따라 움직임을 알 수 있다. 내가 사는 도시 위에서 꾸물거리는 아이콘 하나를 클릭해봤다. 속도와 고도와 각도를 가리키는 가늠하기 어려운 단위들. 사람은 그런 걸 계산할 수 있다.

2001년 9월 11일, 공중 납치된 두 대의 여객기가 승객을 태운 채 뉴욕 세계무역센터에 고의로 충돌했다. 나는 그날 교실에서 텔레비전으로 그 장면을 봤다.

2014년 12월 5일, 항공사 회장의 딸이자 부사장이 자신이 탑승한 자사 여객기의 이륙을 중단시켰다. 승무원이 땅콩을 접시에 담아 제공하지 않아서라고 알려졌다.

나의 어머니는 비행기를 타본 적이 없다. 비유는 부분적으로만 유용하다.

전조는 오래전에 나타났고 어떤 시점부터는 걷잡을 수 없었다. 두세 차례 문단속을 꼼꼼히 하는 게 대수는 아니다. 두세 번이 네다섯 번이 되고, 열두 번이 되고, 새로운 의심과 그

의심을 해소하기 위한 새로운 형식, 반드시 문에 정면으로 서서 확인해야 한다거나, 확인중에 현관 센서 등이 꺼지면 무효라거나, 나조차 의미를 알 수 없는 조건들이 생겼다. 현관문만 문제였던 게 아니다. 닫힘과 열림, 잠김과 풀림, 있음과 없음, 연결됨과 끊김의 개념이 적용되는 모든 사물이 신경쓰였다. 창문, 냉장고 문, 수도꼭지, 가스 밸브, 병뚜껑, 신분증, 비상금, 배터리, 전화기, 각종 가전제품, 특히 광열 기구의 전원 코드…… 말하자면 전부. 아니다. '거의 전부'는 '전부'가 아니다. 하지만 거의 전부는 전부를 재촉한다.

인간은 누구나 실수를 한다. 이 말은 그러니까 조심해야 한다는 의미이기도 하다. NoHeatStroke.org에 따르면 집계를 시작한 1998년 이래로 미국에서 지난 26년 동안 505명의 아동이 차량 안에 방치되어 열사병으로 사망했다. 1년에 19명 꼴이다. 부모가 뒷좌석에 태운 유아를 깜빡하고 하차한 뒤, 주차장에 구급차가 요란하게 나타나거나 경찰의 전화를 받고서야 깨닫는 것이다. 부모를 비난하기는 쉽다. 하지만 인간은 누구나 실수를 한다. 어떤 실수는 바로잡을 수 없을 뿐이다.

출근 전에 집을 다섯 바퀴쯤 돌며 확인하기. 무언가 의심스러워 1층에서 엘리베이터를 타고 다시 13층으로 돌아오기. 그러느라 지각 위기로 뛰면서도 가방 지퍼가 열려서 지갑이 떨어지진 않았는지 열 번쯤 확인할 때에도 나는 짐짓 문제를 모르는 체했다. 예민하다거나 걱정이 많다거나 심지어 꼼꼼하다는 말로 스스로를 속였다.

어느 날 드라이어가 정말 꺼졌는지 의심스러웠다. 열을 뿜는 기구이므로 화재 위험이 크다. 코드는 뽑힌 채로 드라이어에 말려 있었다. 벽면 콘센트에는 아무것도 꽂혀 있지 않았다. 나는 코드가 연결되어 있는데 내가 못 보는 게 아닌지 의심스러웠다. 그래서 무슨 짓을 했냐면, 드라이어와 벽면 콘센트 사이에 손을 휘저었다.

내가 허공에 손을 저어본 게 한 번은 아니다.

1945년 히로시마와 나가사키 원폭 투하 이후 맨해튼 프로젝트에 관여했던 과학자들 중 일부는 회보를 발행하기 시작했다. 이 잡지의 표지에 늘 등장하는 시계는 '지구 종말 시계The Doomsday Clock'로 널리 알려졌다. 인류 문명의 종말을 자정으로 간주하여 경각심을 일으키기 위한 의도였다. 1947년 최초로 공개되었을 때는 자정 7분 전이었다.

2024년, 시계는 자정 90초 전을 가리키고 있다.

정신과에 정말 가야 할까. 첫 예약 전화를 걸면서도 망설였다. 휴대전화 너머의 접수원은 나의 이름과 출생 연도, 증상을 물었다. 증상을 물으리라고는 예상하지 못했다. 직장 복도에서 주변을 살피고 속닥거렸다. 전화를 끊자마자 의심했다. 내가 확실히 예약을 했나. 요일과 시각을 정했나. 다시 전화를 걸었고 접수원은 내가 그날 그 시각에 예약한 게 맞다고 확인해주었다. 두번째 전화를 끊고 나는 내가 정신과에 가야 하는 사람임을 받아들였다.

세 군데의 정신과를 다니면서 알게 된 것. 처음 방문하면 스무 페이지쯤 되는 자가 검진 설문지를 작성한다. 언제나 오래 대기하며 잠깐 진료를 받는다. 소독약냄새가 안 난다. 대기실에 피아노곡이 흐르기도 한다. 약국을 거치지 않아도 병원에서 약을 받을 수 있다. 진료실에 소파나 리클라이너는 없다. 나에겐 전형적인 강박 증상과 높은 반추 사고 성향과 약간의 우울감이 있다. 의사들은 대체로 온화하고 침착하며 그래서 대화형 인공지능 같기도 하다. 풍부한 정보를 바탕으로 나의 말에 친절히 응답하지만 내가 어떤 말을 해야 할지는 알려주지 않는다.

충치를 뽑듯 호전되길 기대하진 않았다. 세번째 정신과에 정착한 것은 더 큰 치료 효과를 기대해서가 아니라 예약과 동시에 확인 문자를 전송해줬으며 접수원이 과묵했고 진료 시간이 내 일정과 잘 맞아서였다. 약을 담아주는 작고 노란 빵 봉

274

투도 좋았다. 거의 제과점에 다녀오는 기분이었다. 만약 제과점에서 봉투에 내 이름을 적어준다면, 거의 정신과에 다녀오는 기분일 것이다.

원인을 지목하는 건 문제를 해결하는 데에 얼마나 도움이 될까.

첫째, 만성적인 스트레스와 수면부족에 시달리게 만드는 경쟁 사회, 입시 교육이나 신자유주의나 불신과 혐오가 만연한 인간관계나 뭐 그런 것. 내가 아는 사람들은 다 버티며 살고, 따지자면 나는 내 밥그릇을 단단히 붙들고 있는 편이다. 단단히 붙들고 있다는 그 점이 문제일 수는 있다.

둘째, 맞벌이를 하느라 어린 나를 혼자 집에 두고 문단속이나 난로 끄기 등을 자주 걱정했던 부모의 영향. 설득력이 있다. 특히 어머니는 내가 친구네 집에 놀러갈 때에도 '재밌게 놀다 와라'보다는 '불장난하지 마라'라고 말하는 분이었다. 나로서는 나의 부모만을 알 뿐이라 다른 부모에 비하여 그들이 특히 엄격했는지는 모르겠다. 인명과 재산의 손실을 회피하는 데에 삶의 에너지 대부분을 쏟는 게 내 부모만의 특징은 아닐 것이다.

첫째와 둘째는 한몸 같기도 하고 나는 밥그릇도 부모도 버릴 수 없다. 사실 버리기 싫은 것이지 버릴 수 없는 건 아니다.

그러나 '아주 하기 싫음'은 '할 수 없음'으로 여기는 게 정상적인 사고다. 그러니 다른 원인을 지목하자.

셋째, 내 뇌가 비정상이다.

인간의 뇌는 대뇌, 소뇌, 뇌간으로 구조화할 수 있다. 흔히 상상하는 회백색의 울퉁불퉁한 덩어리가 대뇌다. 대뇌는 위치와 기능에 따라 전두엽, 측두엽, 두정엽, 후두엽으로 나뉜다. 그것들의 뿌리라고 할 수 있는 안쪽 기저에 미상핵이 있다.

미상핵은 전두엽으로부터 전달된 정보를 걸러내는 기능을 한다. 무시할 수 없는 정보라면 '……를 해야 한다'라고 대응을 명령한다. 미상핵이 과도하게 활성화되면 대응을 되풀이하게 된다. 즉 대응의 임계점 또는 완료 여부를 오판해서, 안 해도 되고 그만해도 될 생각이나 행동을 반복한다. 이렇게 요약할 건 아니겠지만 『강박장애—헤어날 수 없는 반복의 굴레』 『쉽게 따라하는 강박증 인지행동치료』 등의 서적이나, 정신의학신문에 실린 칼럼에서 읽었다. 미상핵이라는 이름은 꼬리모양尾狀이기 때문이지만 나에게는 알 수 없음未詳으로 읽혔다.

토요일 오후의 공립도서관. 통창으로 쏟아지는 햇살이 따스했다. 멀리 어린이 서가에서 아이들이 뛰노는 소리가 들렸다. 좀처럼 아무도 오지 않는 의학 서가에 서서 묵직한 인체 도감을 펼쳤다. 양전자 방출 단층촬영법으로 찍은 누군가의 뇌, 그

빨갛고 노랗고 파란 형광 이미지. 되는대로 물감을 짠 데칼코마니, 색소를 쏟아부은 솜사탕, 파티용 싸구려 피에로 가발, 출구가 불확실한 원형 미로, 폭심지에서 피어난 둥근 버섯구름…… 내 머릿속에 핵이 있다.

옷깃이나 구두코가 아니라 하나의 도시가 오염되기도 한다. 도시는 너무 크므로 버스가 오지 않는 정류장과 그을린 우체통이 있는 한 토막의 거리를 상상할 뿐이다. 세상에 폐를 끼치지 못하도록 봉인된 곳. 사실은 봉인되었는지 어쨌는지 알 수 없지만 아무도 가까이 가고 싶어하지 않고 입에 올리기도 부담스러워하는 골칫거리. 그래서 없는 듯 여기다 정말로 없어지는 지명들.

사람들은 어떤 환자들에게는 연민 이면에 경계심을 채비한다. 내가 아는 누군가는 나를 정신병자라고 부를 준비가 되어 있다.

카페에 혼자 앉아 생각했다. 사람들이 웃는구나. 달콤하고 시원한 음료를 마시는구나. 음악을 듣고 공부를 하고 편지를 쓰는구나. 문을 닫고 잠그는 일이, 알람을 맞추는 일이, 드라이어를 끄는 일이 왜 힘든지 이해하지 못할 것이다. 내가 심호흡이나 숫자 세기, 손뼉 치기, 눈 깜빡이기 따위를 시도해봤다는 걸 모를 것이다. 그들이 몰라서 외로웠지만 그들이 몰라서 다행이었다. 내가 카페를 떠날 때, 테이블이나 의자 위에 남겨둔 소지품이나 쓰레기가 없는지 확인하려고 오 분 동안 서 있거나, 내려갔던 계단을 다시 올라오거나, 사진을 찍고 손으로 빈 테이블을 더듬는다면 들킬까. 나의 핵은 그런 충동을 부추겼다. 나로 하여금 수도꼭지에 귀를 대게 하고, 알람 시계의 바늘을 자로 재게 했다. 내가 정신병자인지 아닌지 묻게 했다.

하지만 나를 깊은 밤의 문 앞에 벌서듯 세워두었을 때 나도 배운 게 있다. 음료를 마시고 자리를 떠나기 전, 정신을 집중하여 하나의 문장을 떠올린다. 아무에게도 들리지 않을 정도로, 하지만 분명히 입을 움직여서 나 자신에게만 속삭인다.

"나는 모든 소지품을 챙겼고 아무 쓰레기도 남겨두지 않았다."

일단 주문이라고 칭하자.

언제나라고는 할 수 없지만 주문은 사고와 행동을 통제하는 데 효과가 있었다. 나는 증상이 나타날 때 한 문장씩을 말했다.

"나는 보일러를 껐다."

"나는 비누칠을 두 번 했다."

"나는 이번달 관리비를 이체했다."

물론 혼잣말은 그 자체로 이상한 짓이다. 혼자 산 지 오래였지만 뭔가를 중얼거리는 버릇은 없었다. 캐비닛 잠금장치를 아홉 번 확인하든 "나는 캐비닛을 잠갔다"라고 혼잣말을 하든 타인에게는 둘 다 제정신으로 보이진 않을 테니 직장이나 공공장소에서는 조심했다. 머리가 아프고 숨이 차서 어쩔 수 없을 때는 입술이라도 움직였다. 내가 사무실 구석에서 "나는 서류를 파쇄했다"라고, 마트 셀프 계산대에서 "나는 모든 상품의 바코드를 스캔했다"라고 속삭이는 걸 아무도 듣지 못했을 것이다. 나 자신은 내가 무슨 짓을 하는지 알았으므로 자조했다. 하지만 나는 전원 코드가 연결된 게 아닌지 확인하려고 허공에 손을 저어본 사람이다. "나는 십만원을 인출했다"라고 혼잣말함으로써 ATM 앞에서 지폐를 스무 번 세지 않을 수 있다면, 뒷면은 절대 보여주지 않는 그 음흉한 기계를 믿을 수 있다면…… 나는 조금 이상해짐으로써 아주 이상해짐을 막기로 했다.

주문이라는 명명은 미심쩍지만, 욕을 듣고 자란 식물보다 칭찬을 듣고 자란 식물이 잘 자란다는 식의 유사 과학과는 다르다. 나의 핵은 상황판단에 오류가 있으므로 정확하고 친절하게 알려주는 게 도움이 될 뿐이다. 자동 통신이 고장났다면 수동으로라도 제어해야 한다. 다시 하버드 의대에서 근무하는 리사 펠드먼 배럿 박사를 인용하자면, 뇌에서 언어를 처리하

는 영역은 몸 내부도 제어한다. 눈을 감고 가만히 누워 있는데
도 어떤 이야기를 듣는 것만으로 심박수, 호흡, 신진대사, 면
역 체계, 호르몬 등에 관여하는 뇌 활동이 증가한다는 사실이
실험으로 밝혀졌다. 말이 식물은 몰라도 인간은 변화시키는
것이다. 폭언을 들으며 성장한 아동이 추후에 정신적 어려움
을 겪을 확률이 높다면, 거꾸로도 가능하지 않을까. 어딘가 끊
어졌거나 꼬여 있는 내 뇌에 나의 의지로 영향력을 행사하기
위해 주문을 읊는 일은 상당히 합리적이다. 주문은 미신도 비
유도 아니다. 과학이다.

나는 오전 여섯시에 기상했다. 나는 일곱 가지의 스트레칭
을 두 번씩 수행했다. 나는 머리부터 발끝까지 하향식 샤워를
했다. 나는 욕실에 있는 두 개의 수도꼭지를 잠갔다. 나는 두
장의 신용카드와 신분증, 오만원 이상의 현금이 들어 있는 지
갑을 챙겼다. 나는 문을 닫았다. 나는 길에 아무것도 떨어뜨리
지 않았다. 나는 전철에서 내리고 타는 사람들의 통행을 방해
하지 않았다. 나는 공문 번호와 발송일을 정확히 기입했다. 나
는 검토와 협조와 결재를 순서대로 지정하여 기안문을 상신했
다. 나는 수화기를 바르게 내려놓았다. 나는 열세 장이 아니라
열두 장을 복사했다. 나는 맨 위 서랍에 있는 보안 키를 잃어
버리지 않았다. 나는 책상 위에 어떤 보안 문서도 올려두지 않

았으며 책상 밑에 의자를 집어넣고 퇴근했다. 나는 두 장의 신용카드와 신분증, 오만원 이상의 현금이 들어 있는 지갑을 챙겼다. 나는 주방세제를 수세미에 짜서 그릇을 닦았다. 나는 보디워시를 샤워볼에 짜서 몸을 닦았다. 나는 세탁기에서 세탁물을 모두 꺼냈다. 나는 커튼을 쳤다. 나는 전등을 껐다. 나는 문을 닫았다. 나는 알람을 오전 여섯시에 맞추었다.

나는 잘 살고 있을까.

잠들기라는 마지막 과제를 수행하려면 "나는 잘 살고 있다"라고 핵에게 알려주는 편이 좋다. 그러나 그 주문은 너무 추상적이고 포괄적이다. 내가 연구한바, 구체적 행위나 상태에 대한 간결한 주문일수록 효과가 높다. 나는 통원 치료중인 질병이 없다. 나는 임금 근로자 평균 이상을 번다. 나는 일 년에 삼주 이상 휴가를 사용할 수 있다. 나는 어떤 소송에도 연루되지 않았다. 나는 건조기와 식기세척기와 세 곡 이상을 연주할 수 있는 악기를 가졌다. 나는 방 세 개에 화장실이 두 개인 자가를 소유하고 있으며 그 주택의 자산 가치는 상승중이다. 나는 명절이나 경조사가 아니더라도 연락하는 친구가 세 명 이상 있다…… 이런 주문들의 총합이 어떤 임계점에 도달하면 '나는 잘 살고 있다'라는 주문이 유효해질까. 위에서 나열한 주문들은 나에게 대개 사실이 아니지만, 전부 사실이라면 충분한 걸까. 만약 "나는 내가 사랑하는 사람에게 사랑받고 있다" 같은 주문이 포함되어야 한다면 어떨까. '사랑하다'는 '잘 살다' 만큼이나 모호해서 다시 여러 하위 주문을 요구한다. 연쇄적인 분열을 일으키는 질문들은 하루의 과제를 마치고 어둠 속에서 방심할 때쯤 투하된다. 나는 선할까. 나는 유능할까. 나는 매력적일까. 나는 행복할까. 그리고 나는 내가 잘 살고 있을까를 따지기 전에 필요한 질문을 깨닫기도 한다.

나는 살고 있을까.

잘 살려면 일단 살아야 한다. 살려면 생각을 멈추고 잠들어야 한다. '나는 살고 있다'는 쓸모없는 주문이다. 출근 두 시간 삼십 분 전에 일어난다는 구체적 행위가 나의 살고 있음을 극히 부분적으로나마 지지한다. 그런데 내가 알람을 오전 여섯시에 맞추었나.

"나는 알람을 오전 여섯시에 맞추었다."

지구 종말 시계의 바늘은 뒤로도 간다. 1953년 미국과 소련이 수소폭탄 실험에 성공하였을 때 시계는 자정 2분 전이었다. 1991년 소련이 붕괴하고 미국과 러시아 간에 전략무기감축 협정이 이루어졌을 때는 자정 17분 전으로 늦춰졌다. 이런저런 사유로 2016년에는 자정 3분 전이었는데 2017년에 미국에서 트럼프가 대통령으로 취임하며 자정 2분 30초 전으로 당겨졌다. 그의 정치적 불안정성이 조정 원인으로 꼽혔다. 2021년에 트럼프는 백악관을 떠나며 "새로운 전쟁을 일으키지 않은 첫 미국 대통령으로 퇴임하게 되어 자랑스럽다"라고 말했다. 지난 수십 년을 기준으로 거의 사실이다. '거의 사실'은 '사실'과는 조금 다르지만 '거짓'과는 굉장히 다르다. 트럼프를 재난 취급하는 매체들도 그가 미국의 하위 계층을 해외의 전선으로 떠밀지 않았다는 점은 인정했다. 트럼프는 자신이 재선에 성공한다면 우크라이나–러시아 전쟁을 24시간 내에 끝내겠다고 공언했다. 영국의 『이코노미스트』는 2024년 세계가 직면한 가장 큰 위험을 트럼프의 재집권으로 꼽았다.

지구 종말 시계가 자정 90초 전을 가리키는 2024년은 '슈퍼 선거의 해'로 불린다. 76개국에서 대선 혹은 총선이 시행되어, 인류의 절반에 가까운 사십억 명이 참여한다. 그중 약 육 퍼센트인 이억삼천만 명만이 미국 대선 투표권을 갖고 있으며 실제로 투표하는 이는 더 적다.

내가 아까 '나는 알람을 오전 여섯시에 맞추었다'라고 말했나.

모든 전쟁을 끝내기 위한 전쟁.

이 표현은 일차세계대전이 발발한 1914년에 허버트 조지 웰스가 집필한 논픽션 『전쟁을 끝내기 위한 전쟁The War That Will End War』에서 유래하였다. 웰스는 같은 해에 소설 『해방된 세계The World Set Free』에서 '원자폭탄'이라는 개념을 최초로 묘사했다. 물리학자인 레오 실라르드는 1932년에 『해방된 세계』를 읽었고 1934년에 핵연쇄반응에 대한 특허를 출원했다. 1939년 이차세계대전이 발발했다. 영화 〈오펜하이머〉에서의 비중은 형편없었지만, 실라르드는 과학적으로나 정치적으로나 맨해튼 프로젝트의 성사에 중대한 역할을 했다. 루스벨트에게 처음 핵무기 개발을 건의한 문서는 '실라르드-아인슈타인 편지'로 불린다. 실라르드는 나중에 원자폭탄 투하에 반대하는 청원을 모으는 데에도 중대한 역할을 했다. 핵무기의 실제 사용이 비윤리적임을 호소하며 과학자 일흔 명이 서명한 문서는 '실라르드 청원'으로 불린다. 1945년에 히로시마와 나가사키에 원자폭탄이 떨어지며 이차세계대전이 끝났다. 웰스는 그걸 다 보고 1946년에 사망했다. 그의 대표작으로는 『타임머신』이 있다.

"나는 알람을 오전 여섯시에 맞추었다."

나는 허버트 조지 웰스나 레오 실라르드의 어떤 저작도 읽지 않았다. 위키피디아의 링크를 타고 다녔을 뿐이다. 영문판 위키피디아에는 현재 육백팔십만 개 이상의 문서가 존재한다. 하루 평균 오백사십여 개가 새로 생성되며 1분에 백이십 회가

량 수정된다.

나는 '결정적 주문'이 어딘가에 있다고 의심하기 시작했다. 모든 주문을 대체하는 마지막 주문. 나의 고장난 핵이 유발하는 지속적인 긴장과 불안과 회의에 대한 종전 선언. 해방이나 구원처럼 모호한 단어는 하나도 포함하지 않지만 그것들을 내 뇌에 감각시킬 하나의 문장.

기원전 3세기에 아르키메데스는 순금과 순금이 아닌 것을 가려내는 방법을 욕조에서 깨달았다. 오늘날 아르키메데스의 원리는 $B=\rho gV$로 축약되기도 하는데 이런 설명은 17세기에 고전역학의 토대를 닦은 뉴턴에 빚지고 있다. 뉴턴은 나무에서 떨어지는 사과를 보고 보편 중력의 법칙을 발견했다. 〈미션 임파서블: 데드 레코닝〉에서 정보국 요원인 벤지 던은 아부다비국제공항에 설치된 핵폭탄을 해제하기 위해 애쓴다. 비밀번호는 여덟 자리로, 자리마다 열네 개의 로마자가 원통형으로 배치되어 가능한 조합은 1,475,789,056가지이다. 허탈하게도 비밀번호는 간단한 문장이었는데…… 극장에서 휴대전화를 껐는지 신경쓰느라 집중하지 못했다. 비밀번호가 뭐였더라. 벤지 던이 어떻게 알아냈던가. 알아내긴 했던가. 아무튼 폭탄은 터지지 않은 걸로 기억한다.

나는 아르키메데스도 뉴턴도 벤지 던도 아니다. 나는 나다.

그게 문제일 수 있다. 지금 내가 알아내야 할 것은 보편 법칙이나 핵폭탄 해제 비밀번호가 아니라 어머니에게 선물한 태블릿의 게임 계정이 왜 자꾸 로그아웃되는가이다. 〈사천성〉과 〈애니팡〉은 어머니의 취미다. 도무지 이해할 수 없지만 요즘은 혼자 하는 캐주얼 게임조차 로그인을 요구한다. 영문자와 숫자와 특수문자가 조합된 열두 자리의 비밀번호를 입력하는 일은 68세의 인간을 화나게 한다. 대문자 자동 변경 기능을 끄고 특수문자 키보드로 전환하는 방법을 전화로 설명하는 일은 나를 화나게 한다. 나는 고작 이런 일로 화를 내는지에 대하여 화를 내다가……

"그는 침착했다."

그는 그 자신에게 더 공정한 관찰자이자 현명한 옹호자가 되기로 결심했다. 이는 UCLA 의대 교수이자 정신과 의사인 제프리 슈워츠 박사가 『강박에 빠진 뇌』에서 강조한 바이기도 했다. 재명명-재귀인-재초점-재평가라는 4단계 자기 주도 치료법을 제시한 베스트셀러다. 2부 6장의 제목은 '가족 문제로서의 강박장애'이다. 발병의 책임을 묻거나 증상을 무기로 사용하는 건 도움이 되지 않는다. 위기를 공유하고 건설적으로 상호작용하는 게 바람직하다.

그는 어머니가 자기 존재감의 상당 지분을 자녀를 걱정하는 일에서 얻고 있음을 이해했다. 그러나 도난과 화재와 교통사고, 전세금을 떼이거나 보이스피싱에 당하거나 종교단체의 꾐에 빠지거나 예방접종을 안 해서 전염병에 걸리거나 예방접종을 해서 부작용으로 죽는 일을 조심해야 한다고 그녀가 자신에게 덜 말한다면 불안과 긴장을 관리하는 데에 도움이 될 듯했다. 세상에 어머니만큼 그를 걱정하는 사람은 없었지만, 그래서 어머니에게부터 고백해야 했다.

오랜만에 얼굴을 본 어머니는 그에게 얼굴 살이 빠졌다며 마지막으로 회충약을 먹은 게 언제인지 물었다. 그는 말했다.

"지금부터 잘 들어야 해."

그는 식탁 옆에 서서 최대한 쉬운 언어로 설명했다. 자신이 외출할 때마다 가스와 수도를 잠그고 광열 기구를 끄는 일에 얼마나 집착하는지를 예로 들었다. 어머니는 부엌 상부 장을 열고 회충약을 찾으며 말했다.

"조금 과해도 조심하는 게 좋은 거야."

그는 자신의 설명이 불충분했음을 인지하며 이렇게 말했다.

"조심 좋지. 그런데 수도가 꽉 잠기지 않았을까봐 손가락에 멍이 들 때까지 꼭지를 돌리고, 드라이어가 누전될까봐 가방에 넣어서 출근하고, 가스레인지가 꺼지지 않았을까봐 집밖으로 나가지 못하고, 그럴 수도 있다고."

어린 그가 미끄럼틀을 거꾸로 타다 팔이 부러지거나 한겨울에 외투를 입지 않겠다고 버티거나 크리스마스카드를 만들려고 백과사전을 오렸을 때, 하굣길에 조용필 아저씨를 봤다거나 결혼하지 않고 혼자 사는 게 좋겠다고 말했을 때 등짝을 때리며 타박했던 투로 어머니가 대답했다.

"미친놈!"

그가 순순히 답했다.

"맞아. 그 얘기야."

내가 '나'를 버릴 수 있다면 나는 '그'도 버릴 수 있다.

"태초에 말씀이 계셨다."

요한복음의 첫 문장이다. 의미심장했지만 태초에 무엇이 있었든 말씀보다는 나았을 거라고 생각한 적이 며칠 있다.

"행복에 이르는 길은 없다. 행복이 길이다."

불교 경전에 기록된 석가모니의 가르침으로 알려져 있지만 FakeBuddhaQuotes.com에 따르면 사실이 아니다. 그래도 이 가짜 부처 인용구는 한동안 유용했다. 행복의 자리에 여러 단어를 넣었다. 자유, 안전, 청결, 당첨, 재계약, 금리 인하, 호르몬 균형……

"나무는 꽃을 버려야 열매를 맺고 강물은 강을 버려야 바다에 이른다."

2016년, 한국 최대의 불교 종파를 지도하는 스님이 대통령을 독대해 『화엄경』의 가르침이라며 전한 말이다. 『화엄경』에 그런 구절이 없다는 제보가 이어졌다. 한 불자는 경전을 소재로 한 소설을 원작으로 한 영화의 대사로부터 잘못 구전된 게 아닐까 추정했다. 집착을 버려야 한다. 누구의 말인지는 핵심이 아니다. 요한복음도 요한이 썼는지 아닌지 모른다. 태초에 말씀이 화자보다 먼저 계셨다.

"바다는 비에 젖지 않는다."

어니스트 헤밍웨이의 『노인과 바다』가 출처라거나 서양 격언이라거나 불교 경전에도 있다는데, 중요하지 않다. 이 주문은 구체적인 공간과 작용을 담고 있고 과학적으로도 타당하다는 점에서 강력했다. 나는 한 계절을 이 주문만으로 살았다. 어느 날 정부의 고위 관료가 반국가 세력의 음해에 굴하지 않고 꿋꿋하게 자유민주주의와 법치주의를 지키겠다면서 같은 문장을 인용했다. 그의 기준에 따르면 나는 반국가 세력이다.

내가 연구한바, 결정적 주문은 최소한 다음 조건을 요구한다.

첫째, 내가 만든 나만의 주문이어야 한다.

둘째, 나만의 주문이지만 나에 관한 것만은 아니며, 나보다 더 크고 넓고 깊고 오래된 진실을 담고 있어야 한다.

셋째, 그것은 하나의 문장 또는 충분히 외울 수 있을 만한 개수의 문장들로 구성되어야 한다.

이런 주문을 발견한다면 나는 자유로워질 것이다. 자유가 무엇인지 의심할 필요도 없이 자유를 참칭하는 소음들로부터 자유로워질 것이다. 그것을 오르골의 자유라고 할 수도 있다. 나는 하나의 멜로디에 헌신하는 단순하고 평화로운 기계가 되고 싶었다.

나는 오늘 이십 년째 방치된 쇼핑센터 공사 현장을 지나쳤다. 그 앞 버스 정류장 벤치에 앉아서 휴대전화 게임을 하는 세 명의 어린이를 봤다. 편의점에 서서 불닭볶음면을 먹는 젊은 여성의 검은색 투피스 정장, 근린공원에서 할아버지가 미지근한 장수막걸리를 따라 마시는 종이컵, 전봇대 아래 버려진 호랑이 인형, 한국인이 없는 케이팝 그룹의 뮤직비디오, 새로 임명된 국방부장관이 흥얼거리는 노래, 한구석에 '9,000원'이라고 볼펜으로 낙서된 천원짜리 지폐, 일주일에 두 번은 하는 휴대전화 본인 인증, 내가 로봇이 아님을 알리기 위한 체크박스……

서로 못 본 체하면서도 와글거리는 것들 사이에 비어 있는 곳, 공중에 이어진 거미줄, 가로등 불빛에 반짝인 한 토막의 실선을 봤다. 걷다보면 살갗에 감겼다. 눈을 크게 뜨면 거미줄의 무늬가 보일 듯했다. 그러나 나로서는 그 점과 점, 선과 선의 패턴을 포착할 수 없었다. 포착할 수 없다면 찢어버리고 싶었다. 그래서 손을 뻗어 휘저으면, 아무것도 없었다.

내가 허공에 손을 저어본 게 한 번은 아니다. 손만 저었던 게 문제일 수 있다.

폭발이란 급격한 화학적 변화로 큰 에너지와 많은 기체, 열과 빛이 방출되는 반응을 말한다.

어떤 폭발은 역사가 된다. 1937년, 수많은 구경꾼과 기자 앞에서 독일의 여객용 호화 비행선 힌덴부르크호가 폭발했다. 불길에 휩싸여 추락하는 비행선이 뉴스 필름에 담겼다. 대중의 신뢰는 무너졌고 이 폭발은 비행선 시대를 끝냈다, 라고 위키피디아에 적혀 있다. 21세기 사람들은 납치된 여객기가 고층 빌딩에 충돌하는 장면을 봤지만 여전히 먼 비행과 높은 빌딩을 원한다. 어떤 폭발은 역사가 된다는 말은 수정되어야 한다. 어떤 역사는 폭발을 차용한다. 힌덴부르크호의 폭발은 비행선의 종말이라는 역사에 기입되었다. 2001년 9월 11일이 어떤 종말의 역사에 기입될지는 아직 모른다.

1866년에 다이너마이트를 발명한 알프레드 노벨은 말했다.

"서로를 일 초 만에 전멸시킬 수 있는 무기가 있다면, 모든 문명국가는 공포에 질려 군대를 해산할 것이다."

인류가 만들어낸 가장 큰 폭발은 1961년 러시아의 노바야 제믈랴제도에서 결행된 '차르 봄바' 실험이다. 위력이 히로시마와 나가사키 원폭의 삼천 배 이상이었다. 폭발은 핀란드의 유리창을 깼고 달에서도 보였다. 차르 봄바보다 강력한 핵무기를 만드는 건 현재 기술력으로 쉽지만 전략적 쓸모가 없다. 공멸이 가능한 핵전력을 이미 갖추었기 때문이다. 상호확증파괴 원리에 따라 핵무기를 보유한 강대국 그리고 그들의 동맹국 사이에 전면적인 무력 충돌은 극히 어려워졌다. 물론 수단, 예멘, 아프가니스탄…… 또는 레반트 지역의 사정은 다르지만, 혹자는 지난 만 년 동안 인간은 모두 전사거나 전사의 유족으로 살았고, 20세기 전반에는 두 번의 총력전으로 팔천오백만 명 이상이 사망했음을 상기시킨다. 그에 비하면 오늘날 '문명국가'의 다수 시민은 화요일 밤에는 실시간 중계되는 가자 지구의 화염을 보고 목요일 정오에는 총기 난사범의 프로필을 듣더라도 일요일 오전에는 애인에게 단검이 아니라 커피와 토스트를 건넬 수 있다. 이러한 관점에서 이차세계대전을 끝낸 폭발 이후 현재까지의 시대를 핵에 의한 평화, 즉 '팍스 아토미카Pax Atomica'라 부르기도 한다.

나는 트롬쇠위아로 떠났다.

트롬쇠위아는 북극권에 위치한 노르웨이의 섬으로 오로라 관측이 유명하다. 오로라는 태양에서 방출되는 전자 또는 양성자가 지구 대기권 상층부의 자기장과 마찰하여 빛을 내는 현상이다. 밤하늘에 초록부터 보라까지 형형색색으로 드리워지는 빛의 커튼. 오로라는 너무 아름다워서 한번 본 사람은 절대 잊을 수 없다고 한다. 절대 잊을 수 없는 것으로 절대 잊어야 하는 것을 덮어쓰는 전략은 효과적이다. 인천에서 오슬로까지 열세 시간, 다시 트롬쇠위아까지는 두 시간을 날아가야 한다. 날씨가 좋지 않다면 오로라를 보지 못할 수도 있다. 쉽지 않았지만 마침내 나는 그 광대하고 장엄한 빛 아래에서 말했다.

"나는 빛과 같이 유연하며 투명하다."

다음날 아침, 얄팍한 햄치즈샌드위치와 미지근한 커피에 이만오천원을 지불하고 돌아서려 할 때 멀대 점원이 나에게 노르웨이어, 또는 영어로 무어라 말했는데 알아듣지 못했다. 그는 어깨를 으쓱하더니 나보고 그냥 가라는 듯 출구를 향해 손짓했다. 나는 모욕감을 느꼈다. 한 번 봤을 뿐인데도 잊을 수 없다.

나는 나가사키로 떠났다.

나가사키는 이른 개항으로 일본 가톨릭의 요람이 되었다. 우라카미천주당은 1915년 건축 당시 동아시아 최대 규모의 성당이었다. 1945년 원폭으로 파괴됐지만 땅에 떨어진 종탑을 비롯한 피폭 성물들을 보존하여 1959년 재건했다. 빛과 열의 폭풍 속에서 기적적으로 남은 마리아의 목조 두상이 성당 한편에 있다. 나는 그을린 '피폭의 마리아' 아래에 무릎을 꿇었다. 그녀의 두 눈이 있었을 자리에는 검은 구멍뿐이었다. 나는 비워야만 볼 수 있는 것을 생각하고 말했다.

"은총이 가득하신 마리아 님, 기뻐하소서."

성당에서 나오는 길에 어머니에게 넷플릭스가 안 된다는 메시지가 왔다. 나는 침착하게 '안 됨'의 의미부터 파악했다. 몇 장의 캡처 사진이 필요했지만 화를 내지 않고 '됨' 상태로 바꾸는 데에 성공했다. 하지만 세 달 뒤, 어머니를 처음으로 비행기에 태워 나가사키 인근의 온천 휴양지에 모셨을 때 나는 화를 내게 된다. 어머니가 첫날부터 이렇게 얘기했기 때문이다.

"볼 것도 없네!"

나는 뉴욕으로 떠났다.

JFK국제공항은 터무니없이 복잡했고 입국 심사는 까다로웠다. 맨해튼으로의 이동은 번거로웠지만 드디어 차창 밖으로 엠파이어스테이트빌딩이 보였다. 제이지와 얼리샤 키스의 〈Empire State of Mind〉를 들으며 concrete jungle where dreams are made of를 걸으니 삶이 가능성으로 가득차고 내가 brand new 된 듯했다. 나는 브루클린의 낡고 비좁고 술과 오줌 냄새에 찌든 아파트먼트에 세 들었는데 디지털 도어록 같은 건 없었다. 자물쇠는 튼튼했지만 어느 밤 누가 내 방문을 발로 차서 구멍을 냈다. 한 달이 지났을 때 그 도시에서 나에게 친절한 사람은 캐럴뿐임을 깨달았다. 캐럴은 내가 끼니를 때우는 다이너의 웨이트리스로 혼자 다섯 살 아이를 키우고 있었다. 나는 캐럴이 간병 때문에 다이너를 그만두길 원치 않았으므로, 그녀의 아이가 천식 치료를 받도록 내 주치의를 보냈다. 그게 가능한 이유는 내가 성공한 소설가가 됐기 때문이다. 약간의 실수와 오해를 주고받다가 나는 캐럴에게 말했다.

"당신은 내가 더 좋은 사람이 되고 싶게 만들어요."

뒷부분은 1997년 작 영화 〈이보다 더 좋을 순 없다〉의 줄거리다. 잭 니컬슨이 강박장애를 겪는 베스트셀러 소설가로, 헬렌 헌트가 활기차고 너그러운 싱글맘 웨이트리스로 출연했다. 저 대사가 유명하다. 즐길 만한 로맨틱 코미디임에도 '괴팍하지만 본성은 선한 나를 그녀만이 알아보고 치유한다'는 줄거리는 신뢰할 수 없다. 누구도 누구를 치유하기 위해서 존재하지 않는다. 사랑은 마음의 상호확증파괴다.

내가 어디로 떠났는지는 중요하지 않다.

아프가니스탄에서 다이너마이트로 폭파된 바미안 석불의 빈자리, 프랑스가 재건한 세계 최대의 진흙 건물인 말리의 젠네 모스크, 독일 켐니츠의 우라늄 폐광에 있는 소비에트 예술품 보관실, 경상남도 남해군의 독일 마을에서 열리는 K-옥토버페스트…… 아무때나 갈 수 없을 만큼 멀지만 한 번은 갈 수 있을 만큼 가까운 곳이라고 해두자. 12월의 어느 날, 나는 여권과 항공권을 챙겼다.

공항이란 무섭다. 들어가도 되는 곳과 들어가면 안 되는 곳과 들어가야 하는 곳이 정해져 있다. 들고 가도 되는 것과 들고 가면 안 되는 것과 들고 가야 하는 것도 정해져 있다. 그렇게나 엄격하면서 정작 중대한 사정들은 내게 알려주지 않는다. 작은 딱지를 붙인 내 가방이 컨베이어 벨트에 실려 사라지는 걸 지켜봤다. 내가 세상 저편에 갈 때까지 가방에는 무슨 일이 일어날까. 어떻게 내 손에 다시 쥐여질 수 있을까. 내 운명도 가방과 크게 다르지 않다.

내가 탄 기계는 4개국이 공동 소유한 굴지의 항공기 제작사이자 방위산업체에서 만들었다. 길이 칠십오 미터 폭 팔십 미터의 초대형 복층 광동체 여객기로 네 개의 터보팬 제트엔진을 장착했으며 이백 톤의 화물과 육백 명 이상의 승객을 싣고 한 번에 만오천 킬로미터를 날아갈 수 있다. 동체와 날개와 엔진은 서로 다른 국가의 공장에서 제작하며 조립과 외장은 또 다른 국가에서 한다. 각 파트의 운송을 위해 특수 선박과 전용 항만 및 도로를 포함한 4개국에 걸친 물류 체계가 개발되었으며, 이 물류 체계만을 설명하기 위한 독립적인 문서가 위키피디아에 존재한다. 대륙과 바다를 사이에 두고 천여 개의 공급 업체가 만든 사백만 개의 부품이 결합된 이 기계에서 정말 무슨 일이 일어나는지는 모르지만 나는 그 안에 앉아 있다. 내가 확신하는 사실이 '안전벨트를 매야 한다'뿐임을 상기하니 옆 좌석 승객이 죽음의 길동무처럼 느껴졌다. 그는 붉은색 일본 여권을 든 이십대 후반쯤의 청년으로, 낙심한 대학원생 같은 인상이었는데 길동무 삼기에 호감형은 아니었다.

이륙을 위해 비행기가 천천히 움직였다. 바퀴가 몇 개인지는 모르겠다. 지정된 활주로까지 이동하는 시간은 길고 초조했다. 다음 순서를 상상해봤다. 마침내 당도한 활주로에서 가속이 시작되고, 소음과 진동 속에서 문득 나는 알아차린다. 날아올랐다…… 물론 나는 그저 앉아 있다. 날아오른 기계에 실려 있을 뿐이다. 하지만 그 상승감은 대단히 믿음직스러울 것이다. 엔진음이 고조될 때부터 나는 기꺼이 속을 준비를 했다.

하지만 이런 일도 일어날 수 있다. 세차게 달리던 비행기가 이륙 속도에 도달하기 전 어째서인지 감속하다 활주로 가운데에 멈춘 것이다. 승무원들이 분주하게 움직였다. 승객들이 웅성거리기도 전에 기장이 침착한 어조로 안내 방송을 했다. 급박하다기보다는 의아한 분위기 속에서 승객들은 줄지어 비상구로 움직였다. 몇몇이 지시를 어기고 캐리어를 챙기려 했지만 다른 몇몇의 고함으로 제지당했을 뿐, 일단 내리자는 암묵적 합의 때문인지 질서는 무너지지 않았다. 내 옆에 앉았던 일본 청년은 망설임 없이 비상 탈출 슬라이드로 미끄러졌다. 내게는 상상보다 훨씬 높아서 무서웠는데 내려오니 어린 시절이 떠올랐다. 내가 왜 미끄럼틀을 거꾸로 탔을까.

대피 안내부터 오 분이 지나기 전에 나를 포함한 수백 명의 승객들은 비행기에서 멀찍이 떨어졌다. 사방이 트인 활주로에서 쌀쌀한 바람을 맞았다. 동체 반대편 날개 쪽에서 검은 연기가 피어올랐다. 사람들은 수군거리며 뒷걸음질치면서도 동영상을 촬영하거나 전화를 걸기도 했다.

생사의 위기를 겪고 다시 태어났다……는 매혹적인 인과지만 지금 상황과는 무관하며, 다시 태어난 곳도 이 세계라면 오래가지 못할 주문이다. 나는 내 목숨을 맡겼던 기계를 이루는 금속과 고무와 플라스틱과 이름도 모르는 신소재 들의 성질과 작용, 그것들을 만들고 조립하고 정비하고 운용하는 인간들의 피로와 허무와 결단과 어쩌면 사랑, 그리고 어느 하루의 기온과 습도와 바람이 뒤섞인 어수선한 사정을 조금은 알고 싶을 뿐이다. 오늘밤이면 '××항공 ××××편 이륙 중단 사고'쯤의 문서가 위키피디아에 등록될 것이다. '원인은 무엇의 무엇으로 규명되었다'는 정보도 머지않아 추가된다. 그 문장은 내게 사태가 일단락되었다는 인상을 주겠지만 원인의 진짜 세부는, 무엇의 무엇이 정말 무엇인지는 그때 가서도 이해하지 못할 것이다.

하지만 나는 원래의 목적지를 잊었다. 눈앞에 활주로가 있다. 그 아스팔트와 잔디의 인공 들판을 달리면 나의 몸이 공중의 일부가 될까. 항공권이나 비자 카드나 와이파이 발신기가 데려가는 곳보다 멀리 갈 수 있을까. 나는 가장 먼저 깊은 밤의 문 앞으로 간다. 나는 문을 닫지 않는다. 문을 열지도 않는다. 나는 문을 없앤다. 문도 문틀도, 그것들을 지지하는 벽과 기둥도 없애버린다. 모두 사라진 곳에 활주로가 나타난다.

그래서 지금, 콘크리트 평야 위에서 검은 연기를 뿜는 초대형 기계, 소방차와 구급차의 사이렌소리, 거침없이 부는 초겨울의 바람, 좌석도 가방도 시간도 잃은 채 어리둥절해하고 화를 내고 가슴을 쓸어내리고 여러 언어로 웅성거리는, 오와 열 따위는 없이 털썩 앉거나 서성거리거나 제각각이지만 아주 흩어지지는 않는 사람들. 그 모든 것 사이에서 위태로운 우애를 담아 말한다.

"나는 활주로 위에 있다."

이것은 아무 결심도 아니지만 한번 더 말한다.

"나는 활주로 위에 있다."

앞뒤로 줄을 서서 대피한 아까의 일본 청년이 곁에 있다가 뜻밖에 한국어로 대답했다.

"확실히 그렇네요."

해설

평범한 자는
들어오라

이희우(문학평론가)

문제적 평범함

전해지는 이야기에 따르면 고대 그리스에 플라톤이라는 철학자가 살았다. 그는 어느 날 철학 학당을 세우면서 다음과 같은 간판을 달았다. '기하학을 모르는 자는 들어오지 마라.' 기하학을 모르는 자가 이 학당에 몰래 들어갔다면, 그는 무지를 들키지 않기 위해 입을 다물어야 했을 것이다. 아마 기하학을 아는 자가 들어갔더라도, 그는 "지당한 말씀입니다" 외에 다른 말은 웬만하면 삼가야 했을 것이다. 기하학에 대한 앎은 최소한의 자격일 뿐, 학당 내에서는 훨씬 심오한 가르침이 전수되고 있었기 때문이다.

이렇게 높고 오만한 문턱을 가진 철학 학당에 대조되는 소설의 광장이 있다. 눈에 보이지는 않지만, 아마도 이 광장에는 다음과 같은 현판이 세워져 있었을 것이다. '평범한 자는 들어오라.' 이 광장은 원칙적으로 누구도 침묵시킬 수 없다. 누구도 내쫓을 수 없다. 바로 이 점 때문에 광장에서는 논쟁과 고발, 비판과 쟁투가 끊일 수 없었다. 실제로 이 광장이 모든 사람을 수용한 것은 아니었고, 또 너무 많은 사람이 너무 특별한 평범함과 평범한 특별함을 이야기해왔기 때문이다.

돌이켜보면 여러 의심이 드는 것이 사실이다. 이 광장 여기저기에 얼마나 많은, 교묘한 문턱이 존재했던가? 현판은 얼마나 낡았는가? 그러나 평범함이 얼마나 감각적이고 무한정한지 알려준 것은 분명 이 광장의 업적이다. 근대소설은 영웅이나 기사, 왕족이나 귀족보다 옆집에 살 법한 '평범한' 사람들에게 훨씬 더 풍부한 이야기가 있음을 발견했다. 배경에 흐리고 납작하게 밀려나 있었던 사람과 사물이 전면에 등장했다. 사물과 사람의 질서, 고귀함과 천박함의 기준, 이야기의 규범들이 붕괴했고, 전경과 후경의 끊임없는 자리바꿈이 소설 장르의 본질적인 역동성이 되었다.

이런 관점에서 김기태의 소설들은, 두드러지는 시의성과 비일관성, 탁월한 확장성에도 불구하고 소설의 어떤 전통에 충실하다고 할 수 있다. 당대적인 방식으로 '평범함을 문제화'한다는 측면에서 말이다. 「세상 모든 바다」나 「로나, 우리의 별」처럼 세계적으로 인기 있는, 가상의 케이팝 스타가 나오는 소설에서도 마찬가지다. 그 소설들은 아이돌 그룹이나 스타 자체보다는, 그들에게 끌리고, 그들에 의해 모이고, 그들을 통해 정체성과 자기 서사를 형성하고, 힘을 얻거나 실망하는 사람들의 이야기이다.

그녀에게 유리 구두를 신긴 건 요정도 왕자도 거울도 아니고 '사람들'이었다. 힘든 한 주를 보낸 금요일 밤, 조금은 홀가분하게 거실 텔레비전 앞에 앉는 평범한 사람들 말이다.(「로나, 우리의 별」, 183쪽)

그렇다, "평범한 사람들"의 이야기이다. 그들이—스타를 중심으로 모여들 뿐만 아니라—스타를 스타로 만든다. 그러나 누군가를 "평범한 사람들"이라고 부르는 것은 생각보다 간단한 문제는 아니다. 어쩌면 너무나 복잡하고 어려운 문제다. 평범함은 감각적이고 무한정한 것이지만, 바로 그런 이유에서 '평범함'은 종종 논쟁적이고 문제적인 개념이 된다. 우리가 사는 세계, 즉 공공재/공유지commons는 줄어들거나 사라지고, 모든 것에 값이 매겨지는 세계에서, 평범함은 얼마나 값싼 것이고, 때로는 얼마나 비싼 것인가? 사회의 한편에는 남다른 개성과 능력을 계발하라는 강한 압력이 존재하고, 다른 한편에는 평범하고 무난한 기준에 맞춰 살아가라는 강한 압력이 존재한다. 한쪽에는 평범함을 넘어서라는 압력이 존재하고, 한쪽에는 평범함에 도달하라는 압력이 존재하는 것이다. 이 이중의 압력은 '평범함'을 벗어날 수 없지만 달성할 수도 없는 특징으로 만든다. 종종 평범함은 흔해 빠진 것, 개성 없는 것, 성찰적이지 못한 것, 양식 없는 것으로서 경멸의 대상이다. 한편으로 평범함은 '정상성'과 결부되어 도달할 수 없는―또 일반적인 궤를 벗어난 것들을 배척하는―사회적·도덕적 규범이 되기도 한다.

이 골치 아픈 개념은 통속성, 무난함, 정상성, 진부성, 약자성 같은 단어들과 접속하면서 그 의미와 성격이 쉽게 달라진다. 한편으로는 보통, 공공 등과 연결되어 보편적으로 누려야 할 권리에 대한 생각을 가능하게 만든다. 많은 사람의 공감을 자아내고, 그런 이유에서 전략적으로 전유되기도 한다. 이와 같은 평범함의 복합성과 다중성, 비일관성은 고스란히 김기태 소설의 특성이자 스타일이 된다. 평범함이 확장적이고 논쟁적인 개념인 것과 마찬가지로, 김기태는 소설의 시야를 대범하게 확장하면서 논쟁의 여지를 끌어들인다. 하지만 오해하지는 말자. 그의 소설이 "평범한 사람들"에 대해 이야기한다고 해도, 이것은 차이를 두루뭉술하게 흐리는 일은 아니다. 오히려 그의 소설은 평범함의 의심스러움을 전제하고, 그것의 다양성과 비일관성을 드러내면서, 그럼에도 우리가 무언가를 공유할 수 있는지, 만약 가능하다면 어떻게 그럴 수 있는지 묻는다. 그러므로 각각의 소설이 평범함을 구체적으로 다루더라도, 그것은 '특정한' 평범함을 규범처럼 내세우기 위함이 아니다(그러는 순간 그것은 평범함이 아니라 특정함이 되고 만다).

'규범' '정상' '평균' 같은 억압적 개념들에서 평범함을 떨어뜨려놓을수록, 평범함이 얼마나 다양하고 비일관적이며 풍부한 것인지 볼 수 있게 된다. 아무런 일관성이 없는 맹희의 블로그 포스팅처럼. "십수 년 동안 맹희는 간헐적으로 포스팅을 했다. 보도를 덮은 은행잎, 멋을 부려 만든 파스타, 깊은 밤의 신호등을 괜히 찍은 사진들. 그리고 고유명사를 빼버린 일기 혹은 노래 가사."(「롤링 선더 러브」, 46쪽) 그야말로 평범해서 눈에 띄지 않고 주목받지 못하는 것들이다. 이것들은 하나의 특색이나 주제로 집약되지 못하므로 특별한 의미나 가치를 부여받지 못한다. 김기태의 소설은 이처럼 우리가 평범한 일상에서 간과하는 평범함을 조명한다. 그것의 비일관성과 다면성을 단순화하거나 과장하지 않으면서 말이다.

화두들

이제 소설들 속에서 평범함 주위를 공전하는 화두들을 찾아내보자. 먼저 통속성. 「롤링 선더 러브」는 유행하는 사랑 노래 같은 '통속성'을 사랑스럽게 다룬다. 맹희는 대학생 시절에는 "주로 먼 대륙의 색다른 기후 속에서 태어난 아티스트들을 입에 담았지만 요즘은 통속적인 가요가 마음에 닿았다."(42쪽) 통속적인 가요란 언젠가 음원 사이트에서 높은 순위를 기록했고 길거리에 울려퍼졌으며 노래방 애창곡 리스트에 속해 대부분의 한국인이 한 번쯤은 들어봤을 그런 노래다. 대학생 때는 허영 때문에, 더 세련된 취향과 안목에 대한 조급함 때문에, 어쩌면 수치심 때문에 낯설고 이국적인 이름들에 천착했을 수 있다. 하지만 이제 맹희는 특별한 취향을 추구하지 않는다. 사람들이 흔히 흥얼거리는, 어쩌면 철 지났다고 할 수도 있을 흔한 노래를 좋아한다. 마찬가지로 김기태의 소설이 유행을 다루더라도, 그 유행은 하이엔드 패션처럼 최첨단의 것이 아니다. 그의 소설은 '대중적인' 유행과 폭넓게 접속한다.

핍진성. 이것은 문예창작과적인 뉘앙스를 가진 단어이지만, 어쨌든 소설이 평범함을 다룰 때 등한시할 수 없는 특징이다. 「무겁고 높은」의 주인공은 탄광과 함께 쇠퇴한, 카지노 관광에 경제적으로 의존하는 강원도 어느 마을에 사는 고등학생 송희다. 송희는 역도 선수를 꿈꾸지만 끝내 역도를 그만둔다. 제목이 강조하는 것처럼 역도는 무게 그리고 높이와 관련 있다. 들어올리는 힘과 발에 느껴지는 하중. 바벨을 땅에 던질 때의 가벼워지는 느낌. 역도는 모든 스포츠가 그렇듯 성적과 무관할 수 없다. 하지만 소설의 끝에서 송희는 진로에 대한 집착을 버리고 온전히 무게와 힘에 집중하려 한다. 이때 역도는 승리나 패배와 상관없는 무엇이 된다. "흥하지도 망하지도 않는, 값이 오르지도 내리지도 않는, (……) 어떤 비유도 아니고 상징도 아닌, 말하자면 그냥 100킬로그램의 손때 묻은 쇳덩이."(262쪽) 사물을 규정하고 등수를 매기는 이런저런 관념과 규범에서 벗어나 사물이 존재하는 방식을 구체적으로 드러내는 일. 그러한 소설의 기술을 핍진성이라고 할 수 있을 것이다.

무난함. 「전조등」은 무난함 혹은 정상성의 기묘한 연극성을 섬세하게 보여준다. 소설의 주인공인 '그'는 개성이나 특색이 없는 남자다. "네모나지도 둥글지도 않은 안경"(83쪽)을 쓴 남자. 그렇지만 그는 성실하고 유능하며, 예의 바르고 적당히 올바르기도 하다. 그는 생애 주기에 따라 주어지는 (입시, 취업, 결혼과 같은) 규범적 과제를 무난하게 수행해나가는데, 알다시피 이 과제들은 (특히 한국에서는) 점점 더 어려워지고 있는 것들이다. 그의 능력과 인간적인 장점은, '그녀'를 만나 아이가 생긴 이후로는, 가정의 평안을 보전하는 데 더욱 집중되는 듯 보인다. 그렇기에 그의 시야는 전조등에 의지하는 어두운 밤길처럼 명료하면서도 좁은 것이 된다. 하늘에서 떨어져 한쪽 전조등을 고장내는 "군청색 털 고무신"(99쪽)처럼 기이한 조짐들이 있지만, 그는 이내 잊어버린다. 그가 꾸려나갈 중산층 가정의 무대 밖에 존재하는 어둠을 잊어버리고 "폴라로이드 사진처럼 작고 예쁜 풍경 속으로"(107쪽) 들어간다.

허구적이거나 모순된 보편성. 「보편 교양」은 보편적이지 못한, 보편적일 수 없는 교육의 딜레마를 다룬다. 공교육은 명목상 모든 학생에게 동등한 배움의 기회를 제공하고 인간으로서 갖춰야 할 '보편 교양'을 함양하게 하리라고 기대되지만, 현실은 전혀 그렇지 못하다. 보편 교양에 대한 곽의 이상은 보편적이지 못한 교육의 현실을 더 두드러지게 한다. 하지만 김기태의 소설에 '보편'에 대한 회의와 불신만 있는 것은 아니다. 모두가 특별한 자격이나 조건 없이 누려야 할 가치에 대한 고민, 그러나 그렇지 못한 현실의 모순에 대한 고민은 김기태의 여러 소설을 관통한다. 이를테면 사랑할 '자격'이라는 모순. "사람들은 나이와 직업과 외모를 초월한 사랑이 더 진실하다 여기면서도 정말 그것들을 초월하려고 시도하면 자격을 물었다."(「롤링 선더 러브」, 70쪽) '진실한' 사랑은 어떠한 자격과 조건을 따지지 않으므로, 누구나 할 수 있는 것이어야 한다. 그러나 그 사랑은, 아무런 자격과 조건을 따지지 않는다는 바로 그 이유로 너무나 특별하고 희귀한 것이 된다. 모든 것이 계산과 경쟁의 대상이 되는 이 시대에는 더더욱 그러하다. 맹희가 버리지 않는, 버리지 못한 낭만은 값을 매기고 줄 세우는, 못 갖춘 사람을 배척하는 세상과 불화한다. "인생을 반도 안 산 사람에게 어떻게 '도태'되었다는 표현을 할 수 있는지, 596명이나 거기에 추천을 누르는 세상은 어떤 세상인지 의아했다."(70쪽)

유명함과 대비되는 익명성. 김기태의 소설에 등장하는 아이돌은 유능하고 아름다우면서 올바른, 다소 비현실적인 '이미지'를 갖고 있다. 그렇지만 김기태의 소설이 조명하는 것은 그 이미지가 구성되는 과정에 참여하면서 이미지를 중심으로 모이는 '무명의 사람들'이다. 「로나, 우리의 별」에서 로나를 매개로 운집하고 조직되는 '우리'는 닉네임으로 호명된다. 이 소설은 팬덤의 열정이 조직화된 정치적 에너지로 전환될 수 있느냐는 문제를 제기하는 듯하다.

한편, 여기서의 정치적 문제는 하나와 둘의 관계로 형식화될 수 있을 것이다. 로나는 "마이클 잭슨과 라이어널 리치의 〈We Are The World〉에 대한 냉소적 재해석으로"(196쪽) 들릴 수 있는 〈We Are Not The World〉를 발표한다. 전자의 제목이 '우리는 하나다'라는 메시지를 함축한다면, 후자의 제목은 '우리는 하나가 아니다'라고 응수한다. 전자가 "두루뭉술한 인류애"(196쪽)로 세계를 포장한다면, 후자는 그 속에 감춰진 적대와 갈등의 선을 드러낸다. 형식적으로 말해서, 정치적인 발화는 평범함이 '하나가 아님'을 드러낸다. '하나의' 평범함이 있다는 주장은 언제나 보수적이고 억압적인 것이므로.

마지막으로, 최소한의 코뮤니즘. 표제작인 「두 사람의 인터내셔널」은 세계적이면서 지역적인, 즉 '글로컬glocal'이라는 동시대적 조건 속에서 사랑의 새로운 형식을 만들어가는 두 사람의 이야기이다. 두 사람은 사랑하는 사이보다는 "친한 사이"(142쪽)라는 심상한 표현으로 자신들의 관계를 규정하지만 제목에 비추어 의미를 부여하자면, 두 사람의 관계는 '최소한의 코뮤니즘'이라고 할 만한 무언가를 상상하게 한다. 두 사람의 관계는 경쟁과 평가, 서열과 위계의 논리로 가득한 세상에서 미약한 공백을 만들어내는데, 그 빈 공간은 협력과 의존, 값이 매겨지지 않는 기쁨으로 채워질 수 있다.

세계화와 정체성

물론 평범함은 시대와 역사, 지역을 초월한 특성이 아니다. 그것은 지금 여기의 사회와 문화를 구성하는 동시에 그 속에서 구성되고, 당대의 문화적 맥락 속에서 재발명되는 것이기 때문이다. 김기태는 팬덤 문화나 인터넷의 유행, OTT 프로그램 등에 지속적으로 관심을 기울인다. 이것들이 김기태가 주목하는 '당대의 문화적 맥락'이라고 할 수 있을 것이다.

얼핏 동시대의 문화는 모든 것이 연결되어 빠르게 순환하는 이미지의 세계처럼 보인다. 그 세계에는 특히 강한 중력을 가진 별들이 있다. '세모바'와 '로나'는 세계적인 스타들이고, 또 모두 진보적인 스타들이다. "그들은 아름다웠고, 유능했고, 심지어 옳았다."(「세상 모든 바다」, 23쪽) 모든 좋은 것을 다 가진 듯한 아이돌이 다소 비현실적으로 느껴지기도 하는데, 현실보다 과장된 상황 설정을 활용한 소설적 사고실험으로 이해할 수 있을 것이다. 김기태의 소설 속 현실은, 현실에 있는 측면들이 확대되거나 연장된 '증강 현실'처럼 보이기도 한다.

현실에서든 소설 속에서든, 오늘날 아이돌 팬들은 단지 기획되고 연출된 이미지를 수동적으로 소비하는 위치에 있지 않다. 아이돌이 성장하는 과정에 자신을 투사하고 이입하며, 나아가 개입한다. 그러한 이입이나 개입을 유도하는 프로그램들도 많다. 세모바는 리얼리티 프로그램과 함께 '공개'되었다. 로나는 오디션 프로그램을 통해 데뷔했다. 시청자는 아이돌이 선출되는 과정에 문자 투표와 같은 방식으로 참여한다. 이미 구성된 이미지를 소비하지 않고, 이미지가 구성되는 과정에 참여하는 것이다. 팬들은 소통을 욕망하고 요구한다. 연예인은 팬들의 일상과 더 속속들이 연결되며, 자신의 일상을 세세하게 노출한다. 이러한 '확장'은 더 많은 이윤을 낳지만—지금 아이돌 산업은 음원 수익이나 출연료, 광고료뿐만 아니라 팬들과의 채팅이나 영상통화, 행사장에서 판매되는 굿즈 등에서도 이윤을 얻는다—연예인이 실수를 노출하거나 논란에 휩쓸릴 위험도 높인다. 팬들은 자신이 많은 시간과 돈과 관심을 투자했다는 이유로 연예인에게 (도덕적 측면에서든 성과의 측면에서든) 아주 엄격해지기도 한다.

세모바도 논란에 휩쓸린다. 그들이 어떤 잘못을 저지른 것은 아니지만, 콘서트가 있었던 잠실 주경기장 앞 반전 시위가 예기치 못한 참극으로 번진 것이다. 그러나 세모바의 평판도 논란에서 자유롭지 못하다. 사건 주동자에 대해 세모바의 멤버 송희가 의견을 피력했다가 "즉각적인 논쟁"(29쪽)을 부르고 비판에 시달리기도 한다. 이런 상황 속에서 「세상 모든 바다」의 화자이자 주인공인 하쿠는 심한 혼란을 느낀다.

여러 논쟁이 세모바 자체를 초월해버리는 동안, 나는 모든 게 뒤죽박죽으로 느껴질 뿐이어서 의견을 가질 수가 없었다. (……) 이번에는 어디에 '좋아요'를 남기고 무엇을 리트윗해야 하는지 알 수 없었다.(29쪽)

이 혼란은 먼저 하쿠의 디아스포라적 정체성과 관련이 있다. 한국인에서 일본인이 되고, 또 한국으로 유학온 생애 이력은 그의 정체성을 불안정하게 한다. 이 불안정함 때문에 하쿠는 타인의 시선에 더욱 민감해졌을 것이다. 하쿠는 설명하기 어려운 자신의 정체성을 설명할 수 있는 서사로 만들기 위해 케이팝 아이돌 그룹에 의존했다. 세계적으로 유명한, 멋지고 당당하며, 정치적으로 올바르기까지 한 세모바는 특히 적절한 대상이었다. 세모바의 게시물에 '좋아요'를 누르거나 그것을 리트윗하는 것은 그룹의 행보에 지지와 응원을 보내는 일이기도 하지만, 세모바의 행보에 동의하고 동참하는 자로 자신을 내세우는 일이기도 하다. 세모바가 진보적이고 올바르며 떳떳한 그룹인 만큼, 세모바를 좋아하는 자신도 그런 사람일 수 있었다.

따라서 하쿠는 논란에 휩싸이는 세모바를 보면서 정체성과 욕망, 자기 서사를 연결하는 믿음직한 고리가 부서지는 느낌을 받았을지도 모른다. 이 혼란 속에 백영록에 대한 기억이 자리잡는다. 아이돌에 대한 집중에서, 자신처럼 아이돌 그룹을 좋아한 한 인간에게로 관심이 이동한다. 전자의 집중은 즐겁고 거리낌없었지만, 후자의 관심은 불편하고 혼란스럽다. 모든 좋은 것이 결합된 '이미지'에 균열이 생기고 그 사이로 훨씬 복합적이고 다층적이며 구체적인 익명의 삶들이 드러난다.

세모바의 영광과 영향력, 그리고 그 팬이 휩쓸리는 위험과 혼란은 분명—그룹 이름이 '세상 모든 바다'인 만큼—세계화라는 조건과 깊이 연관되어 있다. 세모바는 팬들에게 진보적인 메시지를 발신하면서 국제적인 수준에서 정치적 문제를 고민하고 참여하도록 고무했다. 그런데 반전 시위 주동자들은, 세모바가 세계적인 그룹이자 정치적 문제에 대해 발언하고 개입해왔다는 바로 그 이유에서, 그룹의 공연장 앞이 퍼포먼스를 위한 적절한 무대라고 생각했을 것이다.

물론 세계화라는 조건 자체는 전혀 새롭지 않다. 하지만 삼십여 년이 지나는 동안 세계화에 대한 감각과 감수성은 많이 달라져왔다. 기억을 더듬어보면 2000년대까지만 해도 '지구촌' 같은 말이 유행했었다. 그 말에는 통신과 교통수단의 발달을 통해 하나로 연결된 세계에 대한 기대, 어디든지 갈 수 있고 즉각적인 소통이 가능하리라는 상상이 함유되어 있었다. 인터넷의 보급은 지식에 대한 대중의 접근성을 높이고 집단지성을 함양하는 '광장'을 마련해 민주화에 이바지할 것이라고 기대되었다. 그러나 인터넷은 음모론의 전파와 선동, 사이버불링이나 리벤지 포르노 같은 온라인 기반 범죄, 혐오의 전파 등 숱한 문제들 역시 낳아왔다. 또 지구가 하나로 연결되었다는 희망찬 감각은 기후 위기, 전염병과 전쟁, 국가 간 불평등, 자국 우선주의 등의 문제가 전면적으로 대두되면서 폐쇄

공포의 감각으로 변해오기도 했다. 세계화가 숱한 문제와 갈등을 낳은 것처럼, 세모바의 국제적 행보도 예기치 못한 비극적 사건에 휘말렸다. 그 과정을 지켜본 하쿠는 이제 세상의 모든 바다가 "이어져 있다"는 사실이 "다소 무섭다"면서, "근시의 사랑이 조금 그립다"(37쪽)라고 말한다. 이때 세계화된 세계, 그리고 아이돌 그룹의 국제적 활동 범위와 대비되는 "근시의 사랑"은 국제정세나 기후 위기, 전쟁 등 거창하고 무거운 문제는 생각하지 않아도 되는, 눈앞의 대상을 좋아하고 향유하기만 하면 되는 그런 사랑일 것이다.

하지만 그러한 사랑으로 돌아가는 것은 불가능하다. 지역적 특수성이 '특수'로 규정되는 것은 글로벌이라는 기준에 비추어서다. 하쿠가 "근시의 사랑"을 근시의 사랑이라고 부를 수 있다는 것은 이미 그것보다 훨씬 넓은 세계에 대한 시야를 전제한다. 이제 대중문화, 우리의 일상, 정체성, 감수성은 세계화된 세계라는 조건과 떼려야 뗄 수 없다.

특수한 교양

하지만 도대체 세계적인 것은 무엇이고 '보편적universal'인 것은 무엇일까. 세상의 모든 바다를 가로질러, 모든 사람과 상황에 적용 가능한 것이 과연 존재할까? 아니면 단지 각자의 다양한 이야기가 있을 뿐인가? 만약 통합된 세계는 허상이고 각자의 이야기가 있을 뿐이라면, 우리는 어떤 기준과 지평에서 이야기를 나누고, 공생의 방법을 찾을 수 있을까? 아마도 이런 고민이 김기태 소설의 저변에 흐르고 있는 듯하다. 이런 고민과 씨름하면서 교육에 대해 말하지 않을 수는 없을 것이다.

「보편 교양」에서 고등학교 교사 곽이 자원한, "3학년 선택 과목"(151쪽)인 '고전읽기'의 취지는 "인간으로서 갖춰야 할 보편적인 교양과 바람직한 인성을 형성"(152쪽)하는 데 있다.

물론 공교육 과목의 이 모범적인 명분은 의심스럽다. '국가는 언제나 지배계급의 국가'라는 마르크스의 말처럼, 국가 체제와 그것에 기반을 둔 제도적 장치들은 중립적이고 보편적으로 보일 때조차—어쩌면 그럴수록—기득권의 이해관계를 대변하기 때문이다. 누군가는 공교육이란 국가를 위한 '인적 자원'을 생산하는 통치 시스템이며, 명목상의 보편적 목적은 통치의 목적을 가리거나 정당화하기 위해 존재한다고 말할 수도 있다.

공교육이란 중산층의 아비투스를 재생산하고 체제 유지에 기여하는, 필연적으로 보수적인 국가 장치 아닌가. 바른 자세로 수업을 경청하라는 지도는 규율화된 신체를 양산해 사회적 유

용성을 극대화하려는 '학교-감옥'의 통치술 아니냔 말이다. 곽
은 일리치, 부르디외, 푸코 등을 떠올리며…… 어떤 지도도 하
지 않았다. 엎드린 학생들의 뒤통수를 애정어린 눈으로 보았다.
학생들이 버리고 간 학습지의 빈칸에 숨은, 자신이 모르는 언어
로 된 가지각색의 목소리들을 상상했다.(171쪽)

이 대목에서 곽은 자신이 아는 비판 이론과 사상가의 이름
을 과장된 투로 열거한다. 물론 여기서 열거되는 이론이 작가
의 사상적 관점을 표현한다고는 볼 수 없다. 소설은 이런저런
이론적 담론으로 자신의 사고와 행동을 정당화하는 인물을 무
대에 올려, 그 인물을 거리 두고 바라보게 한다. 곽은 여러 이
론에 비추어 교육자로서의 위치를 반성하고, 계속 반성하면서
"어떤 지도도 하지 않았다." 여기에는 지식인의 무능한 반성
성을 비꼬는 듯, 자조하는 듯 미묘한 어조가 있다.

이처럼 다소 지나치게 반성적인 측면도 있지만, 전반적으로
곽은 '현실적'인 사람으로 보인다. 곽은 학생의 자율성을 강조
하는 교육정책의 변화가 "기만이 아닌지 의심"하면서도, "학
생 주체가 자신의 결정에 따라 배우고 성장할 가능성이 마련
되긴 했다는, 그런 원론적인 차원에서 새 교육정책을 얼마간
환영했다."(152쪽) 이렇듯 곽은 상황의 양면성을 적절히 고려
한다. 하지만 그러면서 그 자신이 이중적으로 분열되고 만다.

가령 곽은 학생들을 평가하거나 분류하는 것은 잘못이라고 간주하면서도, 은재가 "정량적 학업 성취도가 높은 학생 중에서도 '진짜'에게서만 발견할 수 있는 희소한 자질"(169쪽)을 보여준다는 사실에 기뻐한다. 이는 곽이 학생을 부지불식간에 평가하고 분류하며, 그저 그런 학생과 '진짜'를 구분한다는 것을 보여준다. 그는 은재가 보여주는 '지성'이 입시 성과보다 귀중하고 값진 것이라고 믿으면서도, 평가를 기재할 때 은재의 입시에 최대한 도움이 되는 문장을 쓰려고 고심한다. 그는 모든 교육이 입시 성과로 환원되는 상황에 거리를 두려 하면서도, 분란의 위험이 닥쳐왔다고 느낄 때 『자본론』이 서울대 권장 도서 목록에 포함되어 있다는 사실을 계산한다.

물론 우리는 곽의 이중성을 이해할 수 있다. 사실 어떻게 그러지 않을 수 있겠는가. 이러한 비일관성과 모순은 곽을 특별히 나쁜 사람으로 보이게 한다기보다는 그를 '현실감각'이 부족하지 않은 사람으로 보이게 한다. 그는 비범한 투사가 아니며, 비현실적인 이상주의자나 교조주의자도 아니다. 곽이 '합리적'이라면 경험보다 원리 원칙을 앞세우는 합리주의자라는 뜻에서가 아니라, 상황의 다양한 측면과 층위를 계산하고 고려한다는 뜻에서다. 하지만 바로 이 합리성 때문에 그는 어떤 딜레마에 빠지게 되는 듯하다. 그는 주어진 상황에 문제의식 없이 만족할 수 없지만, 동시에 상황과 타협하지 않을 수 없다. 그는 권위주의를 경계하고 반성하기에, 자는 학생을 강제로 깨우는 등의 과단성 있는 행동을 하지 못한다. 하지만 자는 학생을 내버려두는 것은 교육 격차를 더 키우는 일이 아닐까? 곽은 이러한 모순과 딜레마까지 '메타적으로' 인식하는 듯 보인다. 바로 이 메타성이 곽의 불행일 것이다. 그는 타협 없이 이상을 추구하기에는 너무 세속적이고, 그저 세속적인 계산만 하며 살기에는 너무 이상적이며, 자신의 이러한 이중성을 반성할 만큼 충분한 '메타 인지' 능력을 갖춘 사람이다.

이것이 곽이 민원 소식을 들었을 때 "낯설고 활기찬 감정"(162쪽)을 느끼며 그 도전을 오히려 반기는 이유일 테다. 외부에서 닥쳐온 도전에 맞서, 자신이 중요하다고 생각하는 가치를 위해 싸우면서 자신의 애매한 태도를 선명하게 정립할 수 있으니까. 교육의 이상과 권리를 억압하는 부당한 침해에 분연히 맞설 수 있는 교육자, 그러한 교육자가 곽이 되고 싶어하는 '이상적 자아'일 것이다.

민원 소식을 듣고 곽은 "파괴될지언정 패배해서는 안 되는 시험"(163쪽)을 직면했다고 생각한다. 선생과 학생의 권리를 탄압할 수는 있지만, 교육자로서 자신이 가진 마음속 이상을 꺾지는 못하리라고. 그러나 그런 시험은 찾아오지 않는다. 민원을 넣었던 은재 아버지의 입장이 바뀐 이유는, 은재가 잘 설득했기 때문이 아니라 은재의 입시 컨설턴트가 (마르크스를 읽는 것이 문제가 없다는 식으로) 조언했기 때문이다. 교실의 마르크스는 여전히 누군가를 불편하게 할 수 있지만, 입시에 도움이 된다면 마르크스를 읽는 일은 충분히 수용할 수 있는 프로그램의 일부가 될 것이다. 게다가 소설에 드러난 정황은 은재가 매우 유복한 가정의 아이일 것이라고 짐작하게 한다. 반면 밤에 배달 아르바이트를 하는, 아마도 유복하지 못한 가정의 학생은 엎드려 자느라 수업에 참여하지 못한다. 마르크스를 배울 수 없게 하는 것은 권리의 부당한 침해나 탄압이 아니다. 한 명의 선생이 어찌할 수 없는 학생들의 서로 다른 처지가 소수의 학생에게만 고전을 읽을 여유와 관심을 허용하고 고무한다. 이 상황에서 마르크스에 대한 가르침은 역설적으로 보수적인 것이 되고, '보편 교양'은 결코 보편적일 수 없다. 보편 교양의 '보편'이 편향되었음(가령 '고전'이 많은 경우 서구 중심적이거나 남성 중심적이라는 것)도 문제이지만, 애초에 어떤 가르침도 '보편적으로' 전달될 수 없게 하는 교실의 상황이 더 심각한 문제일 수 있다. 곽은 전자의 문제에 대해서는 이런저런 조치를 취해보지만, 후자의 문제에 대해서는 거의 아무런 조치도 취하지 못한다.

이러한 상황은 냉소와 회의감을 자아낸다. 그 감정들은 특히 곽이 은재가 선물한 디저트를 먹을 때 극대화된다. 고급 디저트는 "사람을 전혀 파괴하지 않고도 패배시킬 수 있는 달콤함"(176쪽)을 지녔다. 곽은 디저트의 달콤함을 음미한 다음, 자신의 나약함을 벌충하려는 듯이 장서를 거리 두고 바라보고, 갑자기 "아직 읽지는 못한"(177쪽) 사상가들의 이국적 이름을 열거한다. 그러면서 그는 모범적이지만 서글프기도 한 결론에 도달한다. "나는 『자본론』을 제대로 읽지도 않고 수업을 했다."(177쪽) 마치 자신이 『자본론』을 제대로 읽으면 교실이 나아지기라도 할 거라는 듯이. 이것은 지식인의 무력한 자기 정당화일까. 일종의 '정신 승리'법일까? 하지만 이 정도의 자기 정당화조차 하지 못한다면 곽은 하루하루 살아가는 것조차 불가능할지 모른다. 그가 모든 이상을 잃어버리고 냉소와 회의에 빠져, 어떠한 책임감도 의욕도 없는 선생이 되는 것은 자신에게도 학생들에게도 좋지 않은 일일 것이다. 그래서 이 소설을 읽으며 학생들을 염려하게 되는 만큼 교육자로서의 곽을 염려하게 된다.

이렇듯 「보편 교양」은 교육에 관한 온갖 딜레마가 뒤엉켜 있는, 독자를 오래 고민하게 하는 소설이다. 그만큼 많은 이야기를 할 수 있겠지만, 여기서는 다음과 같은 보르헤스적 상상을 짧게 덧붙여보고 싶다. 곽이 수업에서 『자본론』이나 『논어』를 읽는 대신 『두 사람의 인터내셔널』이라는 소설집에 실린 「보편 교양」을 학생들과 함께 읽었으면 어땠을까? 더 많은 학생이 재미있어하지 않았을까? 더 많은 학생이 이렇게 느끼지 않았을까? '어, 이거 우리 이야기 같은데……' 너무 몰입한 나머지 소설의 인물이나 상황에, 혹은 소설가에게 분통을 터뜨리는 학생이 있을지라도 말이다. 물론 고등학교 수업이 입시나 성적에 대한 고려에서 완전히 자유롭기는 힘들겠지만, 좀 더 많은 학생이 읽고 생각하고 말하는 즐거움을 느낄 수 있게 유도하는 것은 가능하지 않을까. 이 상상은 결국 우리가 소설을 왜 읽는가, 문학을 왜 필요로 하는가, 라는 질문과 관련되어 있을 것이다.

억압적인 것과 확장적인 것

'보편'은 평범함과 밀접하면서도, 어쩌면 평범함보다 더 의심스러운 개념이다. 「보편 교양」은 이러한 의심에서 출발한다고도 할 수 있을 것이다. 「보편 교양」은 특정한 교양이 보편적이라고 주장하는 소설이 아니라, 우리가 정전이라고 생각하는 저작들과 모든 학생에게 보편적이어야 한다고 기대하는 교육이 보편적이지 못함을 날카롭게 보여주는 소설이다.

하지만 정말로 보편성이 '구성되는 것'이라면—그것을 비판하고 상대화하고 해체할 수 있을 뿐 아니라—우리가 새로운 보편성을 만들어갈 수도 있다. 어떤 공통성도 기대하기 어려운 곳에서부터 어떤 교양을 아주 천천히, 끈기 있게 구성해 나갈 수도 있다. 다양한 행위자들에 앞서 규범적으로 혹은 자연적으로 존재하는 보편은 없지만, 숱한 이야기들이 얽히고 번역되면서 만들어가는 보편은 있을 수 있다. 「두 사람의 인터내셔널」이 보여주는 전망, 그 소설이 전하는 울림이 여기에 있다. 이 소설이 인용하는, 노동자이자 시인이자 혁명가였던 외젠 포티에가 작사한 〈인터내셔널가〉의 가사에는, "아무것도 아니던 우리가 모든 것이 되리라Nous ne sommes rien, soyons tout"라는 구절이 있다. 지배적인 것이 전체를 대표하거나 장악한 상태를 억압적인 보편성이라고 한다면, 아무것도 아니던 것이 전체가 되려 하는 움직임은 확장적인 보편성이라고 부를 수 있을 것이다.* 파리코뮌에 대한 마르크스의 해석처럼, "이전의 모든 정부 형태가 분명하게 억압적이었음에 반해 코뮌은 철저하게 확장적인expansive 정치 형태라는 것을 보여주었다.

---

* 〈인터내셔널가〉가 처음 울려퍼졌던 파리코뮌의 역사를 들여다보면, 당시 파리의 노동자들이 요구했던 것—청소년의 야간작업 금지, 여성들의 참정권, 시민의 최저 생활 보장, 고리대금업의 금지와 노동자의 이자 탕감 등—이 너무나 진보적이어서 놀라게 된다. 노동자 주도의 반란은 어떻게 그러한 사회적 가치들을 주장할 수 있었으며, 또 협력에 기반을 둔 조직을 만들어낼 수 있었을까? 그들은 '많이 배운' 엘리트가 아니었다. 그들은 구체제가 무너진 혼란 속에서, 서로 협력하면서, 말하자면 '혁명적으로' 배워야 했다. 이 문제에 대해서는 Kristin Ross, *Communal Luxury—The Political Imaginary of the Paris Commune*, Verso, 2014 참조.

코뮌의 진정한 비밀은 이것이었다."[*] 코뮌 참여자communard들은, 억압적인 권력에 대항하기 위해 확장적이어야 했다.

이런 의미에서 「두 사람의 인터내셔널」은 확장적인 소설이다. 그렇지만 이 소설이 산문 예술로서 지니는 '확장성'은 무엇보다 언어의 차원에서 두드러진다. 이 소설은 다른 맥락과 무게를 가진 언어들을 뒤섞고 가로지르고 연결한다. 그런데, 이렇게 언어를 확장하는 일은 오늘날 인터넷 밈meme이 전파되고 진화하는 방식과 유사하기도 하다.

어디서 유래하였으며 무엇이 웃음 포인트인지는 알 수 없었으나 꼭 한두 명쯤은 홀연히 그 문장을 댓글로 남겼다. 언젠가부터는 그 문장을 담은 이모티콘이 보이기 시작했다. 대충 손으로, 보통은 발로 그렸다고 표현할 만한 이모티콘. 금발을 양 갈래로 땋은 소녀가 꼿꼿하게 서서 앙칼진 표정으로 그 문장을 외치고 있었다.

"기립하시오 당신도!"

(......)

---

[*] 카를 마르크스, 『프랑스 내전』, 안효상 옮김, 박종철출판사, 2003, 90쪽.

진주는 그 엉성한 손그림이 귀여웠다. 하지만 세상에는 나쁜 농담이 많았으므로 구글에서 유래를 검색해보았다. 위키는 그 문장이 베르톨트 브레히트라는 독일인의 시에서 유래한 밈이라 알려주었다.(134~135쪽)

지금도 인터넷과 SNS에서는 파리코뮌이나 마르크스주의, 공산주의 혁명에 관련된 말과 이미지를 키치하게 패러디한 '짤'이 떠돌아다니고 있다. 역사적 무게와 해상도를 잃어버린, 열화된 유령 같은 말과 이미지. 무겁고 심각한 것은 느리다. 무게를 잃어버릴수록—상징적인 무게뿐만 아니라 데이터의 크기라는 의미에서도 그렇다—말과 이미지는 더 빠르고 광범위하게 순환하고 전파된다. 인터넷 밈은 역사적·지역적·사회적 거리와 차이들을 마구잡이로 넘나든다. 그래서 인터넷 밈은 역사적 맥락을 제거해버리는, 모든 것을 피상적인 이미지로 만드는 웹의 순환과 공허한 '레트로' 유행을 보여주는 것으로 치부될 수도 있다.

하지만 「두 사람의 인터내셔널」은 인터넷 밈의 이러한 유동성을 두 청년의 불안정한 삶의 양식과 관련지어 구체적인 맥락과 의미를 발생시킨다. 이것이 이 소설의 놀라운 점이다. "기립하시오 당신도!" 밈은, 진주와 니콜라이의 관계 속에서 개별적인 의미를 부여받는다. 그 말의 '원래' 맥락을 복원하는 대신 두 사람 나름의 방식으로 새로운 맥락을 부여한다. 그 과정에서 어떤 역사적 진실이 예기치 않게 번득이기도 한다. 인터넷을 떠도는 유령적 이미지처럼 진주와 니콜라이도 여기저기 떠돌며 살아왔다. 가진 것이 많지 않기 때문이다. 즉 두 사람은 안정적인 직장이나 거주지, 견고한 사회적 네트워크 등을 가지지 못했다. 진주는 가족에게서 편안한 '심리적 고향'을 찾지 못한다. 니콜라이는 시민권도 가지지 못했다. 그러나 두 사람은 서로에게 정착할 공간, 삶의 의미를 기입할 맥락을 준다. 둘의 대화가 인터넷 밈에 나름의 맥락과 의미를 부여하는 것처럼, "친한 사이"라는 특색 없는 말이 "두 사람만의 농담"(142쪽)이 되는 것처럼.「두 사람의 인터내셔널」에서 특히 흥미로운 것은, 이주와 같은 '역사적 맥락'과 인터넷 밈처럼 '탈역사화된 기표'가 두 사람의 일상을 구성하는 성분으로 뒤섞인다는 점이다. 어쩌면 새로운 언어는 언제나 피상적인 것과 진지한 것의 아주 구체적인 화학작용이 낳는 결과가 아닐까? 그리고 역사는 '복원'될 수 없고 새로운 언어를 통해 '반복'될 수만 있는 게 아닐까? 진주와 니콜라이의 관계 속에서, 거의 관련 없어 보이는 것들이 연결되어 이야기를 이룬다. 이 '연결'은 서로 다른 언어의 오염과 침투이기도 하다. 또 두 사람은 그들의 관계 속에서 값을 매길 수 없고 값을 치르지 않아도 되는 것들을 발견한다. 둘의 "친한 사이"는 현실을 초월한 숭고한 사랑이 아니고, 전부 아니면 무無라는 식의 소유하려는 집착과도 거리가 멀다. "친한 사이"는 동등한 둘의 우애와 협력, 공생의 형식으로서 시험중인 사랑일 것이다.

살펴본 것처럼 김기태의 소설은 극히 다양한 소재를 다룬다. 「태엽은 12와 1/2바퀴」나 「팍스 아토미카」에서는 상황을 바라보는 시선의 위치와 언어를 다루는 태도에 대한 고민도 눈에 띈다.* 전반적으로 시의성 있는 사회적 문제들, 유행하는 예능 프로그램에 대한 참조, 인터넷을 떠도는 '짤'과 댓글, 유행어의 활용도 두드러진다. 어쩌면 김기태는 근대문학사에서 '본격소설' 혹은 '순수소설'과 대비되어 격하되어온 계보들, 즉 경향소설, 세태소설, 감상소설 등을 새로운 감각으로 되살리는 것처럼 보이기도 한다. 특정한 '문학성'을 추구하기보다 동시대의 대중문화나 사회적 의제와 뒤섞이고, 문화적

---

* 이 두 소설에 그려진 불안과 강박증, 시선의 분열은 어쩌면 소설의 확장성과 비일관성, 다양성의 이면일 것이다. 「팍스 아토미카」의 화자는 모든 것을 바로잡고 통제하려 하지만 그러한 강박에 비추어 더 또렷해지는 것은 우연에 노출되는 그의 취약함, 그리고 삶을 통제할 수 없다는 진실이다. 어쩌면 그 역설이 소설가가 위치하는 곳이 아닐까. 서술자의 위치와 성격을 노출하는 것은 글쓰기의 한계를 내보이며 시인하는 일이다. 「팍스 아토미카」의 화자는 자신의 불안을 잠재워줄, 모든 상황에 적용 가능한 단 하나의 문장을 찾는다. 하지만 하나의 문장은 모든 상황에 적용되거나 연결될 수 없고, 다만 상황들의 우발성과 비일관성을 두드러지게 할 뿐이다(이 해설이 한 작가의 소설들과 평범함이라는 개념을 다루는 방식도 그러하다……).

맥락들과 유행하는 코드들을 활용하기 때문이다. 그래서 그의 소설은 오해를 받을 수도 있다. 여러 사회적·역사적 맥락을 피상적으로 차용한다고. 시의적인 문제와 코드들을 발 빠르게 조합할 뿐, 그 이상의 일관된 '문학적' 태도를 결여하고 있다고. 이것은 소설 장르가 새로운 형식을 찾게 되는 시점에, 모험을 감행했던 많은 작가가 받아온 유서 깊은 오해이기도 하다. 새로운 형식을 창안하는 과정은 어떤 예술 장르에서 무엇이 본질적이고 부차적인지를 결정하는 기준의 재구성을 수반한다. 그 재구성의 과정에서 본질적이라고 생각했던 것들은 피상적으로 되는 한편 주변적이라 여겨진 것들이 중심에 온다. 물론 산문 예술의 '확장성'에는 위험한 측면이 있을 것이다. 다양한 맥락·성격의 언어와 폭넓게 접속하는 소설은, 오늘날 인터넷 밈에서 볼 수 있는 '코드들의 공허한 조합'에 지나치게 가까워질 수 있다. 「두 사람의 인터내셔널」은 이러한 위험 혹은 의혹을 정면으로 마주하고 나름의 방식으로 돌파해낸 소설이다.

한편 김기태의 소설을 읽으며 이런 생각도 들었다. 소설은 위대한 정치적 선언문처럼 "만국의 노동자여, 단결하라!"라고 말하지는 못한다. 문학은 다수를 '단결'시키지 못하고, 적과 친구를 명확히 나누지 못한다. 다시 말해 문학은 정치에 반드시 있어야 하는 어떤 계기와 힘을 갖고 있지 않다. 평범함은 정치와 문학이 출현하는 공통의 경험적 바탕이지만—따라서 정치는 미학적이고, 문학은 정치적이지만—정치와 문학은 다른 관점에서, 다른 태도로 평범함과 관계하는 것이다. 다만 소설에서 우리는 정치적 구호와는 다른 구호를 발견한다. 이 구호의 익히 알려진 의심스러움과 연약함에도 불구하고, 좋은 소설을 읽을 때 우리는 이 구호를 생생하게 떠올리게 된다. 김기태가 가장 당대적인 방식으로 반복하는 그 구호는 이러하다. '평범한 자들이여, 들어오라.'

| 수록 작품 발표 지면 |

세상 모든 바다 …… 『악스트』 2022년 3/4월호

롤링 선더 러브 …… 『문학과사회』 2023년 봄호

전조등 …… 『현대문학』 2022년 4월호

두 사람의 인터내셔널 …… 문장 웹진 2022년 8월호

보편 교양 …… 『창작과비평』 2023년 가을호

로나, 우리의 별 …… 주간 문학동네 2024년 3월호

태엽은 12와 1/2바퀴 …… 『두 번째 원고』(사계절, 2023)

무겁고 높은 …… 2022년 동아일보 신춘문예 당선작

팍스 아토미카 …… 『자음과모음』 2023년 겨울호

문학동네 소설집
두 사람의 인터내셔널
ⓒ 김기태 2024

1판 1쇄 2024년 5월 15일
1판 10쇄 2025년 1월 3일

지은이 김기태
책임편집 이재현 | 편집 김봉곤 김영수
디자인 최윤미 이원경 | 저작권 박지영 형소진 최은진 오서영
마케팅 정민호 서지화 한민아 이민경 왕지경 정유진 정경주 김수인 김혜원 김예진
브랜딩 함유지 함근아 박민재 김희숙 이송이 김하연 박다솔 조다현 배진성
제작 강신은 김동욱 이순호 | 제작처 영신사

펴낸곳 (주)문학동네 | 펴낸이 김소영
출판등록 1993년 10월 22일 제2003-000045호
주소 10881 경기도 파주시 회동길 210
전자우편 editor@munhak.com | 대표전화 031) 955-8888 | 팩스 031) 955-8855
문의전화 031) 955-2696(마케팅) 031) 955-1920(편집)
문학동네카페 http://cafe.naver.com/mhdn
인스타그램 @munhakdongne | 트위터 @munhakdongne
북클럽문학동네 http://bookclubmunhak.com

ISBN 978-89-546-9794-1 03810

* 이 책은 서울특별시, 서울문화재단 '2024년 첫 책 발간지원 사업'의 지원을 받아 발간되었습니다.
* 이 책의 판권은 지은이와 문학동네에 있습니다. 이 책 내용의 전부 또는 일부를 재사용하려면 반드시 양측의 서면 동의를 받아야 합니다.

잘못된 책은 구입하신 서점에서 교환해드립니다.
기타 교환 문의 031) 955-2661, 3580

www.munhak.com